신경 좀 꺼줄래

신경 좀 꺼줄래

케빈 윌슨 장편소설
홍한별 옮김

Nothing to See Here

Kevin Wilson

문학동네

일러두기

1. 주석은 모두 옮긴이주다.
2. 본문 중 고딕체는 원서에서 이탤릭체나 대문자로 강조한 부분이다.

앤 패칫과 줄리 베어러에게

1

1995년 늦봄, 내가 스물여덟 살이 되고 얼마 안 되었을 때 내 친구 매디슨 로버츠한테서 편지가 왔다. 나는 그애를 여전히 매디슨 빌링스라는 이름으로 먼저 떠올렸다. 매디슨은 일 년에 너덧 번 편지를 보내 소식을 전했는데 매디슨의 삶이 잡지에서나 읽을 수 있는 그런 것이다보니 나한테는 달에서 보내오는 보고서만큼 낯선 이야기들이었다. 매디슨은 나이 많은 상원의원하고 결혼했고, 아들을 낳았는데 해군 제복 같은 옷을 입혀놓아서인지 아기로 변신한 고급 테디베어처럼 보였다. 나는 경쟁 관계에 있는 슈퍼마켓 두 군데에서 계산원으로 일하면서 엄마 집 다락방에서 마리화나를 피웠다. 왜냐하면 내가 열여덟 살이 되자마자 엄마가 내가 어릴 때 쓰던 방을 운동실로 개조했기 때문이다. 내가 불행한 어린 시절을 보낸 방을 지금은 거대한 노르딕트랙 러닝머신이 차지하고 있다. 나는 내가 자기에게 얼마나 과분한 상대인지 모르는 사람들과 드문드문 연애를 하기도 했다. 당연히 매디슨의 편지가 내 편지보다 백배는 흥미로울 테지만 어쨌든 우리는 계속 연락을 주고받았다.

매디슨은 정확하고 자연스러운 간격으로 편지를 보내왔는데 이 편지는 그 리듬을 깨뜨리는 편지였다. 그렇다고 심각하게 생각하지는 않았다. 매디슨과는 원래 편지로만 연락을 주고받았으니까. 나는 매디슨 전화번호도 몰랐다.

세이브얼랏 슈퍼마켓의 휴식시간에 처음 편지를 뜯어볼 짬이 났는데, 편지에서 매디슨은 나에게 자기 남편 사유지가 있는 테네시주 프랭클린으로 오라고, 내가 관심 가질 만한 일자리가 있다고 했다. 내 차가 15마일 이상 거리를 가기에는 부적합하다는 걸 알아서 버스비로 쓰라고 50달러 지폐도 동봉했다. 매디슨이 어떤 일자리인지는 말하지 않았지만 푸드스탬프*와 씨름하고 빌어먹을 저울이 멍든 사과 무게를 제대로 재도록 만드는 일보다 형편없는 일일 리는 없었다. 남은 휴식시간 오 분을 이용해서 사장인 데릭에게 며칠 휴가를 내도 되느냐고 물었다. 데릭이 안 된다고 할 걸 예상했고 거절당해서 원망스럽지도 않았다. 내가 특별히 성실한 직원도 아니었으니. 두 군데에서 일을 하면 이게 문제다. 이쪽에 맞추려면 저쪽을 실망시키게 되고 그러다보면 양쪽 모두에게 밉보이고 결국 양쪽 다 빠치게 만들게 된다. 나는 매디슨을 생각했다. 내가 실제로 만나본 가장 아름다운 여자이고 기이하게 똑똑하기도 해서 늘 모든 시나리오의 확률과 득실을 다 따져보는 사람이다. 매디슨

---

* 저소득층 식품구매권.

이 일자리가 있다고 하니, 잡아야 했다. 나는 엄마 집 다락방을 떠날 것이다. 내 삶을 다 비울 것이다. 솔직히 내 삶에서 잃어서 아쉬울 것은 하나도 없으니까.

매디슨에게 답장을 보내 내가 도착할 날을 알려주고 일주일 뒤 내슈빌 버스터미널에 도착하니 폴로셔츠와 선글라스 차림의 남자가 나를 기다리고 있었다. 손목시계에 아주 관심이 많은 타입의 남자처럼 보였다. "릴리언 브레이커?" 그가 묻길래 나는 고개를 끄덕였다. "미시즈 로버츠가 로버츠 저택으로 모셔오라고 했습니다. 저는 칼이에요."

"운전기사세요?" 이 사람들이 얼마나 부자인지 궁금하던 차라 이렇게 물었다. 텔레비전에는 운전기사가 있는 부자들이 나오지만 할리우드에서 만들어낸 말도 안 되는 이야기이지 현실과는 거리가 먼 일 같았다.

"아뇨, 그런 건 아니고. 여러 가지 잡다한 일을 해요. 로버츠 의원님의 일을 봐주는데 필요하면 미시즈 로버츠의 일도 합니다."

"제가 거기에서 무슨 일을 하게 되는지 아세요?" 내가 물었다. 나는 경찰들이 어떤 식으로 말하는지 잘 아는데 칼은 꼭 경찰처럼 말했다. 공권력에 썩 좋은 감정은 없기 때문에 나는 이렇게 물으면서 각을 재보았다.

"저도 알긴 하지만 미시즈 로버츠가 말씀하시는 게 낫겠습니다. 그러고 싶어하실 것 같네요."

"무슨 차 모세요? 본인 차예요?" 몇 시간 동안 버스에서 마른기

침소리와 코를 훌쩍거리는 소리로만 대화하는 사람들과 같이 있다
가 나온 터라 내 목소리가 입 밖으로 나오는 걸 듣고 싶어서 자꾸
말을 하게 됐다.

"미아타요. 제 차예요. 준비됐어요? 짐 들어드려요?" 칼은 임무
를 성공적으로 완수하는 것 말고 다른 데는 관심이 없다는 듯이 말
했다. 칼한테는 확실히 경찰 같은 습관이 있었다. 빡빡하고 형식적
인 태도로 조급함을 감추려고 하는 습관.

"아무 짐도 안 가져왔어요." 내가 말했다.

"좋습니다. 따라오세요. 미시즈 로버츠께 최대한 빨리 모셔가지
요."

큰길로 나서기에는 너무 앙증맞아 보이는 새빨간 미아타에 탔
다. 지붕을 열고 달려도 되느냐고 물었더니 칼이 좋은 생각이 아니
라고 했다. 거절하기가 괴로운 듯한 표정이었다. 그런데 어쩌면 그
런 질문을 들은 게 괴로운 것도 같았다. 칼이 어떤 사람인지 잘 파
악이 되지 않아서 나는 그냥 가만히 앉아 차창 밖으로 흘러가는 풍
경을 봤다.

"미시즈 로버츠가 가장 오래된 친구라고 하시던데요." 칼이 대
화를 시도했다.

"그럴 거예요. 알고 지낸 지 꽤 됐죠." 나는 매디슨한테 나 말고
다른 친구는 없을 거라는 말은 하지 않았다. 그게 흉이라고 생각하
지 않았다. 나도 다른 친구가 하나도 없으니까. 우리가 정말 친구
인지 잘 모르겠다는 말도 하지 않았다. 우리 관계는 친구 관계보다
훨씬 이상한 것이었다. 하지만 칼은 이런 이야기를 듣고 싶어하지

않을 터라 그냥 말없이 갔다. 라디오에서 편안한 음악이 흘러나오자 뜨거운 욕조에 들어가 내가 아는 사람 전부를 죽이는 꿈을 꾸고 싶어졌다.

나는 매디슨을 황무지 산속에 숨은 비싼 사립 여학교에서 만났다. 백 년 전인가 더 오래전인가 언제쯤 그 황폐한 땅에서 하루아침에 큰돈을 번 남자들은 딸들이 부유한 남자와 결혼해서 신분 상승을 이루어 그들에게도 별 볼 일 없었던 때가 있었다는 걸 아무도 기억하지 못하게끔 교육할 학교가 필요하다고 생각했다. 그래서 무슨 영국인을 테네시로 불러와 공주들을 위한 학교 같은 걸 운영하게 했다. 곧 다른 황무지에 사는 부자들도 딸을 이 학교로 보냈다. 이런 일들이 한동안 반복되자, 뉴욕이나 시카고 같은 진짜 도시에 사는 부자들도 이 학교 소식을 듣고 딸을 보내게 됐다. 일단 이런 행운이 일어나면 몇 세기 동안은 지속되기 마련이다.

나는 그 산의 골짜기에서 자랐고 탈출할 방법을 꿈꿔볼 수는 있을 만큼 가난했다. 엄마와, 계속 바뀌는 엄마의 남자친구들과 같이 살았고 내 아버지는 죽었는지 내뺐는지 몰랐다. 엄마는 아버지에 대해서는 한마디도 안 했고 사진 한 장도 없었다. 그리스 신이 종마로 변신해 엄마를 임신시키고 올림포스산으로 돌아가기라도 한 것 같았다. 아니 그보다는 엄마가 청소하는 부잣집에 사는 어떤 변태의 소행일 가능성이 더 컸다. 어쩌면 타운에 사는 의원이 내 아버지인데 내가 지나다니면서 늘 보고도 아버지라는 사실을 몰랐을지도. 하지만 나는 아버지는 이미 죽었고 나를 불행에서 구해줄 능력이 없다고 생각하는 편을 좋아했다.

그 학교, 아이언마운틴 사립여학교에서는 매년 골짜기에 사는 전도유망한 여학생 한두 명에게 전액 장학금을 주었다. 지금은 믿기 어려운 일이지만, 한때는 나도 존나 전도유망했다. 어릴 때 나는 오직 탁월한 성취를 목표로 이를 악물고 내 앞의 모든 걸 때려 부쉈다. 세 살 때 이야기책을 읽어주는 레코드를 들으며 책에 적힌 단어와 맞춰가면서 스스로 글을 깨쳤다. 여덟 살 때는 우리집 돈 관리를 맡아서 엄마가 집으로 가져오는 현금 봉투를 가지고 일주일 예산을 짰다. 학교에서는 전과목 A를 받았다. 처음에는 그냥 잘하고 싶은 본능적 욕구 때문에, 혹시 내가 슈퍼히어로가 아닐까 하면서 내 능력의 한계를 테스트해보는 기분으로 그렇게 했다. 그런데 선생님들한테 아이언마운틴과 장학금 이야기를 자꾸 듣다보니 (우리 엄마는 그 정보에 눈곱만큼도 관심이 없었다) 그쪽으로 노력을 집중하게 됐다. 그 학교가 부잣집 여자애들이 정해진 미래를 향해 가는 길에 따는 리본 같은 것이라는 사실은 몰랐다. 여전사들을 위한 훈련장인 줄 알았다. 그래서 나는 철자법대회에 나가 다른 아이들을 울렸다. 과학 논문을 좀 어설퍼 보이게 고쳐 베껴서 카운티 과학경진대회에서 상을 받았다. 할렘에 대한 시를 외워서 어색하게도 엄마 남자친구 앞에서 암송했는데 엄마 남자친구는 나를 방언을 하는 별난 악마 보듯 쳐다봤다. 여학생 농구팀이 없어서 남학생 농구팀에 들어가 포인트가드로 뛰었다. 우리 동네의 가난한 사람이든 그럭저럭 사는 사람이든 전부(특히 중상류층 사람들이 더 그랬지만) 나를 이 작은 산골 동네를 대표하는 신동처럼 여기고 자랑스러워하게 만들었다. 나는 내가 대단한 걸 이루지는 못하리란 걸 알았다. 대신 얼빠진 누군가가 정신을 놓고 있을 때 그 사람 손에서 대단한 것을 훔쳐낼 방도를 궁리했다.

나는 결국 장학금을 받았고 학교 선생님들 몇몇이 책값, 식대 등을 충당할 수 있게 돈을 모아주기까지 했다. 우리 엄마가 한푼도 보탤 수 없다고 처음부터 딱 잘라 말했기 때문이었다. 학교로 가는 날이 되어 나는 내 옷 중 유일하게 괜찮은 옷인 못생긴 점퍼스커트를 입었고 엄마가 학교 교복인 검은 스커트와 흰 블라우스 세 벌 등을 넣은 더플백과 나를 학교까지 실어다주었다. 다른 부모들은 BMW나 너무 좋은 차라 내가 이름을 모르는 차를 타고 왔다. "와, 여기 좀 봐." 엄마가 말했다. 우리 차 라디오에서는 헤비메탈 음악이 흘러나왔고 엄마는 불을 붙이지 않은 담배를 불안하게 만지작거렸다. 내가 머리카락에 냄새 밴다고 피우지 못하게 했기 때문이었다. "릴리언, 야박하게 들릴 것 같지만 여긴 네가 있을 곳이 아니다. 쟤들이 너보다 잘났다는 게 아냐. 네가 여기서 호되게 당할 거라는 말이지."

"좋은 기회예요." 내가 말했다.

"너는 똥을 쥐고 나왔지, 그건 알아." 엄마가 나를 이렇게 인내심 있게 대한 일은 드물었다. 자동차 시동을 켜놓은 상태이긴 했지만. "똥을 가졌는데 넌 그것보다 더 나은 걸 원하잖아. 하지만 똥을 금으로 만들려면, 그러려면 정말 정말 힘들 거야. 잘해내길 빈다."

엄마한테 화가 나지는 않았다. 나는 엄마가 나를 눈에 보이는 방식, 다른 사람들이 이해할 수 있는 방식으로 사랑하지는 않아도 나를 사랑한다는 걸 알았다. 엄마는 적어도 내가 잘살기를 바랐다. 하지만 또 엄마가 나를 별로 좋아하지 않는다는 것도 알았다. 엄마한테 나는 불편한 애였다. 엄마의 발목을 잡는 존재였다. 상관없었다. 그런다고 엄마를 원망하지 않았다. 어쩌면 좀 원망이 있었을 수도 있는데, 그때는 십대였으니까. 온 세상이 원망스러울 때다.

엄마가 차의 라이터 버튼을 눌렀고 불이 붙길 기다리는 동안 나에게 살짝 입을 맞추며 안아주었다. "언제라도 집에 오고 싶으면 오렴." 엄마가 말했지만 나는 그렇게 되느니 차라리 자살을 택할 것 같았다. 나는 차에서 내렸고 엄마는 떠났다. 기숙사로 걸어가는데 다른 여자아이들이 내게 눈길도 주지 않는다는 걸 느꼈다. 못되게 굴려고 그러는 게 아니었다. 그냥 내가 보이지 않는 것 같았다. 어릴 때부터 중요한 사람을 가려보도록 길러진 아이들이었다. 그런데 나는 중요한 사람이 아니었으니까.

내 방에 매디슨이 있었다. 두 명이 같이 쓰게 되어 있는 방이었다. 여름에 받은 짧은 편지에서 내가 알게 된 정보는 내 룸메이트가 매디슨 빌링스이며 조지아주 애틀랜타에서 온다는 게 전부였다. 엄마의 전 남자친구이고 엄마한테 남자친구가 없을 때면 아직도 종종 집에 오는 쳇이 그 편지를 보고 이렇게 말했다. "빌링스백화점 집안일 거야. 그것도 애틀랜타에서 시작했거든. 갑부네."

"그런 걸 어떻게 알아요?" 내가 물었다. 나는 쳇을 별로 싫어하지 않았다. 좀 실없는 스타일인데 그 반대보다 훨씬 나았다. 팔뚝에 베티 붑 문신이 있었다.

"작은 정보들을 잘 모아둬야 해." 쳇이 말했다. 쳇은 지게차 기사였다. "정보가 힘이거든."

매디슨은 금발을 어깨까지 찰랑찰랑 기르고 작은 주황색 금붕
어 수백 마리가 프린트된 노란색 서머드레스를 입고 있었다. 플립
플롭을 신었는데도 모델처럼 키가 컸다. 발바닥이 존나게 부드러
울 것 같았다. 완벽한 코와 파란 눈에, 주근깨는 딱 건강해 보이면
서 피부가 안 좋아 보이지는 않을 만큼만 있었다. 방 전체에서 재
스민향이 풍겼다. 매디슨은 이미 문에서 먼 쪽 침대를 찜하고 짐을
정리해놓은 참이었다. 나를 보더니 마치 우리가 친구인 것처럼 웃
었다. "릴리언이니?" 나는 고개를 끄덕이는 것 말고 아무것도 할
수 없었다. 추레한 옷을 입고 〈보조 쇼〉*에 출연한 어린애가 된 기
분이었다.

"난 매디슨이야. 만나서 반갑다." 매디슨이 손톱을 토끼 코처럼
연한 분홍색으로 칠한 손을 내밀었다.

"릴리언이야." 내가 말하며 손을 잡고 흔들었다. 내 나이 또래
사람과 악수를 한 것은 처음이었다.

"네가 장학생이라는 거 들었어." 그때 매디슨이 이렇게 말했다.
아무 뜻 없다는 듯 덤덤한 말투였다. 그저 자기가 안다는 사실을
밝히고 싶은 것 같았다.

"그런 걸 왜 알려주지?" 나는 얼굴을 붉히며 물었다.

"몰라. 어쨌든 알려주던데. 나더러 예의 지키라고 그러는 거겠
지."

---

* 보조라는 어릿광대가 나오는 어린이 프로그램.

"어, 그래, 그런가." 나는 이미 매디슨보다 마흔 걸음, 쉰 걸음 뒤처진 기분이었고 내가 따라잡지 못하게 학교에서 막는 것 같았다.

"난 상관없어." 매디슨이 말했다. "오히려 좋아. 부잣집 애들은 최악이야."

"너도 부자 아니야?" 나는 기대감을 갖고 물어보았다.

"부자야." 매디슨이 말했다. "하지만 난 다른 부잣집 애들하고는 달라. 그래서 너랑 같이 방을 쓰라고 했나봐."

"어, 그래." 내가 말했다. 땀이 나기 시작했다.

"넌 여기 왜 왔어? 왜 여기 들어오고 싶었어?" 매디슨이 물었다.

"모르겠는데. 여기 좋은 학교잖아?" 매디슨한테는 내가 한 번도 겪어본 적이 없는 거침없는 솔직함이 있었다. 눈이 너무나 파랗고 태도가 진지해서 무슨 소리를 하더라도 아무 문제가 되지 않을 것 같았다.

"응, 그런 듯. 그런데, 내 말은, 여기 졸업하면 뭐하고 싶냐고."

"가방 좀 놔도 될까?" 내가 물었다. 얼굴을 만져보았는데 땀이 맺히다못해 목으로 흘러내리고 있었다. 매디슨이 내 가방을 받아 들고 바닥에 놓았다. 그러더니 내 침대를 가리키길래 그 위에 앉았다. 매디슨은 내 옆에, 지나치게 가깝게 붙어 앉았다.

"뭐가 되고 싶어?" 매디슨이 물었다.

"몰라. 이런, 모르겠어." 내가 말했다. 매디슨이 나한테 키스를 할 것 같다는 생각이 들었다.

"우리 부모님은 내가 좋은 성적을 받고 밴더빌트대학에 가서 어디 대학 총장하고 결혼해서 예쁜 아기들을 낳길 바라. 우리 아빠는 아주 구체적이지. 네가 대학교 총장하고 결혼하면 좋겠다. 하지만 난 안 그럴 거야."

"왜?" 내가 말했다. 그 대학 총장이 섹시하기만 하다면, 나라면 매디슨의 부모님이 상상한 삶 속으로 앞뒤 안 보고 뛰어들 것 같았다.

"나는 권력을 갖고 싶어. 중요한 일이 일어나게 하는 사람, 사람들이 나한테 신세 진 게 너무 많아 절대 다 갚을 수 없을 사람이 되고 싶어. 너무 중요해서 잘못을 저지르더라도 처벌받지 않는 사람이 될 거야."

이 말을 할 때 매디슨은 꼭 미친 사람처럼 보였고 나는 매디슨하고 키스하고 싶었다. 매디슨이 머리카락을 뒤로 휙 넘겼는데 아무래도 진화의 과정에서 습득한 것처럼 보이는 본능적인 동작이었다. "너한테는 이런 말을 해도 될 것 같아."

"왜?"

"넌 가난하니까. 그렇지? 그런데 여기 왔잖아. 너도 권력을 원하니까."

"그냥 대학에 가고 싶을 뿐이야. 여기에서 벗어나고 싶어." 이렇게 말했지만 매디슨 말이 맞는다는 생각이 들었다. 나도 매디슨이 말한 것 전부를 원하게 됐다. 나도 권력을 추구할 수 있을 것 같았다.

"우린 친해질 수 있을 것 같아." 매디슨이 말했다. "그랬으면 좋겠다."

"이런." 나는 온몸이 덜덜 떨리는 것을 누르며 말했다. "나도 그랬으면 좋겠다."

그리고 우리는 친구가 됐다. 그랬다고 말할 수 있을 것 같다. 매디슨은 사람들 앞에서는 기이한 면을 억눌러야 했다. 아름다운 사람이 특정한 방식으로 행동하지 않고 추하게 굴면 사람들이 겁을 먹기 때문이었다. 나도 마찬가지로 기이한 면을 억눌러야 했는데 내가 장학생이라 이미 다들 내가 아주 이상한 애일 거라고 예상했기 때문이다. 그 학교에 다니기 시작하고 며칠 뒤에, 내가 살던 동네 옆 동네에서 온 다른 장학생 아이가 나한테 와서 악의가 전혀 없는 말투로 이렇게 말했다. "여기 있는 동안에는 우리 서로 말하지 말자." 나는 바로 동의했다. 그러는 편이 나았다.

요는, 매디슨과 나는 사람들 앞에서는 멀쩡하게 보여야 했고, 그래서 우리 방 밖으로 나가면 보와 루크 듀크*의 탈을 쓰고 돌아다녔는데 꽤 재미있었다. 변호사가 되어 세상에서 가장 사악한 인간을 전기의자로 보내겠다는 매디슨의 말을 듣는 것도 좋았다. 나는 어른이 되면 날마다 밀키웨이 초콜릿바를 아침으로 먹고 싶다고 말했다. 매디슨은 미국 대통령이 되는 것보다 그게 장래희망으로 더 낫다고 말했다. 매디슨은 미국 대통령이 좀 되고 싶은 것 같았다.

우리는 농구팀에 들어갔는데 1학년이 선발이 된 건 유례없는 일이라고 들었다. 주 대회 우승도 몇 차례 한 상당히 잘나가는 팀이

---

* 〈해저드 마을의 듀크 가족〉이라는 1980년대 액션 코미디 TV 시리즈의 주인공들로 사촌지간이다.

었다. 아이언마운틴에서는 농구와 크로스컨트리가 학교 정체성에서 아주 중요한 부분을 담당했다. 다른 학생들은 주로 대학 원서에 다양성을 주기 위한 수단으로 생각했겠지만, 그저 약한 사람들을 짓밟는 강자가 되고 싶은 나 같은 사람도 있었다. 나는 포인트가드를 했고 더럽게 키가 큰 매디슨은 파워포워드였다. 우리는 체육관 한쪽 끝에서 반대쪽 끝까지 전력 질주를 하고 평소 안 쓰는 손으로 슛 연습을 하면서 단둘이 많은 시간을 보냈다. 나는 전에도 잘했지만 매디슨하고 같은 팀이 되자 더 잘하게 됐다. 매디슨이 있으면 코트에서 육감 같은 게 발동했다. 매디슨이 너무 아름다운 빛을 발해서 보지 않아도 어디에 있는지 느껴졌다. 우리는 매직 존슨과 카림 압둘 자바였다. 우리는 코치에게 까만색 하이톱농구화를 신고 싶다고 말했는데 코치가 딱 잘랐다. "와, 니들이 뉴욕 길거리 전설이나 되는 줄 알아? 파울 문제 일으키지 말고 상대팀한테 패스하지나 마."

매디슨이 나를 떼어놓을 때가 있었지만 속상하진 않았다. 내가 다른 부류의 사람이었다면(돈이 있고 없고의 문제가 아니라) 나도 낄 수 있었을 테지만 나는 그런 쪽에 관심이 없었다. 점심시간이면 매디슨은 다른 예쁜 여자아이들과 같이 밥을 먹었다. 가끔 학교에서 몰래 빠져나가 인근의 실험적 예술대학 근처 술집에 가서 수작을 거는 남자들과 어울렸다. 판다라는 아주 수상쩍은 인간한테서 코카인을 사기도 했다. 매디슨은 새벽 세시에 기숙사 사감 눈을 피해 방으로 기어들어와서 바닥에 주저앉아 물을 큰 병으로 들이켜며 이렇게 말하곤 했다. "으, 나 왜 이렇게 진부하지. 정말 싫어."

"재밌어 보이는데." 나는 거짓말을 했다.

"그럴 때도 있지." 이렇게 말하는 매디슨의 동공은 미친듯이 확대되어 있었다. "어쨌든 좀 이러다 말 거야."

학교생활은 골짜기 학교에 다닐 때보다 훨씬 복잡했지만 수업은 어렵지 않았다. 나는 전과목 A를 받았다. 매디슨도 마찬가지였다. 가난한 성장 과정에 대한 시를 써서 시 쓰기 대회에서 우승했다. 내가 쓴 첫번째 시, 튤립에 대한 좆같은 시를 보여줬더니 매디슨이 튤립 말고 그걸로 쓰라고 했다. "적절한 때 이용해." 매디슨은 이렇게 말했는데 내 암울한 성장 과정을 두고 하는 말이라고 생각했다. "그러면 얻을 게 많을 거야." 나는 무슨 말인지 알아들었던 것 같다. 그러니까 나는 아이언마운틴에 들어왔고 잘해나가고 있었다. 매디슨이 가끔 내 작은 침대로 와서 우리 둘이 끌어안고 자기도 했다. 좋은 일들이 있었기 때문에 내가 이전에 어디에 있었는지를 인정하기가 어렵지 않았다. 결국 내가 속한 곳으로 다시 돌아가게 되기 전에는.

그러다가 매디슨의 예쁜 친구 중 하나가(잔인하게 말하자면 그 여섯 명 중 가장 덜 예쁜 애가) 매디슨이 한 농담에 화가 났다. 매디슨의 기이한 면이 기숙사 우리 방의 테두리 밖에서 한순간 드러났던 모양이다. 그애가 사감에게 매디슨의 책상 서랍에 코카인 한 봉지가 있다고 일러바쳤다. 사감이 방을 살펴보러 왔고 코카인이 발견되었다. 아이언마운틴은 부자들을 위한 학교이고 부자들에게 의존하니까 심한 처분은 하지 않을 거라고, 그날 밤 매디슨은 내 침대에 누워 그렇게 말했다. 하지만 부자가 아닌 나는 아이언마운틴 같은 곳은 가끔 부자 하나를 본보기로 삼아 다른 부자들의 신뢰를 사기도 한다는 사실을 알았다. 1학년이 거의 끝나갈 때였고 기말고사까지 단 몇 주를 남겨둔 때였다. 그때 학교 교장은 영국에서 온 누군가가 아니라 하얀 조가비 같은 헤어스타일에 적갈색 바지 정장을 입던 미즈 립턴이라는 남부 출신 여자였는데 학생들을 '딸'이라고 불렀지만 본인은 결혼한 적이 없었다. 미즈 립턴이 매디슨 부모님에게 공식 서한을 보내 자기 집무실에서 만나자고 요청했다.

매디슨의 아버지는 교장과 면담하기로 한 전날에 차를 타고 왔다. 어머니는 "실망이 너무 커서" 도저히 올 수 없었다고 빌링스 씨는 말했다. 빌링스 씨가 작별인사 겸 매디슨과 나를 저녁식사에 데려가겠다고 했다는데 좀 뜻밖이란 생각은 들었다. 빌링스 씨가 신형 재규어를 몰고 와 우리를 태웠다. 내 예상보다 나이가 많았고 눈을 찡긋찡긋하는 게 앤디 그리피스*하고 좀 비슷했다. "안녕, 아가씨들." 빌링스 씨가 말하며 차문을 열어주었다. 매디슨은 그냥 끙 소리를 내고 차에 올라탔는데 빌링스 씨가 내 손을 잡고 입을 맞췄다. "매디슨한테 얘기 많이 들었어요."

"어 네." 내가 말했다. 그때 나는 어른들을 어떻게 대해야 할지 아직 잘 몰랐다. 빌링스 씨가 나하고 자고 싶은 건가 생각했다.

빌링스 씨가 예약해놓은 스테이크하우스로 가니 네 사람 테이블이 준비되어 있었다. 그때 우리 엄마가 눈에 들어왔다. 나름 차

---

* 1926~2012, 미국의 배우이자 코미디언.

려입었지만 그 장소에 걸맞은 옷차림은 아니었다. 엄마는 너 대체 무슨 짓을 한 거야 하는 표정으로 나를 쳐다보더니 얼른 표정을 바꾸어 빌링스 씨에게 웃음을 지었다. 빌링스 씨가 자기소개를 하고 엄마 손에 입을 맞췄는데 엄마가 반색하는 게 확연히 보였다.

"마실 거 뭐 드시겠습니까?" 빌링스 씨가 엄마에게 물었고 엄마는 진토닉을 주문했다. 빌링스 씨는 버번 스트레이트를 주문했다. 느닷없이 우리가 한 가족이 된 것 같았다. 나는 대체 무슨 일인지, 매디슨도 나처럼 당혹스러워하는지 보려고 계속 매디슨을 쳐다보았는데 매디슨은 내 쪽으로 절대 눈길을 안 주고 메뉴만 들여다보고 있었다.

"오늘 두 분이 함께해주셔서 기쁩니다." 주문을 마치고 나서 빌링스 씨가 말했다. 엄마는 25달러라고 적혀 있는 필레를 주문했고 나는 메뉴에 나와 있는 것 중에서 가장 싼 요리인 치킨페투치네를 주문했다. 아무리 용을 써서 기억해봐도 매디슨과 매디슨 아버지가 뭘 주문했는지는 모르겠다.

"초대해주셔서 감사해요." 엄마가 말했다. 엄마는 힘들게 살았고 담배를 너무 많이 피우지만 고등학교 때는 치어리더였고 학교 최고 미녀였다. 그 미모를 나에게 물려주지는 않았지만, 엄마가 아직도 미인이라는 걸 인정하지 않을 수 없었다. 엄마가 빌링스 씨를 잠자리로 유혹할 수도 있는 상황인 것 같았다.

"좋은 일로 만나뵌 게 아니라 유감입니다." 빌링스 씨가 매디슨을 보며 말했고 매디슨은 자기 앞쪽 테이블만 보고 있었다. "애가 워낙 고집불통이라, 말썽을 일으킨 것 같네요. 저는 애가 다섯

이고 매디슨이 막내인데 나머지 넷을 다 합한 것보다 매디슨이 더 골칫덩이예요."

"아들 넷보다도 말이죠." 매디슨이 갑자기 화가 나는 듯 불쑥 말했다.

"어쨌건 매디슨이 실수를 했고 그로 인해 처벌을 받을 모양입니다. 여차하면 내일 아침에 그렇게 될 것 같은데, 그래서 오늘 어머니와 릴리언을 뵙자고 한 겁니다."

"아빠—" 매디슨이 입을 열었다가 아버지의 무시무시한 눈빛에 입을 다물었다.

"릴리언이 무슨 잘못이라도 했나요?" 엄마가 물었다. 엄마는 진토닉을 벌써 두 잔째 마시고 있었다.

"아니, 아니죠." 빌링스 씨가 말을 이었다. "릴리언은 아이언마운틴에서 아주 모범적으로 생활했잖습니까. 따님이 자랑스러우시겠습니다."

"그래요." 엄마가 말했지만 의문문처럼 들렸다.

"자, 상황이 이렇습니다. 저는 사업가고 그렇다보니 늘 상황을 다른 각도에서 보고 모든 가능성을 고려하죠. 아내가 같이 오지 않겠다고 한 건, 아내는 매디슨이 일단 처벌을 받고 다음 상황을 헤쳐나가는 수밖에 없다고 생각해서예요. 하지만 아내는, 제가 아내를 사랑하긴 하지만, 솔직히 매디슨이 퇴학을 당하면 그 여파가 어떨지 깊이 생각을 안 해요. 이 일이 매디슨의 미래에 얼마나 심각한 영향을 미칠지는 제 입으로 다 말하기 힘들 정도인데도요."

"뭐 애들은 실수를 하기 마련이죠. 그러면서 배우는 거고요."

엄마가 말했다.

빌링스 씨의 미소가 아주 잠깐 사라지는 듯했으나 곧 다시 돌아왔다. "맞습니다." 빌링스 씨가 말했다. "그리고 배우죠. 실수를 하고 배워서 다시는 반복하지 않죠. 하지만 매디슨의 경우는 실수를 다시 하고 안 하고가 문제가 아닙니다. 매디슨의 앞날은 정해져 있어요. 그래서 제가 제안을 드리려고 온 겁니다."

그때 나는 알았다. 좆같게도 그 순간에 알았다. 미리 알아차리지 못했던 게 너무나 화가 났다. 매디슨을 쳐다보았는데 당연히 매디슨은 나를 외면했다. 내가 테이블 아래에서 매디슨의 팔을 잡고 온 힘을 다해 쥐었는데도 매디슨은 미동도 하지 않았다.

"무슨 제안이죠?" 살짝 취한 엄마는 아주 큰 관심을 보이며 물었다.

"교장이 매디슨이 아닌 다른 학생한테는 훨씬 관대할 거라고 생각합니다. 예를 들어서, 따님처럼 여러 어려움을 겪으며 이런 성취를 해낸 모범적 학생에게는 처벌도 훨씬 약하게 하겠죠. 고작해야 한 학기 정학 정도일 겁니다."

"왜요?" 이렇게 묻는 엄마 얼굴을 한 대 치고 싶었다. 때려서라도 술이 깨게 만들고 싶었지만, 술이 문제가 아니라는 것도 알았다.

"복잡한 문제입니다. 하지만 확신합니다. 어머니와 릴리언이 내일 교장실에 가서 그 약이 사실은 릴리언 것이라고 말한다면, 아주 관대한 처분을 받을 거라고 생각합니다."

"간단한 일은 아닌 것 같은데요." 엄마가 말했다. 내 생각만큼 취하지는 않은 것 같기도 했다.

"음, 위험성이 있다는 걸 인정합니다. 그래서 두 분의 수고에 적절하게 보상하고 싶습니다. 사실 어머니 앞으로 된 만 달러 수표를 가져왔습니다. 릴리언이 학업을 계속하는 데 이 돈이 도움이 되리라고 생각합니다. 어머니가 쓰셔야 할 비용도 조금 충당할 수 있을 거고요."

"만 달러요?" 엄마가 되물었다.

"그렇습니다."

"엄마." 내가 말하는 순간 매디슨도 말했다. "아빠." 하지만 어른들이 각각 우리 입을 막았다. 그때 매디슨이 나를 쳐다보았다. 매디슨의 눈은 너무나 파랬다. 이 개같은 스테이크하우스의 어둑한 불빛 아래에서도 파랗게 빛났다. 정말 이상한 감정이었다. 누군가를 증오하면서 동시에 사랑할 수 있다니. 어른의 감정이란 이런 걸까 생각했다.

빌링스 씨와 우리 엄마는 계속 이야기를 나눴다. 음식이 나왔지만 매디슨과 나는 한입도 먹지 않았다. 내 귀에는 아무 소리도 들어오지 않았다. 매디슨은 테이블 아래에서 내 손을 꼭 쥐고 아버지가 계산을 하고 우리를 레스토랑 밖으로 데리고 나갈 때까지 놓지 않았다. 빌링스 씨의 수표가 우리 엄마의 백으로 들어갔다.

그날 밤, 빌링스 씨의 차를 타고 기숙사로 돌아와 방에 들어온 다음에 매디슨이 내 침대에서 같이 자도 되느냐고 물었고 나는 좆까라고 했다. 나는 양치를 하고 나서 매디슨이 자기 침대에 앉아 셰익스피어를 읽는 동안(결국 쫓겨나지 않게 되었으니 과제를 해야 했다) 더플백에 짐을 쌌다. 어떻게 여기 올 때보다 짐이 더 적을 수가 있나? 내 삶은 대체 무엇이었길래? 나는 침대에 누워 내 쪽 등을 껐다. 몇 분 뒤에 매디슨이 자기 등을 껐고 우리는 그렇게 어둠 속에서 아무 말 없이 있었다. 얼마나 오래 그러고 있었는지 모르겠는데 결국 매디슨이 내 침대 옆으로 와서 섰다. 내 하나뿐인 친구. 나는 한쪽으로 비켜 누웠고 매디슨이 침대 위로 올라왔다. 매디슨이 팔로 나를 감싸안았고 매디슨의 가슴이 내 등에 닿았다. "미안해." 매디슨이 말했다.

"매디슨." 내가 할 수 있었던 말은 그게 전부였다. 나는 무언가를 원했는데, 그걸 얻지 못했다. 혹여 다른 기회가 다시 주어지더라도 훨씬 얻기 어렵게 됐다.

"넌 내 가장 좋은 친구야." 매디슨이 말했지만 나는 아무 말도 할 수 없었다. 그렇게 누워 있다가 마침내 잠이 들었고 아침에 사감이 방문을 두드리고 우리 엄마가 밖에서 기다리고 있다고 말했을 때 나는 매디슨이 밤중에 자기 침대로 돌아갔다는 사실을 알았다.

교장은 내가 거짓말을 한다는 걸 아는 것 같았다. 내가 말을 바꿀 수 있게 여러 차례 다시 물었지만 그럴 때마다 엄마가 끼어들어 내가 얼마나 힘들게 살았는지 이야기했다. 그러자 립턴 교장이 나를 퇴학시켰다. 엄마는 놀라는 것 같지도 않았다. 그때까지 나는 엄마가 피우는 담배 한 개비 슬쩍해 피워본 적조차 없었는데, 마약을 했다는 죄목으로 학교에서 쫓겨났다. 쓰레기가 된 기분이었다.

더플백을 가지러 내 방에 올라가보니 매디슨은 나가고 없었다. 엄마 차를 타고 골짜기로 돌아가는 길에 엄마는 내 대학 학비로 돈을 저축해놓겠다고 말했지만 나는 그 돈이 이미 사라지고 없다는 걸 알았다. 엄마 손에 들어가는 순간 공중으로 사라졌다.

넉 달 뒤에 매디슨에게서 편지가 왔다. 메인에서 보낸 여름방학 이야기를 했다. 내가 없어서 학교 마지막 몇 주가 너무 끔찍했다며 애틀랜타로 자기를 보러 오면 좋겠다고 했다. 내가 어떻게 되었는지, 내가 자기를 위해 뭘 어떻게 했는지에 대한 말은 없었다. 메인에서 남자를 만났고 그 남자한테 어디까지 진도를 나가게 허락했는지도 이야기했다. 편지에서 매디슨의 목소리가 들렸다. 예쁜 목소리였다. 나도 우리 사이에 있었던 똥 같은 일은 언급하지 않고 답장을 썼다. 우리는 펜팔이 됐다.

나는 전에 다니던 끔찍한 공립학교로 돌아갔다. 가장 높은 산 정상에서 한 해를 보낸 다음 다시 해수면 높이로 돌아간 기분이었다. 선생님들과 학생들 전부, 동네 사람들 전부, 내가 코카인 때문에 퇴학당했으며 개천에서 벗어날 유일한 기회를 망쳐버렸다는 사실을 알았다. 사람들은 이 이야기의 기본 뼈대에 살을 덧붙여서 더 끔찍한 이야기로 만들었다. 그리고 내게 손가락질했다. 어떻게 나 같은 애가 그런 기회를 잘 살릴 거라고 기대했는지 모르겠다며 화를 냈다. 다들 나에 대해 완전히 포기해버렸고 아무도 대학이나 장학금 이야기는 꺼내지도 않았다. 나는 유령이 되었다. 마을에 전해 내려오는 이야기, 교훈이 되는 이야기이지만 아무도 겁내지도 귀 기울이지도 않는 이야기가 됐다.

그냥 그렇게 되어버렸고 아무도 신경쓰지 않았고 나도 흥미를 잃었다. 나는 방과후에 일을 하기 시작했다. 엄마와 함께 남의 집

청소를 했다. 마리화나나 약이 있는 얼뜨기 같은 애들하고 어울렸고 개들이 나한테 뭘 바라기 시작하기 전까지는 같이 놀았다. 그러다가 개들이 뭔가를 요구하길래 그냥 내 돈으로 마리화나를 사서 우리집 뒷마당 포치에서 혼자 피우며 세상이 평평해지는 걸 느꼈다. 미래에 대한 고민 따위는 안 하게 됐다. 현재를 참을 만하게 만드는 데 더 신경썼다. 그렇게 시간이 지나갔다. 그게 내 삶이었다.

저택에 가까워지자 녹색 풀밭과 수 마일은 되는 듯한 흰색 울타리 말고는 아무것도 보이지 않았다. 어떤 것도 막지 못할 것 같은 울타리가 대체 무슨 용도인지 알 수 없었다. 그냥 장식용인 것 같았고 그때 아! 돈이 엄청나게 많으면 아무 뜻 없는 장식을 할 수도 있구나 하는 깨달음이 왔다. 나는 더 똑똑해져야겠다고 생각했다. 나는 원래 똑똑하니까. 그동안 어리석음이 내 위에 두껍게 쌓이도록 내버려두었을 뿐. 그래도 필요하면 영리해질 수 있었다. 더 똑똑해질 것이다. 매디슨이 해낸 거라면 나도 쉽게 해낼 수 있을 것이다.

우라질 진입로가 1마일은 되는 것 같았고 하도 완벽하게 관리되어 있어 꼭 천국의 문으로 가는 길처럼 보였다. 진입로 끝에 창문에 철창살이 있는 허름한 피자 가게 하나만 덜렁 있더라도 감동적일 것 같았다.

"거의 다 왔어요." 칼이 말했다.

"우편물은 어떻게 해요?" 내가 물었다.

"뭔 소리예요?" 칼이 물었다.

"저 집 사람들이 우편물을 가져오려면 이 진입로 끝에서 끝까지 걸어가나요? 골프 카트 같은 걸 타고 가나? 아니면 누가 대신 가져다주는 사람이 있어요?" 우편물을 대신 가져오는 사람이 칼이냐고 묻지는 않았지만 내가 그럴지도 모른다는 생각을 했다는 사실을 칼도 아는 것 같았다.

"어, 집배원이 문까지 가져와요." 칼이 말했다.

"아, 그래요." 나는 매디슨이 포치에 앉아서 아이스티를 마시며, 집배원이 발목에 문신을 할까 생각중이라는 내용이 담긴 내 편지를 들고 진입로를 따라 올라오기를 침착하게 기다리는 광경을 상상했다.

나는 매디슨의 집을 종종 상상했었다. 저택 사진을 보내달라고 하는 건 좀 이상할 것 같았다. 테디베어 같은 네 아들 사진은 이제 더 안 봐도 되니까 너희 집 화장실이 어떻게 생겼는지 전부 찍어서 보내봐, 라고 할 수는 없으니까. 매디슨이 보낸 사진에서 고급스럽고 잘 관리된 집의 일부를 볼 수 있었다. 조각조각 오려서 다시 짜맞추면 전체 저택의 모습이 보일 것 같기도 했다. 아니면 그냥 매디슨이 백악관에 산다고 상상하면 간단했다. 그때는 그게 말이 되는 것 같았다. 매디슨이 존나 씨발 백악관에 산다는 게.

저택에 점점 가까워지자 목구멍에 단단한 돌이 걸린 듯했고 마음을 가라앉히려고 칼의 손이라도 잡을 지경이었다. 삼층 저택이었는데 어쩌면 더 높을 것도 같았다. 그때 내 시야에서는 고개를 치켜들어도 건물 꼭대기가 보이지 않았으니 저멀리 우주까지 뻗어 있지 말란 법도 없었다. 건물 외관은 눈이 부시도록 희었고 곰팡이

나 얼룩 한 점 없었다. 꿈에서 그려보는 그런 집이었다. 길이가 1마일은 될 것 같은 거대한 포치가 집 전체를 두르고 있었다. 매디슨이 당연히 부자이리라고 예상은 했지만 내가 지금까지 살아온 경험으로는 어느 정도 부자일지 예측할 수가 없었다. 게다가 매디슨 남편이 진짜 그렇게 갑부인가? 컴퓨터를 발명했다거나 패스트푸드 체인을 소유하고 있다거나 그런 것도 아니지 않나. 그 정도의 부로도 이런 집을 가질 수 있다니. 게다가 매디슨도 가질 수 있다니. 그때 매디슨이 갑자기 현관에 나타나서 손을 흔들었는데 어찌나 아름다운지 만약 나한테 고르라고 한다면 몇 번이라도 이 집보다는 매디슨을 택할 것 같았다.

칼이 진입로 중앙에 있는 분수를 돌아서 저택 정문 바로 앞에 차를 세웠다. 그러고는 시동을 끄지 않은 채로 재빨리 차에서 내려 내 쪽으로 와서 차문을 열어주었다. 나는 일어설 수가 없었다. 다리가 말을 듣지 않았다. 매디슨이 계단을 내려와서 포옹하려는 듯 양팔을 벌렸다. 하지만 나는 매디슨을 맞을 수가 없었다. 근육 하나라도 움직이면 이 모든 게 증발해버리고 에어컨이 고장난 다락방의 내 매트리스 위로 다시 돌아가 있을 것 같았다. 결국 칼이 나를 마치 인형 다루듯이 끌어내어 생일선물인 양 매디슨에게 안겼다. 매디슨은 너무나 훤칠하고 너무나 강했고, 매디슨이 나를 안고 있는 동안 나는 매디슨의 냄새를 맡았고, 우리가 기숙사 방에서 한 침대에 있을 때가 떠올랐고, 곧 모든 게 다시 진짜로 느껴졌다. 이건 현실이었다. 나는 몸을 곧추세웠고 거기에 내가 그렇게 있었다. 거의 십오 년 만에 보는 거였는데 매디슨은 달라진 데가 없었다.

피부가 약간 그을렸고 몸매가 어른스럽게 부풀었을 뿐. 로봇처럼 보이지는 않았다. 영혼이 없는 사람처럼 보이지 않았다.

"너 정말 멋있다." 매디슨이 말했고 나는 그 말을 믿었다.

"어, 넌 슈퍼모델처럼 보인다." 내가 대답했다.

"내가 슈퍼모델이면 좋겠다." 매디슨이 말했다. "일정이 내 일로만 꽉 차 있으면 좋겠어." 그렇게 우리는 다시 우리가 되었다. 이상한 사람인 나와, 뜻밖에 자기도 이상하다는 사실을 드러내는 매디슨.

칼이 손목시계를 보더니 살짝 고개를 숙여 인사를 하고 다시 차에 올라타고 가버렸다. 칼이 차를 타고 떠나는 모습을 내내 보고 있어도 좋을 것 같았다. 사실 조금 그러고 싶기도 했다. 칼의 차가 바보 같은 호박으로 변하고 칼은 쥐로 변하지 않을까 조금 기대하기도 했다. 여기에서는 마법이 일어나길 기대해도 실망할 일이 없을 것 같았다.

"너무 덥다. 안으로 들어가자." 매디슨이 말했다.

"이거 너희 집이야?" 내가 물었다.

매디슨이 씩 웃었다. "그중 하나지." 이 말을 하는데 코에 주름이 잡히고 눈이 반짝거렸다. 남편한테는, 다른 부유한 여자들에게는 이런 식으로 말하지 않을 것 같았다. 다행이었다. 매디슨도 자기 행운이 믿기지 않는 듯했다.

내가 무얼 보기를 기대했는지는 모르겠지만 일단 집안은 상당히 평범해 보였다. 벽에 미치광이 같은 그림이 걸려 있지도 않았다. 어쩌면 우주시대에 걸맞은 가구 같은 걸 예상했던 것도 같다.

그런데 내가 안에서 맞닥뜨린 것은 너무 평범해 보여서 가까이 가서 만져보지 않으면 얼마나 고급 자재를 썼는지, 얼마나 공을 들여 제작했는지 알 수 없는 그런 종류의 부였다. 현관에 매디슨과 남편의 결혼식 때 모습을 그린 거대한 초상화가 있었다. 매디슨은 막 미스 아메리카로 뽑힌 것처럼 보였고 남편은 한때 유명했던 진행자처럼 보였다. 사랑해서 한 결혼인지 알 수 없었지만, 나야 사랑을 경험해본 적도 없고 가까이에서 본 적도 없으니 내가 판단할 일은 아니라는 것도 알았다.

매디슨은 정치학 학위를 받고 밴더빌트대학을 졸업한 다음 재스퍼 로버츠 상원의원 재선 캠프에서 일하면서 남편을 만났다. 가장 아래 직책부터 시작했는데, 정상적인 상황에서라면 매디슨이 재스퍼 로버츠의 근처에도 갈 일이 없었겠지만, 로버츠 상원의원이 아내와 두 아이와 갈라서고는 최고액 후원금을 내놓는 후원자 중 한 명이고 말馬에 미쳐 있고 괴상한 모자를 쓰는 자산가 여성을 만나기 시작하면서 매디슨이 윗자리로 끌어올려졌다. 여성의 시각이 필요하다든가 뭐 그랬던 것 같다. 조언을 하는 위치에 있는 인간들이 상원의원에게 누가 그 문제를 꺼내면 아주 위엄 있는 태도로 아무 말도 하지 말고 그냥 꼭두각시처럼 헛기침만 하라고 조언했다고 한다. 그 무렵에 매디슨이 나에게 보낸 편지에 이렇게 쓰여 있던 게 기억난다. 이 남자들 진짜 멍청해. 자기들이 한 삽질을 수습해본 적이 한 번도 없는 건지, 그냥 그렇게 뭉개면 된다고 생각한다니까. 매디슨이 엄청나게 똑똑한데다가 대놓고 똑 부러지게 의견을 말하는 괴벽한 면이 있어서, 급기야는 로버츠 의원이 매디슨에게 캠페인 총괄 운영을 맡겼다. 말해봐야 입 아픈 이야기지만 누구나 그러듯이 로버츠도 매디슨을 사랑하게 되었기 때문에 그런 것이기도 했다. 로버츠가 만나던 자산가 여성이 자기가 사고 싶은 말 이야기밖에 안 해서 짜증을 유발하기도 했고.

매디슨은 로버츠 의원을 회유적인 캐릭터로 만들었다. 로버츠의 연설문은 싹 다 매디슨이 썼다. 유세 연설에서 로버츠는 자신의 실패를 고백했다. 선거구민들이 잘살게 만들고 싶고 선거구민 한 명 한 명을 전부 돕고 싶은 생각에 자기 가족을 돌보는 데 소홀했다고 했다. 그래서 가족을 잃게 되었지만, 더 큰 가족, 위대한 테네시주의 유권자들마저 잃고 싶지는 않다고 호소했다. 어려운 일은 아니었다. 로버츠 집안은 대대로 한 자리씩 해왔고 엄청난 부자라 선거에 나오면 그냥 자동으로 찍게 되는 정치적 유물 같은 존재였다. 그저 자기가 멍청한 짓을 했음을 자기도 안다는 걸 보여주기만 하면 됐다.

그렇게 해서 선거에 이겼다. 매디슨은 정계에서 좀 유명한 존재가 됐다. 사실은 그 사람 경쟁자가 존나게 멍청한 덕이지. 매디슨은 다른 편지에서 이렇게 시인했다. 내가 만약 그쪽 캠프에 들어갔으면 재스퍼가 졌을 거야. 그러고 나서 두 사람은 결혼했다. 매디슨은 임신했다. 그리고 지금은 이런 삶을 살고 있었다.

거실 소파에 앉았는데 마치 구름 위에 앉은 듯했다. 내 구질구질한 매트리스에 앉으면 바닥에 난 구멍에 끼여 평생 거기 갇혀 있을 것 같은 기분이 드는데 그 느낌하고 정반대였다. 여기 실내장식 중에 매디슨이 고른 것은 얼마큼이고 남편의 전 부인이 남긴 것은 얼마나 될지 궁금했다. 2단 트레이에 마요네즈를 잔뜩 넣은 오이샌드위치가 있었는데 어찌나 작은지 인형의 집에 놓는 음식처럼 보였다. 아이스티가 담긴 피처와 투명하고 커다란 얼음이 든 유리잔 두 개가 있었다. 얼음이 하나도 녹지 않은 것으로 보아 우리가 이 방에 들어오기 직전에 갖다놓은 것 같았다.

"우리 처음 만난 날 기억나?" 매디슨이 물었다.

"당연하지." 내가 말했다. 그렇게 오래전 일도 아니었다. 매디슨한테는 오래된 일이려나? "넌 금붕어가 그려진 드레스를 입었어."

"그 옷, 아버지가 애틀랜타에 있는 의상실에서 맞춰줬어. 난 그거 너무 싫었는데. 금붕어라니. 아버진 뭘 너무 모르셨지."

"아니, 돌아가셨어?" 혹시 그런가 싶어 불쑥 물었다.

"아니, 살아 계셔." 매디슨이 말했다.

"아, 다행이다." 내가 말했지만 진심은 아니었다. 그냥 말이 그렇게 나왔을 뿐. "다행이야." 속마음을 들킬까봐 다시 말했다.

"너는 머리도 안 빗은 것처럼 보였던 게 생각나." 매디슨이 말했다.

"아닌데. 머리 빗었어." 내가 말했다.

"네가 번개처럼 방안으로 들이닥치던 게 기억나. 그때 널 사랑하게 될 걸 알았지."

매디슨의 남편이 어디 있나 궁금해졌다. 곧 키스가 시작될 것 같았다. 어쩌면 내가 할 일이 매디슨의 비밀 연인이 되는 것일 수도 있을 것 같았다. 매디슨 곁에 있으면 늘 그랬듯 심장이 마구 뛰기 시작했다.

내가 아무 대꾸도 안 하자 매디슨이 갑자기 눈이 흐려지더니 이렇게 말했다. "네가 아이언마운틴을 떠난 뒤에는 늘 뭔가 정말 좋은 걸 잃은 느낌이었어."

매디슨도 나도 그때의 일을 돌이켜 셈하려는 건 아니었다. 아직은 아니었다. 매디슨은 아직 죽지 않은 아버지가 나한테 돈을 주고 자기 대신 나를 몰락시켰다는 사실, 그래서 이 저택, 상원의원 남편, 이 모든 값비싼 것을 갖게 되었다는 사실을 거론할 생각이 없었다. 우리는 서로 예의를 지키고 있었다.

"그런데 너를 이렇게 다시 만나다니!" 매디슨은 이렇게 말하고 아이스티를 따랐고 나는 벌컥벌컥 두 모금 만에 비워버렸다. 매디슨은 놀란 기색도 없이 다시 내 잔을 채워줬다. 나는 샌드위치를 하나 먹었는데 맛이 역겨웠지만 배가 고파서 두 개 더 먹었다. 덜어 먹는 접시가 위쪽 트레이에 쌓여 있는 건 미처 못 봤다. 나는 어색하게 손으로 샌드위치를 들고 있었다. 무릎 위에 부스러기가 떨어져 있을 터라 아래쪽은 내려다보고 싶지도 않았다.

"티머시는 어디 있어?" 나는 매디슨의 아들이 너구리털 모자를 쓰고 장난감 나무총을 들고 늙은 왕족처럼 창백한 얼굴로 방에 들어오지 않을까 생각하며 물었다.

"낮잠 자." 매디슨이 말했다. "낮잠을 좋아해. 나처럼 게을러."

"나도 낮잠 좋아해." 내가 말했다. 이런 상황에서 샌드위치를 몇 개나 먹는 게 적절할까? 쟁반 위에는 거의 스무 개 정도가 남아 있었다. 일부를 남기는 게 예의에 맞는 거겠지? 매디슨은 샌드위치에 손도 대지 않았다. 아니, 혹시 이거 장식용인가?

"왜 널 여기까지 오라고 했는지 궁금하지." 매디슨이 말했다.

무슨 일이 있었는데 이제 해결됐으니 이만 가보라고 하겠구나 싶었다. 대체 무슨 일이 있었길래 수년 동안 편지로만 이야기하던 나와 직접 만나야겠다고 생각했을까 궁금했다.

"무슨 일이 있다고 했잖아? 일자리 같은 거?"

"내가 왜 네 생각을 했냐면, 지금부터 하려는 이야기가 정말 아주 사적인 일이라 그래. 네가 어떻게 하겠다고 결정하든 간에. 누군가 신중한 사람, 비밀을 지켜줄 수 있는 사람이 필요했어."

"나 신중할 수 있어." 내가 말했다. 나는 이런 걸 좋아했다. 뭔가 음험한 일.

"알아." 매디슨이 마치 얼굴을 붉히는 것처럼 보였는데 물론 그럴 리는 없었다.

"무슨 일 있어?"

"그렇다고도 할 수 있고." 매디슨은 입안을 헹굴 때처럼 입을 비쭉거리며 말했다. "그렇다고도 할 수 있지. 내가 재스퍼의 전 가족 얘기 했던가?"

"안 한 것 같은데. 잡지에서 읽은 것 같긴 해. 첫번째 아내 말이지?"

매디슨은 마치 나를 구렁텅이로 끌어들이려는 참이기라도 한 듯 미안한 표정을 지었다. 하지만 그렇다고 멈추지는 않았다. 나를 엄마 집으로 다시 보내지 않았다. 그리고 나한테 매달렸다.

"그게, 첫번째 아내는 재스퍼의 어릴 적 여자친구였는데 죽었어. 희귀 암에 걸렸다던가 그렇대. 그 사람 이야기는 거의 안 해. 남편이 나를 사랑하는 건 아는데, 가장 사랑한 건 그 사람인 것 같아. 어쨌든, 그뒤로 꽤 오래 혼자 살았지. 그러다가 제인하고 결혼했고. 제인은 테네시 정계에서 영향력이 막강한 사람의 막내딸인데, 뭐랄까 좀 이상한 사람이야. 내면에 어둠이 있어. 어쨌든, 남편에 대해 나쁘게 말하긴 그렇지만 제인하고 결혼한 게 정치적으로는 이득이었지. 제인은 그 세계를 잘 알았고 거기에서 해야 하는 일들을 할 줄 알았어. 두 사람 사이에 쌍둥이가 있어. 아들딸 쌍둥이. 그렇게 살았는데, 재스퍼가 그 말 좋아하는 여자를 만났고 모든 게 엉망이 된 거야."

"그다음에 남편이 널 만났고 그래서 모든 게 정리됐지." 내가 말했다.

매디슨은 웃지 않았다. 진지했다. 하려는 이야기에 집중했다. "그랬지. 티머시가 태어났고. 나 지금도 남편 일에 관여해. 조금 다른 각도에서, 일종의 보조 역할로. 그것도 나쁘진 않아. 재스퍼가 내 말을 잘 들으니까. 솔직히 말하면 재스퍼는 정치를 따분하게 생각해. 집안 전통이라 그냥 하는 거지. 명성은 좋아하는데 법에는 별 관심이 없어. 어쨌든, 그렇게 잘 지냈어."

"무슨 일이 있었는데?" 내가 물었다.

"그래, 그게, 제인이 죽었어. 몇 달 전에."

"유감이다." 나는 제인의 죽음이 매디슨에게 어떤 종류의 슬픔을 불러일으켰을지 상상해보려고 했다. 아마 그런 건 없었을 것 같왔다. 어쨌거나 유감이라고 했다.

"비극적인 일이지. 제인은 이혼의 충격에서 영영 벗어나질 못했어. 워낙에 불안정하고 기묘한 사람이었으니. 실은 약간 제정신이 아니었어. 한밤중에 전화해서 입에 담지 못할 소리를 했지. 재스퍼는 제인을 어떻게 대해야 할지를 몰랐어. 내가 밤새도록 제인과 통화하면서 새로운 현실을 받아들이도록 설득했어. 내가 그런 거 잘하잖아."

"어쩌다 죽은 거야?"

매디슨이 눈살을 찌푸렸다. 주근깨가 정말 예뻤다. "이제 중요한 이야기를 할 거야, 릴리언. 알겠지? 비밀을 지키겠다고 약속해."

"알았어." 나는 조금 짜증이 나기 시작했다. 빌어먹을 비밀 잘지키겠다고 이미 말했는데. 나는 그 비밀이 필요했다. 비밀을 삼키고 내 안에 간직하고 싶었다.

"제인이 죽었고, 제인의 애들이 남았지. 지금 열 살이야. 쌍둥이들. 베시하고 롤런드. 귀여운 애들―제길, 아니 내가 왜 이런 말을 했지. 사실 잘 몰라. 하지만 어쨌든 애들이야. 그리고 그래, 재스퍼의 애들이지. 재스퍼가 책임져야 하는 자식. 그래서 그애들을 데려오려고 지금 준비중이야."

"잠깐만, 넌 남편 애들을 한 번도 본 적이 없단 말이야? 남편은 애들을 보고 지냈어?"

"릴리언, 좀. 내가 하는 이야기에 집중해줄래?"

"지금 여기 안 살아?" 내가 물었다.

"아직은."

"엄마가 몇 달 전에 죽었으면, 지금 어쩌고 있는데? 애들끼리 있어?"

"아니, 당연히 아니지. 제인의 부모님하고 같이 있어. 아주 나이가 많은 분들이고 애들하고 잘 지내는 스타일은 아냐. 어쨌든 우리도 애들 맞을 준비를 하려면 시간이 필요했어. 일주일 안으로 여기로 올 거야. 우리랑 같이 살려고."

"알겠어." 내가 말했다.

"걔들도 참 일이 많았어. 행복하게 살았다고 할 수는 없지. 제인은 까다로운 사람이었어. 아이들을 내내 집에 데리고 있으면서 바깥출입도 안 했어. 홈스쿨링을 했다고 했는데 대체 뭘 가르쳤을지 모르겠다. 그래서 애들이 사람에 익숙하지 않아. 변화를 받아들일 준비도 안 됐고."

"내가 뭘 어떻게 하길 바라는데?" 내가 물었다.

"네가 걔들을 돌봐줬으면 좋겠어." 드디어 내가 버스를 타고 여기까지 온 이유가 드러났다.

"베이비시터처럼 말이야?" 내가 물었다. "무슨 뜻인지."

"베이비시터처럼, 그래, 아마도." 매디슨이 나한테 하는 말이라기보다 혼잣말처럼 말했다. "나는 가정교사 같은 걸 생각한 것 같아. 좀더 옛날식으로."

"뭐가 다른데?" 내가 물었다.

"아무래도 이름이 주는 느낌이 다르겠지. 사실은 애들 생활 전반을 다 전담해 관리해줬으면 해. 애들이 행복하게 지내게 하고,

공부도 시켜서 진도를 따라잡게 하고. 잘 성장하는지 확인하고. 운동도 시키고. 청결하게 관리하고."

"매디슨, 걔들이 무슨 지하생활자라도 돼? 애들한테 무슨 문제 있어?" 나는 애들한테 뭔가 심각한 문제가 있기를 간절히 바랐다. 돌연변이나 뭐 그런 것이었으면 했다.

"그냥 애들이야. 하지만 애들은 존나 제멋대로잖아. 릴리언, 넌 모를 거야. 아무것도 몰라."

"티머시는 순해 보이던데." 내가 바보처럼 말했다.

"사진으로 보면 그렇지." 매디슨이 갑자기 날카로워졌다. "그래도 내가 훈육을 했어. 고집을 꺾어서 길들인 거지."

"어, 티머시는 귀엽지." 내가 말했다.

"걔들도 귀여워, 릴리언." 매디슨이 대답했다.

"뭐가 문젠데?" 내가 다시 캐물었다.

매디슨은 소파에 앉아 이야기를 나누는 내내 아이스티에는 손도 안 대고 있더니 난데없이 시간을 벌려는 듯 한 잔을 쭉 들이켰다. 잔을 놓더니 드디어 엄청나게 심각한 얼굴로 나를 똑바로 보았다.

"그게 있잖아. 재스퍼가 국무장관이 될 수도 있어. 아직까지는 극비 사항이야, 알지? 현 장관이 몸이 안 좋아서 곧 사임할 거야. 대통령 측근들이 재스퍼하고 접촉하고 신원조사에 들어갔어. 올여름 중으로 매듭지어질 거야."

"와 미쳤네." 내가 말했다.

"잘되면 더 큰 걸로 이어질 수도 있어. 부통령이라든가. 일이 다 잘 풀리면 심지어 대통령도 가능할지 모르지."

"와 멋지다." 내가 말했다. 미국 영부인이 된 매디슨을 상상해 봤다. 농구 시합에서 매디슨이 리바운드를 잡으려고 다른 애 목을 팔꿈치로 치고 바로 퇴장당했던 일이 생각났다. 웃음이 나왔다.

"그러니까 어떤 상황인지 알겠지? 지금 이런 엄청난 일이 진행 중인데 제인이 죽었고 애들이 우리랑 같이 살러 오는 거야. 돌아버 릴 일이지. 스트레스가 장난 아냐. 이 신원조사라는 거. 이거 진짜 빡세. 하나하나 다 들여다봐. 불륜에 대해서는 이미 알고 있고 당 연히 못마땅해하지. 그래도 그 사람들이 재스퍼를 좋아해. 사람들 한테 꽤 인기가 있거든. 내 생각에는 잘될 것 같아. 그런데 애들이. 걔들이 어떻게 살아왔는지는 아무도 몰라. 그애들이 일을 망치지 않았으면 좋겠어. 그러면 재스퍼는 정말 화를 낼 거야. 정말 아주 엄청나게 화를 낼 거야."

"그냥 애들 돌보고 안전하게 지키면 되는 거라고?"

"애들이 다치지 않게 하고 이상한 짓만 안 하게 하면 돼." 매디 슨은 기대가 가득 담긴 눈을 반짝이며 대답했다.

나는 질서를 유지할 줄 알았다. 나쁜 일이 일어나는 온갖 경로 를 알기 때문에 그걸 피하는 법도 알았다. 어떤 게 사람을 망가뜨 리는지도 훤히 알았다. 이애들은 나를 이기지 못할 것이다. 그러고 보니 내가 이미 이 일을 하기로 마음먹은 모양이었다. 그런데 나는 애들에 대해서는 씨발 아무것도 몰랐다. 애들을 어떻게 돌봐야 하 는지 전혀 몰랐다. 애들이 어떻지? 뭘 먹지? 어떤 춤을 좋아하지? 애들한테 뭘 가르치려면 어떻게 해야 하는지도 하나도 몰랐다. 이 일에서 내가 보기 좋게 실패한다면 매디슨하고는 이걸로 끝일 것이다. 백악관으로 초대받을 일도 없을 테고. 우리는 남남만도 못한 사이가 되겠지.

"할 수 있을 것 같아." 내 목소리가 자신감이 하나도 없게 들렸다. 목소리에 힘을 주었다. 몸을 강철처럼 단단하게 만들었다. "할게, 매디슨. 할 수 있어."

매디슨이 샌드위치 위로 팔을 뻗어 나를 힘주어 안았다. "네가 나한테 얼마나 소중한지 몰라. 나한테는 아무도 없어. 네가 필요해."

"그래." 어쩌면 지금까지 나는, 매디슨이 다시 나를 필요로 하기를, 매디슨이 상황을 바로잡기 위해 다시 내 도움을 청하기를 내내 기다리고 있었던 건지도 몰랐다. 만약 그런 거였다면 그렇게 나쁜 삶은 아니었던 거겠지.

긴장해서 파르르 떨리던 매디슨의 몸이 긴장을 풀었다. 나도 드디어 상황의 엄중함을 알고 한계도 알고 내가 들어갔다가 무사히 나올 수 있으리라는 것도 알게 되어 마음이 놓였다. 나는 안락한 소파에 몸을 기댔고 소파는 나를 딱 편안한 자세로 받아주었다. 그다음에 나는 얼른 몸을 앞으로 숙여 샌드위치를 두 개 더 먹었다.

"릴리언?" 매디슨이 말했다.

"응?"

"사실은, 한 가지가 더 있어." 매디슨이 얼굴을 찡그리며 말했다.

"뭐?"

"애들 말이야. 베시하고 롤런드. 너한테 말 안 한 게 하나 있어."

번뜩 머리를 스치는 게 있었다. 뭔가 성적인 학대를 당해 껍데기만 남아 있는 아이들. 다른 장애의 가능성도 떠올랐다. 팔다리가 없다든가, 얼굴에 무시무시한 흉터가 있다든가. 햇빛에 노출되면 안 되는 피부. 치아가 하나도 없는 입. 이어서 자살 충동, 욕조에 빠뜨려 죽인 새끼고양이, 번뜩이는 칼이 떠올랐다. 내가 하겠다고 약속할 때까지 기다렸다가 이제야 이 말을 꺼내다니 정말 매디슨다웠다.

"애들한테 독특한—뭐라고 불러야 할지 모르겠네—일종의 증상이 있어." 매디슨이 입을 열었지만 나는 가만히 기다리고 있을 수가 없었다.

"애들이 이가 없어?" 나는 겁에 질렸다기보다는 빨리 이야기를 끝내고 싶었다. "새끼고양이를 죽였어?"

"뭐? 아니, 그냥…… 그냥 내 말 좀 들어봐, 응? 애들한테 정말 심하게 열이 많이 오르는 증상이 있어."

"어, 그래." 내가 말했다. 연약한 애들이구나. 운동을 싫어하는 애들. 좋아.

"애들 몸이, 의사도 밝혀내지 못한 이유로 아주 뜨거워질 수가 있어. 온도가 아주 위험할 정도로 올라가."

"알았어." 내가 말했다. 이게 전부일 리가 없었지만 매디슨이 계속 얘기하게 만들려고 그냥 대꾸했다.

"불이 붙어." 매디슨이 마침내 말했다. "애들이—당연히 그런 일이 극히 드물긴 한데—몸에서 불이 나."

"농담이지?" 내가 물었다.

"아니야! 정말로 농담 아니야, 릴리언. 내가 왜 이런 걸 가지고 농담을 하겠어?"

"그게, 그런 건 한 번도 들어본 적이 없어서. 농담처럼 들렸어."

"농담 아니야. 심각한 증상이야."

"세상에, 매디슨, 엄청나다." 내가 말했다.

"나도 본 적은 없어. 재스퍼는 봤지만. 애들이 흥분하면 몸이 엄청나게 뜨거워져서 불이 붙는 것 같아."

충격적이긴 했지만 머릿속에 그 이미지를 떠올렸을 때 불편하지는 않았다. 불의 아이들. 장관일 것 같았다.

"그런데 어떻게 살아 있어?" 내가 물었다.

"애들은 아무렇지도 않아." 매디슨은 어깨를 으쓱하며 자기도 정말 황당하다는 걸 강조했다. "그냥 아주 시뻘게져. 햇볕에 너무 많이 탄 것처럼. 그런데 전혀 다치진 않아."

"옷은 어떻게 되고?" 내가 물었다.

"나도 아직 잘 몰라, 릴리언." 매디슨이 말했다. "아마 옷이 타버리는 것 같아."

"그러니까 그애들이 불이 붙은 벌거벗은 아이들이라고?"

"그런 것 같아. 이제 우리가 뭘 걱정하는지 알겠지. 그러니까, 재스퍼가 걔들 아빠이긴 하지만 이건 틀림없이 제인 쪽에서 물려받았을 거야. 제인이 혼자 애들을 키우는 도중에 이 증상이 나타났어. 제인은 정말 여간내기가 아니었거든. 알고 보니 제인이 방화광이었다고 하더라도 하나도 안 놀랄 것 같아. 어쨌든 재스퍼가 한 단계 올라가게 됐고, 이애들을 데려올 건데, 현명하게 대처해야 하겠지. 여기 부지에 게스트하우스가 있어. 원래는 다른 용도였지만, 아무튼. 재스퍼가 엄청나게 비싼 돈을 들여 거길 보수하고 안전장치를 설치했어. 그곳에서 너랑 애들이랑 같이 지낼 거야. 정말 좋은 집이야. 진짜 예뻐. 솔직히 이 거대한 집보다는 차라리 거기에서 살고 싶을 정도로."

"내가 애들하고 같이 산다고?" 내가 물었다.

"하루 이십사 시간, 일주일에 칠 일." 매디슨은 내 표정을 보고 이게 매우 별로라는 것을 읽었다. "나중에 네가 쉬고 싶어지면 며칠 다른 사람한테 맡기고 쉴 수도 있을 거야. 어쨌든 이번 여름 동안만이니까. 장기적인 해결 방법을 생각해낼 때까지만. 어때? 신원조사 끝나고 임명만 이뤄지면 훨씬 편해질 거야."

"이거 정말 이상하다, 매디슨. 나더러 네 남편의 불타는 애들을 키우라니."

"'불타는 애들'이라고 부르지 마. 농담도 하지 마. 아예 입에 올리면 안 돼. 그동안 본 의사들은 아주 사려 깊게 비밀을 지켜주고 있어. 재스퍼가 워낙 연줄이 좋아서, 의사들은 입도 뻥긋 안 할 거야. 어쨌거나 이 문제를 어떻게 해결할지 결론이 날 때까지는 상황을 우리가 통제하고 있어야 해."

역시 선거 캠프 사무장 매디슨이었다. 망할 내 머리카락을 활활 불태울 수 있는 애들, 벌거벗은 불쏘시개 같은 애들도 그녀에겐 보도자료나 적절한 사진 공개로 해결할 수 있는 문제로 보일 뿐이었다.

"정말 모르겠다." 내가 말했다. 괴상한 오이샌드위치가 이제 뱃속에서 요동치기 시작했다. 아이스티를 너무 많이 마셔서 이가 시렸다. 칼은 어디에 있지? 칼이 나를 다시 엄마 집으로 데려다줄 수 있으려나? 매디슨이 내가 가도록 내버려둘까?

"릴리언, 제발. 네가 필요해. 그리고 난 네 편지를 읽었잖아. 알지. 네가 어떻게 사는지 알아. 뭐 많은 걸 포기해야 하는 것도 아니잖아? 네 텔레비전을 훔쳐간 친구? 미시시피에 있는 카지노까지 차로 데려다달라고 하는 네 엄마? 우리가 수고비도 줄 거야. 아주 많이. 그래, 무척 힘든 일이긴 한데, 재스퍼는 힘이 있는 사람이야. 널 도울 수 있어. 이 일이 끝난 다음에는 너도 그 삶에서 벗어나서 더 나은 걸 누릴 수 있을 거야."

"네가 나한테 은혜를 베풀고 있는 것처럼 말하지 마." 내가 조금 화가 나서 말했다.

"아니지, 내가 너한테 무리한 걸 요구한다는 거 알아. 나도 이러고 싶지 않아. 하지만 넌 내 친구잖아, 아냐? 네가 친구로서 날 도와주길 부탁하는 거야."

매디슨 말에 틀린 데가 하나도 없었다. 내 삶은 거지같았다. 게다가 그렇다는 사실이 괴로웠는데 나도 매디슨처럼 살지는 않더라도 적어도 내 앞가림은 하며 살고 싶었기 때문이다. 사실은, 나는 아직도 내가 끝내주는 삶을 살 운명이라고 믿었다. 내가 이 아이들을 길들인다면, 그 괴상한 불치병을 치료한다면? 그게 끝내주는 삶의 시작이 아닐까? 그 정도면 괜찮은 전기영화 한 편은 만들 만한 사건이 아닌가?

"알겠어." 내가 말했다. "좋아. 내가 걔들 볼게. 내가 걔들의……뭐라고 그랬지?"

"가정교사." 매디슨이 기뻐하며 말했다.

"그래, 그거 할게."

"이 일은 절대 안 잊겠다고 약속해. 절대로."

"이제 집에 가야겠다." 내가 말했다. "칼은 갔어? 누가 나 좀 버스터미널까지 태워줄 수 있어?"

"아냐." 매디슨이 고개를 흔들며 자리에서 일어났다. "오늘 가지 마. 여기에서 자. 집에 가고 싶은 게 아니면 갈 필요 없어. 너 필요한 건 다 사줄게. 옷도 다! 컴퓨터도 최고 사양으로. 뭐든 원하는 건 다."

"그래." 나는 갑자기 피로가 밀려오는 걸 느꼈다.

"저녁에는 뭐 먹고 싶어? 우리 요리사가 뭐든 만들 수 있어."

"모르겠는데." 내가 말했다. "뭐 피자나 그런 거 아무거나."

"우리 피자용 오븐 있어!" 매디슨이 말했다. "네가 먹어본 가장 맛있는 피자가 될걸."

우리는 서로 빤히 쳐다보았다. 오후 세시였다. 저녁식사 때까지 뭘 하나?

"티머시는 아직도 자?" 어색한 분위기를 깨려고 내가 말했다.

"아, 그래, 티머시한테 가봐야겠다. 뭐 마실 거나 그런 거 줄까?"

"혹시 나도 낮잠 좀 자도 돼?" 내가 물었다.

저택 안을 돌아다니면서도 이 집이 얼마나 큰지 감이 잘 오지 않았다. 돈을 쏟아부은 뮤지컬에 나오는 것 같은 나선형 계단을 올라갔다. 매디슨은 남북전쟁 동안에 북군에 징발당하지 않으려고 말을 이 계단으로 끌고 와서 다락방에 숨겼느니 하는 말도 안 되는 이야기를 했다. 그때 나는 삶을 바꾸어놓을 중대한 결정을 마치고 흥분한 상태였으니 어쩌면 그 이야기는 내가 상상한 것일 수도 있다.

매디슨은 나를 유배된 공주가 누워 있을 법한 방으로 데려갔다. 가구 한 점 한 점 각각 무게가 수천 파운드는 될 것처럼 보였다. 19세기 목수가 바로 이 방 안에서 책상을 조립했고 그뒤 내내 그 자리에 그대로 놓여 있는 것 같았다. 천장에는 샹들리에가 있었다. 나는 이 방 하나의 3분의 1 크기 정도 되는 아파트에서 산 적도 있는데. 매디슨의 부에 너무 넋을 놓지 말아야겠다고 속으로 다짐했다. 앞으로 나도 여기에서 살게 될 테니까. 매디슨이 가진 것 전부가 내 것이기도 했다. 만져도 감전되지는 않는다는 사실을 되새기며 익숙해져야 했다.

"잠옷 줄까?" 매디슨이 물었다.

"그냥 이대로 잘게." 내가 말했다.

"그럼 잘 자." 매디슨이 내 이마에 입을 맞추며 말했다. 매디슨은 정말 키가 컸다. 고등학교 때 매디슨이 어떻게 내 이마에 입을 맞추었는지, 매디슨의 입술이 얼마나 부드러웠는지 잊고 있었다. 그러고 매디슨은 사라졌다. 집이 매디슨을 삼켜버렸다. 발소리조차 들리지 않았다.

침대에 올라가는 것도 쉬운 일이 아니었다. 내가 이 집에서 가장 더러운 존재인 것처럼 느껴졌다. 저택에 무단침입한 고아가 된 기분이었다. 나는 신발을 발로 차 벗은 다음 침대 옆에 가지런히 놓았다. 침대 위로 올라갔는데 침대가 하도 높아서 낑낑거리며 올라갔다. 눈을 감고 억지로 잠을 청했다. 불이 붙은 아이들이 팔을 벌리고 나를 부르는 상상을 했다. 아이들이 불타는 모습을 봤다. 아이들이 웃고 있었다. 아직 잠이 들지도 않았는데. 꿈을 꾸는 게 아니었다. 이제 이게 내 삶이었다. 아이들이 내 앞에 서 있었다. 나는 아이들을 품에 안았다. 그리고 활활 불에 타올랐다.

2

나는 다시 집에 돌아가지 않았다. 다음날 아침에 엄마한테 전화를 걸어서 프랭클린에서 지낼 거라고 전했다. 유독성 폐기물 관련 대규모 집단소송에 법무 보조 역할로 고용되었으니 어쩌니 하는 정교한 거짓말을 미리 생각해놓았지만 엄마는 무엇 때문이건 아무 관심이 없었다. "네 물건은 어떻게 해?" 엄마가 궁금한 건 그것 한 가지뿐이었다.

사실 내 물건이랄 게 없었다. 정말 필요한 건 없었다. 슈퍼마켓에서 훔친 잡지 몇 권, 내가 정말 좋아하는 티셔츠 한 장, 여섯 달 동안 돈을 모아서 샀고 아끼느라 YMCA에서 즉석 시합을 할 때만 신은 농구화 한 켤레. 하지만 필요한 건 매디슨이 전부 사주겠다고 했다.

"그냥 둬요. 나중에 가지러 갈 수도 있고." 내가 말했다.

"매디슨하고 같이 있어?" 엄마가 물었다.

"어, 매디슨 집에 있어요."

"매디슨은 늘 너한테 잘했지. 무슨 이유 때문인지." 엄마는 불필요한 친절이 당혹스럽다는 듯 말했다.

"뭐, 내가 걔를 위해 한 일이 있잖아요." 열이 오르기 시작했고 나는 싸움을 벌일 준비를 했다.

"고릿적 이야기잖아." 엄마가 말했다.

"사실은 나 가정교사가 될 거예요." 내가 불쑥 말했다.

"그래, 알았어." 엄마는 그게 뭔지 설명하기도 전에 전화를 끊어버렸다.

아래층으로 내려가보니 매디슨이 아침식사용 식탁에 있었다. 식탁 둘레에 둥그렇고 매끈한 가죽 벤치가 있었다. 식탁 옆에는 거대한 퇴창이 있고 다람쥐가 잔디밭에서 뛰어다니며 도토리를 모으는 게 보였다. 티머시가 작은 손 크기에 딱 맞는 순은 포크를 쥐고 앉아 있는 게 뒤늦게 눈에 들어왔다. 티머시가 몇 살인지 기억을 더듬어봤다. 세 살? 네 살? 아니, 세 살이지. 아주 아름다운 아기였는데 매디슨의 아름다움과는 다른 종류였다. 티머시의 아름다움은 부자연스럽고 만화 같았다. 눈이 어찌나 큰지 얼굴에서 75퍼센트는 차지할 것 같았고 할머니들이 수집하는 도자기 인형처럼 보였다. 티머시는 테네시주 깃발에 있는 휘장이 무늬로 찍힌 빨간 잠옷을 입고 있었다.

"안녕." 내가 티머시에게 인사를 했지만 티머시는 빤히 보기만 했다. 수줍음을 타는 것 같지는 않았다. 그저 내가 말을 섞을 상대인지 확신이 안 서는 모양이었다.

"릴리언한테 인사해." 매디슨이 그제야 말했다. 매디슨은 블루베리를 얹은 코티지치즈를 먹고 있었다.

"안녕." 티머시가 말하고는 바로 스크램블드에그로 눈을 돌렸다. 나와의 볼일은 끝이었다.

"커피 마실래?" 매디슨이 내가 마치 자기 자식인 것처럼, 우리가 십몇 년 만에 만난 사이가 아닌 것처럼 물었다.

뒤쪽에서 어떤 여자분이 김이 나는 커피 주전자를 들고 갑자기 나타나서 깜짝 놀랐다. 몸집이 아주 작고 나이를 가늠할 수 없는 동양인이었다.

"이쪽은 메리야." 매디슨이 말했다.

"원하는 거 뭐든 만들어드릴게요." 억양이 영국식 같았다. 아니면 말투가 하도 우아해서 유럽 쪽인 것처럼 느껴졌는지도. 남부 억양이 아닌 것은 분명했다. 메리는 얼굴에 웃음기가 없었는데 어쩌면 웃으면 안 되는 위치여서 그럴 수도 있을 것 같았다. 나는 속으로 메리가 웃었으면 했다. 그러면 커다란 베이컨샌드위치를 부탁하기가 더 쉬울 텐데.

"커피면 돼요." 내가 말하자 메리가 커피를 한 잔 따라주고 부엌으로 돌아갔다. 재스퍼 로버츠에게 고용된 사람이 몇 명이나 될지 궁금했다. 열 명? 오십 명? 아니 백 명이 넘으려나? 셋 중 어느 것이든 말이 되는 수 같았다. 그때 마치 내 호기심이 불러낸 것처럼 멜빵을 차고 큼직한 챙이 늘어진 모자를 쓴 남자가 뒷마당을 가로질러갔다. 장총을 들고 행군하는 군인처럼 갈퀴를 들고 있었다.

"하인이 몇 명 있어?" 내가 묻자 매디슨이 움찔했다. 매디슨이 더럽게 부유하다는 사실에 죄책감을 느끼게 만들려고 일부러 이러는 건지 나도 알 수가 없었다.

"아마 우리한테 필요한 것보단 많을 거야." 매디슨이 대답했다. "하인은 아니야. 고용인이지. 대형 크루즈선을 운영하는 것하고 비슷해. 여기가 워낙 크다보니 챙길 일들이 많고 전문기술이 있는 사람들이 많이 필요해. 그래도 나 사람들 이름은 다 알아. 다 알고 지내."

"나까지 한 명 더 늘었네."

"너는 고용인이 아냐." 매디슨이 밝은 목소리로 말했다. "나를 도와주는 친구지."

커피를 마셨는데 정말 맛있었다. 맛이 어찌나 복잡미묘한지 지금까지 내가 갖고 있던 사물에 대한 개념은 이제 갖다버려야겠다는 생각이 들었다. 내가 주로 마시던 휴게실 커피는 너무 묽어서 무슨 맛이라도 나게 만들려면 설탕을 쏟아부어야 했다. 전날 저녁에 먹은 피자는 어찌나 신선한지 소스 속 토마토에서 어떤 맛이 나는지 느껴질 정도였다. 크러스트는 적당히 살짝 그을려 있었다. 스물여덟 살이 된 이제야, 원래 의도된 그대로의 것들을 경험하게 될 모양이었다. 싸구려 모조품이 아니라.

"너 오늘 뭐해?" 나는 매디슨에게 이렇게 물었다가 다시 덧붙였다. "아니 나는 오늘 뭐해야 해?" 그게 나에게는 더 중요한 문제였다.

"그냥 쉬어. 산책하면서 여기 지리에 익숙해지는 것도 좋겠다.

오후에는 내슈빌에 가서 옷이랑 필요한 걸 사자. 아, 재스퍼가 저녁때 집에 올 거야. D.C.에서 돌아와. 내가 널 만나보라고 했어."

"얼마나 자주 오는데?" 내가 물었다.

"그렇게 자주는 안 와. 워싱턴에 일이 많아서. 거기 아파트가 있어. 그래도 같이 있는 시간이 많아. 너도 알다시피 재스퍼는 가족을 아주 중시하니까."

전혀 몰랐던 사실이었다. 사실 내가 여기에 와 있는 이유는 매디슨 남편의 고아나 다름없는 원시인 아이들을 돌보기 위해서가 아닌가. 그런데 그때 매디슨이 그냥 대외용 언사를 읊고 있는 것임을 깨달았다. 매디슨의 눈빛은 아득한 곳에 가 있었다. 시간이 흐르면 매디슨이 자기도 모르게 속마음을 드러낼 테고 로버츠 의원의 문제가 뭔지 알 수 있을 것이다. 일단은 기다려야 했다.

"내가 티머시를 어린이집에 데려다주고 돌아온 다음에 둘러보자. 어때?"

"좋아." 내가 말했다. 커피를 한 잔 더 마시고 싶었지만 내가 가서 가져오면 예의에 어긋날 수도 있을 것 같았다. 메리를 불러서 커피를 더 달라고 한다면 그게 더 무례한 행동일까? 어느 쪽을 택하든 잘못이리란 걸 알았다. 내가 한 일이 정확히 맞는 일이라고 완벽히 확신하게 되기 전까지는 계속 실수를 할 게 뻔했다.

"릴리언한테 인사하고, 가자." 매디슨이 티머시에게 지시했다.

티머시는 냅킨으로 작은 입가를 닦았다. 내가 평생 본 것 중 가장 앙증맞으면서도 가장 짜증나는 행동이었다. 티머시는 냅킨을 내려놓더니 나를 보고 말했다. "안녕."

"잘 갔다 와, 팀." 나는 아이 기분이 상하길 기대하면서 일부러 이름을 줄여 불렀다. 그러니까 벌써 일을 망치고 있는 거였다. 나는 티머시가 나를 좋아하게 만들어야 했다. 아니면 티머시를 좋아하는 법을 배워야 했다. 티머시로 연습을 해야 했다. 쌍둥이가 오기 전까지, 아이에게 어떻게 말을 걸고 아이를 어떻게 대하고 어떻게 참아내야 하는지를 알아낼 유일한 기회가 티머시였다.

내가 자발적으로 어린아이와 무언가를 같이 했던 때들을 떠올려보았다. 한번은, 어떤 여자아이가 세이브얼랏 슈퍼마켓 복도에서 길을 잃었다. 내가 시리얼 상자의 가격표를 바꿔 달고 있는데 그애가 유령처럼 눈앞에 나타났다. 눈을 엄청나게 크게 뜨고 눈물을 흘리지 않으려고 안간힘을 쓰는 게 보였다. 나는 조심스럽게 손을 내밀었다. 아이는 아무렇지도 않게 아무 말 없이 내 손을 잡았고 우리는 조용히 가게 안을 돌아다녔고 마지막 통로까지 갔을 때 얼빠진 애엄마가 자기 애가 유괴당할 위험에 처했다는 사실은 꿈에도 모르고 냉동식품 코너에서 저칼로리 냉동식품을 들여다보고 있는 걸 발견했다. 엄마한테 신랄하게 수동공격적인 말 한마디를 쏘아주려는데 아이가 내 손을 당기길래 아이를 내려다보았다. 아이는 내 손등에 입을 맞추더니 내 손을 놓고 자기 엄마한테 달려갔다. 순간 아이를 안아 데려오고 싶다는 생각이 들었다. 나는 아이스크림이 진열된 냉동고 문을 열어 내 머리를 집어넣고 제정신이 돌아올 때까지, 그 아이와 엄마가 사라질 때까지 찬 공기를 쏘였다. 정신을 차리기 힘들어서 결국 근무시간이 끝날 때쯤 오직 그 아이 생각을 떨쳐버리기 위해 컨트리햄 한 덩이를 통째로 훔쳤다.

몇 주 동안 그 아이가 또 오지 않을까 기다렸는데 그뒤에는 한 번도 못 봤다. 어쩌면 아이들은 그런 것일지 몰랐다. 내가 전혀 원하지 않을 때에도 마음을 열게 만드는 간절하고 여린 존재.

매디슨과 아들이 간 뒤에도 나는 식탁에 남아 있었다. 매디슨이 코티지치즈를 거의 안 먹었길래 손을 뻗어 내 앞으로 가져왔다. 내가 딱 한 입 먹었을 때 메리가 텔레포트라도 한 것처럼 갑자기 등장해서 내 커피잔을 채워주었다. "뭐 만들어드릴 수 있는데요. 말만 하면 돼요."

"아, 그게요, 그냥 이거 먹으면 될 것 같아서요. 그러니까, 어, 쓰레기로 버려지면 아까우니까요."

"음식물 쓰레기요." 메리가 말했다. 내 말에 동의하는 건지 나를 비웃는 건지 알 수 없었다. 보통 확신이 안 들 때는 나를 비웃는 것이라고 판단한다. 하지만 그렇다고 메리를 한 대 칠 수는 없었다. 아직은, 이 집안에서 메리가 어느 정도 필수 인력인지 파악하기 전에는 그럴 수 없었다. 나는 끝내주는 커피를 한 모금 더 마셨고 마음이 느긋해졌다. 이게 바로 호사구나. 나는 생각했다. 이 사람을 한 대 치고 일을 망쳐서 천국에서 쫓겨나지는 말자.

"베이컨샌드위치 먹을 수 있을까요?" 나는 메리에게 물었다. 메리는 고개를 끄덕이고는 편안하게 내 앞으로 손을 뻗어 코티지치즈와 블루베리 그릇을 치웠다.

나는 커피잔을 들고 메리를 따라 부엌으로 갔다. "갖다줄게요." 메리가 돌아보며 말했다.

"같이 갈게요. 식탁에 혼자 있으니까 이상해요." 내가 말했다.

메리는 자동차만큼 큰 냉장고를 열고 커다란 베이컨 한 팩을 꺼냈다. 프라이팬에 한없이 여러 장을 올렸다. 1파운드는 될 것 같았다. 내 쪽은 한 번도 쳐다보지 않고, 신선한 빵을 두 조각 썰어서 1950년대 물건처럼 보이는 동시에 미래적으로 보이는 토스터에 넣었다.

"매디슨 집에서 일한 지 얼마나 되셨어요?" 내가 물었다.

메리는 빵이 튀어나올 때까지 대답하지 않고 기다렸다. "재스퍼 로버츠 의원님에게 고용된 지 십일 년 됐어요."

"여기 좋아해요?" 내가 물었다.

"일을 좋아하냐고요?" 메리가 얼굴을 찡그리며 대꾸했다. 메리의 말투에 날 선 데가 있었는데 왜인지 짐작이 갔다. 슈퍼마켓에서 새로 얼간이를 고용할 때마다 나는 신참이 모르는 것 때문에 내가 얼마나 많은 일을 추가로 해야 할지, 신참이 한 삽질의 여파가 나한테 얼마나 미칠지에 신경이 곤두서곤 했다. 그래도 나는 메리의 환심을 살 수 있을 것이다. 내가 한 삽질은 나한테만 영향을 미칠 테니까. 메리는 안전했다.

"그러니까, 여기서 지내는 건 어때요?"

"일이니까요. 괜찮아요. 로버츠 의원님은 괜찮은 사람이에요." 메리는 베이컨을 종이타월에 얹어 기름기를 흡수시켰다. "빵에 뭐 바르고 싶은 거 있어요? 뭐든?"

"마요네즈 있어요?"

메리는 완성된 샌드위치를 결혼식에서나 쓸 법한, 불면 깨질 것처럼 생긴 접시 위에 담았다. "여기 아일랜드 식탁에서 먹어도 돼요?" 내가 묻자 메리는 어깨를 으쓱했다. 으음, 그렇지, 그렇지, 역시 내가 먹어본 최고의 샌드위치였다. 처음에는 다른 사람이 만들어줘서 맛있나보다 생각했지만 엄마가 나한테 만들어줬던 샌드위치는 형편없었다. 그러니 분위기 탓인 것 같았다. 너무 깊이 생각하지 않기로 했다. "정말 맛있어요." 내가 말하자 메리는 그냥 고개를 끄덕였다. 나는 세 입 만에 샌드위치를 먹어치우고 접시를 어떻게 해야 할지 몰라 보고만 있었다. 메리가 접시를 가져가더니 바로 내 앞에서 씻었다. 나는 그렇게 하도록 내버려두었고. 그렇게나 쉬운 일이었다.

"그러니까 로버츠 씨가 두번째 아내와 같이 살 때도 여기 계셨겠네요?" 내가 메리에게 물었다.

"네, 그랬죠."

"애들이 어땠어요?" 내가 물었다.

"애들이 어떻냐고요? 애들은 애들이죠. 제멋대로고."

"티머시처럼요?" 나는 이렇게 물어서 메리가 거의 웃을 뻔하게 만들었다.

"아뇨, 티머시 같지는 않았어요." 메리는 자세를 조금 누그러뜨리고 설명했다. "제멋대로지만 애들이니까. 귀엽고 제멋대로인 애들이에요. 난장판을 만들어놓곤 했지만 그거 치우는 게 싫진 않았어요."

"내가 걔들을 돌보게 됐어요." 내가 말했다.

"알아요." 메리가 말했지만 정말 알았던 건지는 알 수 없었다. 메리는 결코 만만한 상대가 아니었다. 오랜 세월 갈고닦은 내공이 있었다.

"매디슨은 제 가장 친한 친구예요." 나는 너무나 바보스럽게도 이렇게 말했고 메리도 바보 같은 말이라고 생각했는지 아무 대꾸도 않고 무시했다. "샌드위치 고마워요." 내가 말했고 메리는 다음 할일이 있는 방향으로 칼같이 몸을 돌렸다.

나는 돌아다니면서 방을 하나씩 다 둘러보았다. 내 몸이 이 거대한 저택 안에 있는 느낌에 익숙해지게 했다. 방들이 각각 무슨 용도인지, 어떤 차이가 있는지 추측해봤다. 복도는 바닥이 대리석이라 양말을 신은 발에 닿는 느낌이 싫었는데 방에는 아름답고 단단한 재질의 마루가 깔려 있고 어쩌면 남북전쟁 때 만들어졌을 듯한 거대한 러그가 있었다. 오락실이 있었는데, 그게 정확한 명칭은 아닐 것도 같았다. 보드게임 〈클루〉에는 '당구실'이라고 되어 있던 게 기억났다. 방 한가운데 당구대가 있고 한쪽 벽에는 핀볼머신이 있고 체스보드 테이블 양쪽에 푹신한 의자가 있었다. 한쪽 구석에 바가 있고 먼지 쌓인 온갖 술병이 있었다. 나는 당구대 포켓에 손을 넣어 공 하나를 꺼내서 빈 아이스버킷 안에 숨겨놓았다. 〈몬스터 배시〉라는 핀볼머신의 작동 버튼을 눌렀더니 바로 불이 켜졌다. 동전을 넣을 필요가 없었다. 머신 옆쪽을 주먹으로 쳤더니 '틸트'라는 메시지가 뜨고 게임이 끝이 났다.* 나는 체스보드에서 화이트 퀸을 집었다. 훔치려다가 어쩐지 쫄려서 그냥 내려놓았다.

---

* 핀볼머신에 외부 충격을 가해 부정행위를 하는 것을 방지하기 위해 기계에 충격이 가해지면 '틸트' 메시지가 표시되고 게임이 중단된다.

신발을 신고 집 바깥쪽을 둘러보려고 내 방으로 돌아갔다. 방에 들어가보니 어떤 여자가 침대를 정리하고 있었다. 아침에 일어난 다음에 정돈해놓지 않은 것이 부끄러웠다. "안녕하세요." 내가 인사하자 여자는 깜짝 놀라는 것 같더니 곧 진정했다.

"안녕하세요." 여자가 말했다.

"침대 정리해주셔서 고맙습니다." 이렇게 말했더니 당황한 것 같았다. 나는 신발을 들고 얼른 방에서 나왔다. 아직 머리도 안 빗었고 이도 안 닦았다. 여기 올 때 빈손으로 와서 아무것도 없었다. 부탁만 하면 머리빗과 칫솔과 네 가지 종류의 치약이 나타나리란 건 알았지만 그냥 별로 필요한 게 없는 척했다. 살면서 나는 부족한 게 없는 척할 때가 많았는데 사실은 필요한 물건 없이 사는 법을 익히며 버틴 거였다.

돌길을 따라 애들과 같이 살게 될 게스트하우스로 갔다. 이층짜리 하얀 목조주택이고 진한 빨간색 덧창이 달려 있었다. 문이 잠겨 있지 않길래 그냥 안으로 들어갔다. 벽은 하얀 바탕에 주황색과 노란색 물방울무늬였다. 바닥은 밝은 파란색의 푹신한 재질 같은 걸로 덮여 있었다. 빈백 의자, 초등학교에서 쓰는 가구 같은 게 많이 있었다. 전체적으로 〈세서미 스트리트〉를 정신병원하고 섞어놓은 것 같은 느낌이었다. 하지만 나쁘지 않았다. 과학 실험용으로 디자인한 세트처럼 깔끔했지만 그래도 정붙이고 살 수 있을 것 같았다. 공간이 넓으니 아이들 목을 조르고 싶어질 때 숨을 만한 곳도 있을 것 같았다.

고개를 들어보니 엄청나게 복잡한 스프링클러 설비와 빨간 등이 반짝이는 화재감지기가 보였다. 벽에는 석면을 잔뜩 채워넣었으려나? 불이 나는 아이들에 대비해 집을 보수하려면 어떻게 할까?

"마음에 들어요?" 느닷없이 뒤에서 목소리가 들렸다.

"쌍!" 이렇게 소리치며 나는 휙 몸을 돌리면서 나도 모르게 발차기를 하려고 한 발을 들어올렸다. 칼이 팔짱을 끼고 서 있었다. 칼은 나를 쳐다보고 있지도 않았다. 스프링클러 설비를 보고 있었다.

"미안해요." 칼이 말했지만 미안해하는 것처럼 보이지는 않았다. 이게 내가 얼마나 잘 놀라는지 보기 위한 일종의 테스트가 아닌가 싶었다. 칼이 경찰 같다고 생각했었는데 이제 생각이 바뀌었다. E. T.를 잡으러 온, 선글라스 끼고 양복 입은 얼굴 없는 사람들하고 비슷했다. 1980년대 영화에 나오는 악당.

"놀라서 간 떨어지는 줄 알았어요." 내가 말했다.

"문이 열려 있길래요. 무슨 일 있나 들어와봤죠."

"여기가 내가 살 곳이에요." 내가 말했다.

"네, 당분간은요." 칼이 말했다. "미시즈 로버츠께서 상황을 말씀해주셨나요?"

나는 말없이 칼을 빤히 보았다. 칼이 입을 더 열 수밖에 없게 만드는 게 기분이 꽤 좋았기 때문이다.

"애들 말이에요." 마침내 칼이 말했다. "애들…… 상황 알죠?"

"불이 붙는다고요. 알아요." 내가 말했다.

"뭐 하나 물어도 됩니까, 미즈 브레이커?"

"뭔데요?"

"육아 경험이 있으십니까? 의료 교육은 받으셨나요? 아동심리학 학위가 있다든가?"

"애들 둘은 돌볼 수 있어요." 내가 말했다.

"기분 나쁘게 받아들이지는 마세요. 그러니까, CPR은 할 줄 아세요?"

"이런, 칼, 당연하죠. CPR 자격증도 있어요. 인증받았다고요. 애들을 되살릴 수 있어요." 이 년 전에 농산물 코너에서 어떤 할머니가 쓰러져서 내가 그 옆에 앉아 구급차가 오기를 기다리는 동안에 세상을 뜬 일이 있었다. 그 이후에 슈퍼마켓 사장이 직원 전부에게 CPR과 응급처치 교육을 받게 했다.

"네, 잘됐네요." 칼이 웃으며 말했다.

"소방 교육도 받았어요. 소화기 쓰는 법은 알아요."

"애한테 쓸 수 있어요?" 칼이 물었다.

"애가 불이 붙으면 그래야죠." 내가 말했다.

칼이 부엌으로 가더니 팬트리처럼 보이는 곳 문을 열었다. 안쪽에는 식료품이 아니라 반짝이는 빨간 소화기가 바닥부터 꼭대기까지 가득 있었다. "흠, 그렇다면 문제없을 것 같네요."

"칼?" 내가 불렀다.

"네?" 칼이 대답했다.

"내가 꾸민 일이라고 생각하는 거예요? 내가 매디슨한테 사기를 쳐서 그 빌어먹을 괴상한 애들을 돌보는 일을 나한테 맡기게 만들었다고 생각해요?"

"아뇨, 전혀 아닙니다. 로버츠 의원님과 미시즈 로버츠가 처한 상황이 매우 특별하다고 봅니다. 그분들은 최선을 다하고 있죠. 지금 상황을 보면 책임감 있게 인도적으로 행동하려고 무척 애쓰는 것 같아요. 당신은 그 아이들을 돕고자 하는 두 분 열망의 일부일 뿐이죠. 하지만 나는 이게 적절한 방법이라고 생각하지는 않아요. 재앙이 될 거라고 봐요."

"애들인데요." 내가 말했다.

"제가 도울 수 있는 건 뭐든 돕겠습니다." 칼이 말했다. "예측하지 못한 문제가 발생했을 때 도움을 청할 수 있는 사람으로 생각하세요."

바로 그때 매디슨이 문간에 나타났다. "여기 정말 예쁘지 않니?" 매디슨이 물었다. "물방울무늬 어때?"

칼이 신기하게도 방금 전까지보다 더 꼿꼿하게 몸을 폈다. 군인들조차 하기 힘든, 지금까지 알려지지 않은 자세로 뼈가 정렬된 것 같았다.

나는 집을 둘러보며 고개를 끄덕였다. "칼, 물방울무늬에 대해 어떻게 생각해요? 마음에 들어요?" 내가 말했다.

칼이 웃음을 지었다. "아이들에게 매우 적절하다고 생각합니다." 그러더니 조금 뒤에 덧붙였다. "아주…… 경쾌하네요."

"칼이 마음에 든대." 내가 매디슨에게 말했다.

"너 입을 옷 사야지." 매디슨이 말했다. "쇼핑하러 가자."

"좋아." 내가 말했고 우리는 팔짱을 끼고 칼을 거기 남겨두고 나왔다. 칼은 오늘이 생일인데 파티에 아무도 안 온 사람처럼 멀뚱히 서 있었다.

"저 사람 좀 소름 끼쳐." 차고를 향해 걸어가면서 내가 말했다.

"그게 저 사람 역할인 것도 같아." 매디슨이 대답했다. "상황에 따라, 사람을 엄청나게 불편하게 만들거나 아니면 아주 편안하게 만드는 일."

"나를 별로 안 좋아하는 것 같아." 내가 말했다.

"글쎄, 사실 나를 좋아하는지 어떤지도 모르겠어." 매디슨이 말했다. "뭔 상관이야."

매디슨의 BMW를 타고 내슈빌에 있는 대형 쇼핑몰로 갔다. 빌링스백화점이 쇼핑몰 주요 입점 업체 중 하나라 건물 외벽에 'B'라는 황금빛 글자가 거대하고 멋지게 붙어 있었다. 매디슨은 백에서 금색 백화점 신용카드를 꺼냈다. 아버지한테 받은 모양이었다. "여기 있는 거 다 공짜야. 필요한 거 뭐든 골라." 매디슨이 말했다.

나는 필요한 게 별로 없었다. 모든 물건이 너무 섬세한데다 번쩍거렸다. 새틴 팬츠를 입어보았는데 죽고 싶은 생각이 들었다. "매디슨, 나 애들을 돌볼 거잖아. 베이비시터라고. 디너파티에나 입을 옷은 필요 없어."

"뭐가 필요할지는 모르는 거야." 매디슨은 어깨끈이 없는 밝은 녹색 드레스를 골라서 인형놀이를 하듯 나한테 대보았다.

"난 그 드레스를 지탱할 가슴이 없어." 내가 말했다. 사실 난 가슴이 전혀 없는데 어릴 때는 그래서 좋았고 고등학교 때는 그래서 슬펐고 지금은 전혀 신경쓰지 않게 됐다.

"이건 내가 골라주는 거야. 화려한 거 한 벌. 됐다. 이제 나머지는 네가 원하는 거 아무거나 골라."

나는 찢어진 정도가 제각각 다른 끝내주는 캘빈클라인 청바지 여섯 벌과 편하지만 쓰레기처럼 보이지는 않는 티셔츠 한 무더기를 골랐다. 불에 타더라도 너무 속상하지 않을 만한 옷들이었다. 운동복도 몇 벌 샀는데 나보다 나이가 훨씬 많거나 아니면 어린 사람들이 입어야 할 법한 옷이었지만 그래도 마음에 들었다. 녹색과 은색 레이온 재질이었고 암살자처럼 보이는 스타일이었다. 컨버스 척테일러 스니커즈 네 켤레와 아주아주 비싼 나이키 농구화 한 켤레를 샀다. 속옷과 브라 몇 개, 올림픽 선수들이 입을 것 같은 수영복, 해를 가려줄 멋진 벙거지모자도 하나 샀다. 갑자기 다리가 생겨나 인간들 사이에서 살게 된 인어가 된 기분이었다.

매디슨은 머리를 뒤로 싹 넘긴 싸구려 양복 차림의 남자 하나를 찾아내서 우리를 따라다니게 했고 우리는 물건을 잔뜩 골라 그 사람한테 안겼다. 남자는 더는 못 들겠다 싶으면 계산대로 가져가 가격을 총계에 더했다. 내가 안 보고 있을 때 매디슨이 하이힐 몇 켤레와 바지 정장 한 벌을 골랐고 아주 섹시한 속옷도 추가했다. 나는 굳이 말리지 않았다. 주는 건 다 받을 생각이었다. 매디슨이 '이성과 감성'이라는 이름의 향수도 샀는데 향수병 모양이 좋고 똑같이 생겨서 처음에는 장난으로 만든 물건인 줄 알았다.

물건을 다 고른 다음 매디슨은 나를 푸드코트로 보냈다. 총계가 얼마 나왔는지 내가 못 보게 하려는 것 같았다. 얼마가 나왔든 나는 신경 안 썼을 테지만. 아니 어쩌면 신경쓰였을 수도 있겠다. 저렇게 늘씬하고 완벽한 매디슨이 직원에게 황금색 카드를 건넬 때 그 옆에서 더러운 옷을 입고 고아처럼 서 있었을 테니. 그게 어떤 기분인지는 영영 알 길이 없었는데, 곧 매디슨이 옷가지를 BMW 트렁크에 다 싣고 나의 새집으로 다시 나를 데려갈 준비를 마치고 나타났기 때문이다.

"재스퍼 얘기 좀 해봐." 목소리가 너무 좋아 집중력을 흐트러뜨리는 에밀루 해리스 CD를 끄면서 나는 매디슨에게 물었다.

"재스퍼에 대해 무슨 얘길 듣고 싶어?" 매디슨은 핸들에 거의 손을 대지 않고 운전을 했다. 차가 매디슨의 의지대로 저절로 움직이는 것 같았다.

"어떤 사람이야?" 내가 물었다. "아니, 그것보다 네가 남편을 사랑하는지 궁금한 것 같아."

"내가 남편을 안 사랑한다고 생각해?" 매디슨이 웃으며 대꾸했다.

"흠, 사랑해?" 나는 정말 궁금했다.

"사랑하는 것 같아." 매디슨이 드디어 대답했다. "책임감 있고 나를 동등하게 대하고 자기 관심사가 있고 내가 하고 싶은 대로 하게 내버려두니까, 나한테는 완벽한 남편이지."

"어떤 사람인데? 인간적인 면에서는 어떤 점이 좋아?" 나는 매디슨의 대답에 만족하지 못하고 계속 물었다. 우리 엄마의 수천 명은 되는 남자친구들 각각이 나한테는 도무지 알 수 없는 미스터리였다. 대체 엄마는 저 남자가 인생에 어떤 도움이 된다고 생각하는 건지. 내가 만난 남자친구들도 생각해봤다. 나한테는 남자친구하고 한방에서 뒹굴고 싶은 게 전부였고 그것 말고는 사실 아무 기대도 없었다. 로버츠 의원을 생각해봤다. 내가 본 사진에서 로버츠 의원은 머리카락이 은빛이고 눈은 파래서 잘생겨 보이긴 했으나 나한테는 거의 죽은 사람으로 치부할 수 있을 정도로 나이가 많게 느껴졌다.

"그 사람은 진지하지. 쪽팔리는 남부 사람 특징도 없고. 알잖아. 밴더빌트에는 파스텔색 반바지에 보트슈즈를 신고 다니던 남자애들이 있었어. 1940년대 인종주의자 변호사들처럼 시어서커 재킷을 입었다니까. 정말 끔찍해. 어린애들인데 벌써 중년 남자처럼 보인다니까. 나는 걔들을 '민트줄렙* 보이들'이라고 불렀어. 남북전쟁 이전의 남부를 그리워하는 것 같더라고. 끔찍한 인종주의가 있긴 했지만 자기들이 중요한 사람 취급을 받을 수 있었으니 그래도 괜찮았다고."

"너희 오빠들 얘기 하는 것 같다." 내가 말했다. 매디슨이 가끔 편지로 오빠들 이야기를 했는데 전부 은행가 아니면 CEO였다. 매디슨은 부모님이 오빠들의 성취에는 열렬하게 반응하면서도 자기에게는 한 번도 그런 적이 없다고 했다. 자기 오빠들은 고기능 알코올중독자이고 전부 이혼과 재혼을 거쳤는데도.

"맞아. 우리 오빠들처럼. 민트줄렙 보이들. 아무 날도 아닌 날에 민트줄렙을 마시면서도 그게 이상하다고 생각하지 않을 인간들이지. 모르겠어. 나 횡설수설한다. 재스퍼가 그렇다는 건 아냐. 어떻게 묘사해야 할지 모르겠네. 말수 적고 신념이 있고 진지해. 사람을 잘 알고 그래서 사람에 대한 인내심은 좀 없지. 사람들이 너무

---

* 버번에 설탕과 민트를 첨가한 남부 전통 칵테일.

어리석어서 스스로를 지키지 못하니 자기가 대신 해줘야 한다고 생각하는 식이야. 웃기는 사람은 아니지만 유머 감각은 있어."

"왜 그 사람하고 결혼했어?"

"그 사람이 나하고 결혼하고 싶어했으니까. 그 사람이 내가 좋다고 하고, 나보다 나이도 많고 경험도 많고, 또 그 사람이 자산가 여자하고도 잘 안 됐고 가족하고도 헤어졌다는 것도 마음에 들었어. 결함이 있지만 그래도 신념이 있다는 게 좋았지. 나한테는 그게 중요했던 것 같아."

"너희 남편 만나는 거 좀 겁나." 내가 솔직히 말했다.

"나도 좀 그래. 네가 그 사람을 싫어하지 않아야 할 텐데."

나는 당연히 기본적으로 그 사람을 싫어하게 될 것 같았기 때문에 아무 말도 안 했다. 나는 원래 남자를 별로 좋아하지 않았다. 남자들은 피곤했다. 그래도 한번 기회를 줘보기로 했다. 새로운 가능성에 마음을 열어보는 거다. 이왕 이 집에서 살기로 했으니 상원의원하고 가끔 몇 마디 하는 것 정도는 참을 수 있었다. 사실 내가 테네시주 주민이기도 하니, 내 이익을 위해 봉사하는 게 그 사람의 책무이지 않나. 나는 투표를 안 하지만 굳이 그 사실을 밝힐 필요는 없었다.

매디슨이 티머시를 데리러 어린이집으로 간 사이에 나는 샤워를 하고 새 옷으로 갈아입고 내 낡은 옷은 빨래바구니에 넣었다. 아마 내가 안 볼 때 순식간에 사라져 세탁되고 개어져서, 어쩌면 리본으로 묶여서 돌아오리라고 예상되었다. 매디슨이 골라준 향수를 살짝 뿌렸는데 오래된 은과 인동꽃 냄새가 났다. 아래층으로 내려가보니 티머시가 서 있었다. 다른 어른은 보이지 않았다. "엄마는 어디 있어?" 내가 묻자 티머시는 몸을 돌려 복도로 걸어갔다. 티머시를 따라갔더니, 오전에 둘러볼 때는 못 보았던 티머시 방이 나왔다. 티머시의 침대는 지금껏 내가 가져본 어떤 침대보다 더 컸고, 아이가 침대에 눕는 순간 파묻혀 질식하지 않을까 싶을 정도로 푹신해 보였다. "여기가 네 방이니?" 내가 물었다.

"응. 내 동물 인형 보고 싶어?"

"어, 그런 것 같아." 내가 말했다. "그래."

커다란 궤 같은 게 있었는데 티머시가 낑낑거리며 뚜껑을 들어 올렸다. 그다음에 폭스바겐 비틀 안에서 어릿광대가 한도 없이 나오는 쇼 같은 것이 펼쳐졌다. 동물 인형이 어찌나 많이 나오는지 내가 환각제를 복용한 게 아닌가 싶을 정도였다. 티머시가 나비넥타이를 맨 붉은 여우를 꺼냈다. "얘는 제프리야." 티머시는 무표정하게 말했다.

"안녕, 제프리." 내가 말했다.

티머시가 두꺼운 검은 뿔테안경을 쓴 코끼리를 꺼냈다. "얘는 바살러뮤야."

"아, 그래. 안녕, 바살러뮤."

머리에 왕관을 쓴 개구리가 나왔다. "얘는 캘빈이야." 티머시가 개구리를 나한테 보여주며 말했다.

"걔 이름 프로기 아닌 거 확실해?" 내가 물었다.

"캘빈이야."

"아, 그렇구나. 안녕, 캘빈."

분홍색 드레스를 입은 테디베어도 있었다. "얘는 에밀리야."

"어디 텔레비전 프로그램에 나오는 애들이니?" 아이를 이해해보려고 애쓰면서 내가 물었다.

"아니. 그냥 내 거야."

"얘들하고 어떻게 놀아?" 내가 물었다.

"죽 늘어놔."

"그게 전부야? 그냥 죽 늘어놓기만 해?"

"그다음에 최고를 뽑아." 티머시가 말했다.

나는 여섯 살 때, 마당 세일에 가서 생일선물로 받은 용돈으로 남자애들이 가지고 노는 액션 피겨가 가득 든 커다란 상자를 샀다. 바비 인형은 너무 비쌌기 때문에 그냥 군복을 입고 수염이 난 남자 인형들을 가지고 놀았다. 그 인형들을 우리 동네에 사는 사람들이라고 상상하면서 내가 살고 싶은 삶의 장면을 연출했다. 시트콤 〈해피 데이즈〉에 나오는 폰지가 양손 엄지손가락을 치켜세운 액션 피겨를 나라고 상상했다. 근육이 있고 데님 조끼와 반바지를 입은 턱수염 남자는 우리 엄마였다.

하루는 내가 방에서 놀고 있었는데 엄마 인형이 "릴, 시장님의 고양이가 사라졌어"라고 했고 내 인형은 "알았어, 엄마, 브레이커 탐정사무소가 맡아서 해결할게!"라고 외쳤다. 그때 우리 엄마의 실제 목소리가 들렸다. "뭐하는 거야?"

고개를 들었더니 엄마가 문가에 서서 날 보고 있었다.

"시장님 고양이가 사라졌어?" 상상과 현실 사이에서 혼란에 빠진 나는 이렇게 물었다.

"그게 너니?" 엄마가 폰지를 가리키며 물었다. 나는 고개를 끄덕였다.

"저건 나고?" 엄마가 빅 조시 인형을 가리키며 물었다. 나는 다시 고개를 끄덕였지만 내가 뭔가 잘못한 것 같다는 느낌이 들었다.

엄마는 기묘한 표정으로 나를 쳐다보았다. 지금 생각해보면, 바로 그때가 엄마가 내가 자기와 다르다는 걸, 영원히 나를 알 수 없으리란 걸 깨달은 순간이었던 것 같다. 엄마의 눈에 그런 깨달음의 빛이 스쳤다. 엄마는 어처구니가 없다는 듯이 이렇게 말했다. "세상에, 릴, 네 머릿속엔 대체 뭐가 들어 있니?" 그러고는 가버렸다. 내가 괴상한 별종인 것 같은 기분이 들었다. 사실 애들은 그렇게 이야기를 만들면서 노는 게 보통인데도. 하지만 엄마는 상상의 나래를 펴는 게 아무짝에도 쓸모없는 일이라고 생각했다. 바보 같은 짓이고 일종의 나약함이라고 생각했던 것 같다. 그때였을 것이다. 삶을 견딜 수 있게 해주는 나의 상상을 세상에 들키지 않게 감춰야 한다는 걸 깨달았던 때가. 하지만 무언가를 꼭꼭 깊이 감추다보면 정말 필요할 때도 꺼내기가 힘들어진다.

그래서, 어쩌면 티머시를 조금 이해할 수 있었다. 어쩌면 티머시가 부러운 것도 같았다. "나도 해도 돼?" 내가 물었다. 티머시가 고개를 끄덕이고는 동물 인형 열두 개를 더 꺼내서 바닥에 늘어놓았다.

"좋아, 그러니까 최고인 걸 고르면 되는 거야?" 내가 물었다.

"제일 최고여야 돼." 티머시가 말했다.

앞발에 작은 기타가 붙어 있는 판다가 있었다. "이거 같아."

티머시의 눈에 알겠다는 눈빛이 스쳤다. 티머시 안에 깃든 17세기의 유령이 갑자기 깨어나기라도 한 것처럼.

"걔는 브루스야." 티머시의 말에 나는 조금 웃었다. 동물 인형 이름치고 정말 웃기는 이름이었다.

"얘가 최고야?" 내가 물었다.

티머시는 다른 인형들을 보면서 시간을 들여 고민했다. 그러다 마침내 선언했다. "오늘은 브루스가 최고야." 티머시가 나에게 판다를 주었고 나는 판다를 품에 안았다. 좋은 냄새가 났고 아주 깨끗했다.

내가 브루스를 안고 있는 동안 티머시는 다른 인형들을 모아서 치웠다. 기분이 좋은 듯했다. 나는 시험을 통과한 기분이었다. 티머시가 내 머리를 두드렸지만 나는 티머시의 손을 쳐내고 싶은 충동을 이겨냈다.

"잘했어." 이렇게 말하고 티머시는 아주 살짝 웃었다. 그때 매디슨이 나타났다. "아, 둘이 놀고 있었어?" 매디슨이 물었다.

"그런 듯." 내가 말했다.

"브루스를 골랐어?" 매디슨이 물었다.

"응. 브루스가 최고야."

"오늘은." 티머시가 다시 못을 박았다.

"아빠가 왔어!" 매디슨이 말하자 티머시가 갑자기 팔딱 살아났다. 행복한가? 흥분했나? 두려운가? "아빠." 티머시가 말하더니 웃으며 방밖으로 나갔다.

"재스퍼가 왔어." 매디슨이 말했다.

"이런. 그래." 내가 말했다.

나는 이인삼각처럼 보이지 않으면서 가능한 한 최대로 매디슨에게 바싹 붙어 계단을 내려갔다. 로버츠 의원이 티머시를 공중으로 들어올리는 모습이 보였다. 아이 아버지의 얼굴에서 진짜 행복이 보였고 그래서 내 마음이 조금 누그러졌다. 덕분에 이 순간을 잘 버틸 수 있을 것 같았다.

"아빠 왔다!" 티머시가 말했고 조그만 몸에서 자부심이 넘쳐나는 게 보였다.

"그래, 왔어." 재스퍼는 웃지 않고 찡그리지도 않고 말했다.

로버츠 의원은 딱 중요하게 보일 만큼 키가 컸다. 머리카락은 어디 먼 얼음 행성의 황제라도 되는 것처럼 회색이 아니라 은색이었다. 눈은 너무나 파랗고 아름다웠다. 잘생긴 남자였다. 몸에 딱 맞는 베이지색 슈트를 입고 하늘색 타이에 은색 당나귀 타이핀을 꽂았다. 중요한 인물로 살기가 무척 힘든지 조금 지쳐 보였다. 외모의 어느 한 면이 아주 조금이라도 틀어졌다면 사악해 보였을 것 같았다. 하지만 어디를 봐도 비율이 완벽했다. 나라면 아무리 부자라도 이 사람하고 결혼했을 것 같진 않지만 매디슨이 왜 이 사람하고 결혼하고 싶었는지는 이해할 수 있었다.

"여보. 여기 릴리언이에요." 티머시가 아버지의 관심을 충분히 받았다 싶은지 매디슨이 나를 소개했다.

재스퍼는 아빠 가슴에 얼굴을 파묻은 티머시를 아직 안고 있었다. "안녕하세요, 릴리언." 재스퍼가 말했다.

"로버츠 의원님." 내가 말했다.

"아, 재스퍼라고 불러요." 그가 말했지만 형식적인 호칭이 기분 좋은 것 같았다.

"만나서 반가워요, 재스퍼." 내가 말했다.

"릴리언이 이 집에서는 거의 전설적인 존재예요." 재스퍼의 목소리는 극도로 정갈하면서도 매력적이었고 남부 억양이 딱 적당할 정도로 섞여 있었다. 포그혼 레그혼*도 아니고 애틀랜타 지역뉴스 앵커도 아니었다. 서정적이고 달콤하고 아주 자연스러웠다. 듣기 좋았다. "매디슨이 어찌나 칭찬을 하는지."

"아, 네." 나는 당황스러웠다. 매디슨이 대체 무슨 이야기를 했을까? 매디슨이 상류층 전용 기숙학교에서 쫓겨나는 걸 내가 막아주었다는 사실을 남편도 아나? 매디슨이 그 사실을 말했다면 그게 좋은 일일까, 나쁜 일일까?

"우리집에 와줘서 정말 기뻐요." 재스퍼는 한 번도 눈을 깜박이지 않았다. 그게 정치가에게 꼭 필요한 자질 같은 걸까? 눈을 깜박이는 건 나약함의 징표 같은 것이고? 반작용으로 나는 눈을 너무 많이 깜박이기 시작했고 거의 눈물이 날 지경이었다.

"저도 여기 와서 기뻐요." 연극중인데 이제서야 내 대사가 생각난 것처럼 내가 뒤늦게 말했다.

"저녁 먹을까?" 그때 재스퍼가 딱히 누구한테 하는 말이 아니라 마치 마법 주문을 외우듯이 말했다. 식당에 들어가면, 재스퍼가 그

---

* 〈루니 툰〉 만화에 나오는 남부 억양이 있는 닭 캐릭터.

말을 하는 순간에 딱 생겨난 음식이 차려져 있을 듯했다.

"그래요!" 매디슨이 말했다. "배고파요?"

"응." 재스퍼가 여전히 웃음기 없는 얼굴로 말했다. 어쩌면 불타는 아이들 생각을 하고 있는지 몰랐다. 어쩌면 내 생각을, 자기 집에 와 있는 이상한 여자 생각을 하고 있을지도 몰랐다. 아니면 대통령이 되려면 다음에 어떻게 해야 할지 생각하고 있을 수도 있었다. 요는, 내가 그 사람이 무슨 생각을 하는지 알 수 없었다는 거고 그래서 불안해졌다.

"릴리언, 배고파?" 매디슨이 물었다. 내가 아니라고 하면 무슨 일이 일어날까 궁금해졌다. 평소에 나는 저녁을 늦으면 새벽 한시나 두시에도 먹었는데 지금은 저녁 여섯시였다. 내가 배가 안 고프다고 하면 다들 자기 방으로 가서 내가 배고파질 때까지 기다리려나? 그걸 알아볼 필요는 없을 것 같았다. 그리고 사실 엄청 배가 고프기도 했다.

"응, 나도 배고파." 내가 말했고 우리는 다 같이 식당으로 갔다. 이 가족의 리듬에 내가 얼마나 쉽게 스며들었는지가 놀라웠다. 자연스럽게 느껴지지는 않았지만 그렇다고 적응하려고 안간힘을 쓰는 느낌도 아니었다. 부가 뭐든 당연한 것으로 만들 수 있구나 하는 생각이 들었는데 물론 직접 경험하기 전에도 알았던 사실이었다.

쌍둥이 태양처럼 지평선을 넘어 다가오고 있는 두 아이들도 이집을 무너뜨리지는 못할 것이며 그 아이들도 결국 정화될 거라는 생각이 들었다. 그때는 미처 이런 생각을 못했지만, 나중에서야 그 아이들이 이미 이 집에 살았던 적이 있고 여기를 집이라고 생각했으나 추방당했다는 사실이 떠올랐다. 이 이야기의 교훈이 뭔지는 알 수 없었다. 더 생각해보지도 않았다.

메리가 준비한, 올리브오일소스에 레몬치킨을 넣은 앤젤헤어파스타, 자른 단면이 광물 결정처럼 생긴 빵, 얼음처럼 차가운 와인, 알코올에 적신 스펀지케이크 같은 것을 먹고 우리는 밖으로 나갔다. 아직 밖이 환했고 완벽한 저녁 날씨였다. 매디슨이 나한테 뭔가 보여주고 싶다고 해서 잔디밭을 가로질러갔는데 잔디밭이 발아래에서 진짜로 뽀드득 소리를 냈다. 거기 농구장이 있었다. 새카맣게 반짝이는 아스팔트로 포장하고 눈부시게 흰 선을 그은 규격 코트였다. 매디슨이 스위치를 켜자 불빛이 환하게 들어와 코트를 밝혔다.

"맙소사." 나는 넋이 나간 상태로 말했다.

"원래는 따분한 테니스 코트였는데 내가 개조했지." 매디슨이 말했다.

"아름다워." 내가 말했다. 솔직히 저택보다 더 인상적이었다.

"농구가 사실 고상한 운동은 아니라." 매디슨이 얼굴을 찡그리며 말했다. "아무도 하고 싶어하질 않아."

"나는 하고 싶어." 내가 말했다.

마치 이 모든 일이 미리 계획된 것인 양 재스퍼가 티머시 손을 잡고 간이 관람석으로 갔다. 매디슨이 방수가 되는 운동구 함에서 새것처럼 보이는 공을 하나 꺼냈다. 그러고는 나에게 공을 패스했고 나는 공을 잡아 세 번 튀긴 다음에 건성으로 점프슛을 날렸는데 감사하게도 림 안으로 쏙 들어갔다. 그물이 찰랑거리며 공이 깔끔하게 림을 통과할 때의 섹시한 소리가 났다. 만약 그 공이 안 들어 갔다면 눈물이 났을 것 같았다.

매디슨이 공이 땅에 떨어지기 전에 잡아 상상의 수비수를 피해 포스트업*을 하더니 왼쪽으로 돌아 정석적인 훅슛을 날렸고 공은 백보드에 맞고 림 안으로 들어갔다.

"농구 자주 해?" 내가 물었다. 나한테 이런 코트가 있다면 림 위에 올라가 잘 것 같았다.

"그렇게 자주는 안 해. 혼자 자유투만 던지고 있으면 따분하잖아. 5 대 5 하고 싶은데."

"직원들한테 하게 하면 되는 거 아냐?" 아니면 뭐하러 정원사를 고용하나? 아니, 워싱턴 제너럴스**를 고용해서 게스트하우스에 살게 하면 되지 않나?

"나한테 비빌 수는 없을걸." 매디슨이 말했다. 거만을 떠는 게 아니라 아마 사실일 거였다. 아이언마운틴은 매디슨이 2학년, 3학년일 때 두 번 주 대회 우승을 했고 매디슨은 두 번 다 올스테이트***가 됐다. 밴더빌트에서도 농구를 했다. 선발로 나가지는 못했지만 남동컨퍼런스SEC에 속하는 팀에서 후보 선수라도 되려면 웬만한 실력으로는 불가능했다.

또 매디슨이 나를 상대하고 싶어한다는 것도 알았다. 나도 3학년 때는 올스테이트가 됐다. 우리 팀이 너무 못해서 내가 이것저것

---

* 상대 수비와 림을 등지고 공격하는 방식.
** 미국 묘기농구단인 할렘 글로브트로터스의 상대팀으로 매번 지는 역할을 하는 팀.
*** 어떤 주(州)에 속한 선수 중에서 각 포지션별 최고 선수.

다 해야 했고 그러다보니 내 기록이 하늘을 찔러서 그렇게 된 것일 뿐이지만. 우리 팀은 지역 예선도 통과 못했다. 우리 학교와 아이언마운틴이 다른 조에 속해 있어서 내가 매디슨을 돌파하려고 할 때 매디슨이 어떻게 나올지 알아볼 기회가 없었다는 게 아쉬운 일인지 다행스러운 일인지 나 자신도 알 수 없었다.

하지만 우리는 그날 밤 1 대 1을 하지 않았다. 공이 아스팔트 위에서 튕기는 소리에 홀린 것처럼 그냥 슛만 던졌다. 근육이 풀리고 리듬감이 돌아왔다. 던지는 족족 들어갔다. 매디슨은 심지어 뒤로 물러서서 3점슛을 연달아 쏘아올렸다. 어렸을 때는 내가 여자고 덩크를 할 수 없다는 게 너무 화가 났지만 이게 훨씬 더 좋은 것 같았다. 제자리를 찾아서, 반듯하게 서서, 날려서 꽂았다. 림만 가지고 놀아도 재미있어서 우리는 거의 사십오 분 동안 슛을 했다. 해가 지기 시작했고 반딧불이가 깜박거리자 티머시가 소리를 질렀다. 나는 골대 아래로 파고들어 레이업을 했고 매디슨이 공을 쳐냈다. 티머시가 손을 앞으로 뻗어 어설픈 몸짓으로 반딧불이를 잡으려고 했다. 그러자 재스퍼가 공중에서 한 마리를 살짝 낚아채서 손바닥 위에 올려놓고 보여주었다. 우리는 모두 모여서 벌레가 손바닥 위에서 숨을 쉬는 것을 보았다. 불빛이 몸안에서 한 번, 두 번 빛나더니 반딧불이가 포르르 날아갔다.

"목욕할 시간이야." 매디슨이 말했고 나는 나한테 하는 말인 줄 알았는데 티머시가 고개를 끄덕이더니 저택을 향해 가기 시작했다. 매디슨이 티머시의 손을 잡았고 그때 재스퍼가 내 오른쪽 팔꿈치를 건드려서 나는 순간 얼어붙었다.

"도와주기로 한 거 고마워요." 재스퍼가 말했다.

"별거 아닌데요." 나는 말했다. 사실 내가 하게 될 일이 어떤 건지 전혀 감이 없었다. 그게 얼마나 힘든 일인지 알게 되기 전에는 감사를 받을 생각이 없었다.

"우리 애들은……" 재스퍼가 말을 꺼내놓고는 생각이 흩어지게 내버려두었다. "나는 늘 좋은 사람이 되려고 애썼어요." 하고 싶은 말을 할 다른 방법을 찾은 듯 마침내 이렇게 말을 이었다. "하지만 늘 잘되지는 않았지요. 매디슨이 뭔가 진정한 것을 찾을 수 있게 나를 도와줬어요. 매디슨을 만난 게 행운입니다."

"그래요." 내가 말했다.

"애들한테, 롤런드하고 베시한테 잘못한 게 많아요. 나하고 멀어지도록 내버려뒀죠. 한동안 못 보고 지냈어요. 제 잘못입니다. 애들이 제인하고 있을 때 어떤 일이 있었던 간에 결국 제 잘못이죠. 그걸 바로잡으려고 한다는 걸 이해해주길 바라요."

재스퍼는 한 마디 한 마디가 괴로운 듯 말했다. 어떻게 하면 덜 힘들게 해줄 수 있을지 나로서는 알 수가 없었다. 솔직히 덜 힘들게 해주고 싶은 생각도 없었고.

"힘든 부탁이라는 거 압니다. 매디슨을 위해서 이 일을 맡기로 했다는 것도 알고요. 그래도 도와주시기로 한 것에 대해 고맙게 생각한다는 걸 알아주세요."

재스퍼가 나한테 수작을 거는 게 아니란 걸 알았다. 나한테 성적으로 아무 관심이 없다는 게 느껴져서 마음이 차분해졌다. "매디슨이 당신이 언젠가 대통령이 될 거라고 했어요." 내가 말했다.

재스퍼는 매디슨이 가끔 정말 자기를 웃긴다는 듯 재미있는 표정을 지었다. "허." 그가 말했다. "그런 가능성도 있죠."

"재스퍼 로버츠 대통령님." 내가 말했다.

"아직은 먼 얘기고요. 지금은 생각해야 할 다른 중요한 것들이 많아서." 그가 말했다.

재스퍼가 집을 향해 걷기 시작했고 나는 그가 20야드쯤 앞설 때까지 기다린 다음 따라가기 시작했다. 재스퍼의 살짝 구부정한 자세를 관찰했다. 재스퍼의 뒷모습이 꼭, 자기 삶이 어쩌다 이렇게 되었는지 도무지 모르겠다고 말하는 것처럼 보였다. 나도 같은 심정이었다.

3

뒤쪽 좌석 두 줄을 없애고 그 자리에 에어매트리스를 끼워넣은 15인승 흰색 밴을 타고 고속도로를 달리고 있었다. 친근한 분위기를 조성하려고 그랬는지 매트리스 위에 찰리 브라운 이불보를 깔고 동물 인형도 두 개 올려놓았다. 똑같이 생긴 스모키 강아지* 인형이었다. 차에는 칼과 나 두 사람뿐이었다. 그 아이들을, 롤런드와 베시를 데려오려고 먼길을 떠난 역사상 가장 불운한 한 쌍.

이유는 모르겠지만 나는 아이들이 어느 날 저절로 저택에 도착하리라 생각했던 것 같다. 어쩌면 여린 몸을 보호해줄 운반용 충전재에 푹 파묻힌 채로, 거대한 나무상자로 운반되어 오리라고 상상했던 것도 같다. 그러면 인형의 집에 인형을 놓듯 아이를 안아올려 우리가 살 집에 내려놓으면 될 거라고. 그런데 아니었다. 왕복 여

---

* 테네시대학 스포츠팀 마스코트.

섯 시간이 걸리는 우라지게 먼길을 가서 데리고 와야 하는 거였다. 칼이 말하는 걸 들으면 꼭 애들을 어디 폐허가 된 건물 안의 좁은 공간에서 끄집어내 묶어서 비명을 지르는 채로 데려와야 하는 것처럼 들렸다. 일종의 납치였다. "애들이 변화에 익숙하지 않아서." 칼이 말했다. "어머니가 돌아가신 일에서도 아직 회복이 안 되었고. 할아버지 할머니한테 들은 말로 미루어보면 애들이…… 동요한 상태라고 해요."

"흠, 그러면 경찰이 데려오는 게 좋겠네요." 내가 말했다. 힘든 일에서는 어떻게든 빠져나가려고 하는 내가 나도 싫었지만 힘든 일은 질색이었다. 한동안 깃털 침대에서 자고 캐모마일차나 마시며 지냈으니. 야생 아이들을 잡으러 나설 기분이 도무지 아니었다.

"경찰은 안 돼요. 지금 상황에서는 절대로 안 돼요. 극도로 은밀하고 조용하게 해야 하는 일이에요. 사회복지사나 의사나 경찰 같은 사람들이 끼어들면 안 돼요. 당신하고 나만 아는 일이에요. 어려운 일도 아니고."

"매디슨은 뭐라고 그래요?" 집행유예를 얻어낼 수 있지 않을까 마지막 기대를 걸어보았다.

"이런 일 하라고 돈 받잖아요." 칼이 짜증이 솟는 듯 말했다. "애들 돌보는 일 맡았잖아요. 그러니까 나하고 같이 데리러 가야죠. 일단 데려온 다음에는 당신 하고 싶은 대로 해요. 애들이 안전하고 행복하기만 하면 되니까."

"뭘 입을까요?" 나는 아직 잠옷 차림으로 메리가 달걀프라이를 해주길 기다리면서 커피를 마시며 〈뉴욕 타임스〉를 읽던 참이었다. 그때 시간이 벌써 열시 반이었다. 다음날 일찍 출발하는 게 더 합리적인 것 같았다.

"그냥 평소 입는 거요." 칼이 이제는 짜증을 감추려고 하지 않아서 좋았다. 이제 나도 짜증을 숨길 필요가 없다는 뜻이었다.

"알았어요, 알았어. 진정해요." 내가 말했다. "달걀만 먹고 출발해요."

"차에 그래놀라바도 있고 보온병에 커피 담아왔어요. 빨리 가야 해요. 당신 일어날 때까지 기다렸다고요." 칼이 말했다.

"메리가 프라이를 만들고 있는데요. 버리면 아깝잖아요."

칼이 내 옆자리에 앉더니 몸을 숙이고 작은 소리로 말했다. "그 달걀 먹든 말든 메리가 신경이나 쓸 거 같아요? 메리 기분이 상할까봐 걱정하는 거예요?"

"너무 가까이 오셨어요." 내가 말하자 칼은 자기가 너무 위협적으로 굴었으며 내가 신경을 긁는 바람에 자기도 모르게 선을 넘었다는 사실을 알아차린 것 같았다. 당황해서 벌떡 일어나더니 경직된 자세로 물러섰다.

"밴에 가 있을게요. 십 분 안으로 와요." 칼이 말했다.

"우리 시계 동기화 안 해도 돼요?" 내가 말했지만 이미 밖으로 쌩 나가버린 칼이 내 말을 들었을 것 같진 않았다. 나는 일어서서 부엌으로 갔다. 메리는 아무 말도 하지 않고 내 앞 아일랜드 식탁에 달걀프라이 한 접시를 올려놓았고 나는 게눈 감추듯 처리했다. "고마워요." 내가 말하자 메리가 고개를 끄덕였다.

"여행 잘 다녀와요." 평소에는 아무 음조가 없는 메리의 목소리에 이때만큼은 아주 살짝 유쾌한 가락이 들어갔다. 어쩌나 솜씨 좋게 엿을 먹이는지 감탄하지 않을 수가 없었다. 메리를 한 일 년쯤 연구해보고 싶었다.

어느새 제인의 어머니와 아버지가 사람들 눈을 피해 아이들을 데리고 있는 별장이 가까워졌다. 칼이 한 말에 따르면 커닝햄 집안은 테네시 동부에서 정치적으로 유력한 가문이었으나, 제인이 재스퍼와 결혼하고 얼마 지나지 않아 제인의 아버지 리처드 커닝햄이 복잡한 폰지 사기에 연루됐고 이어진 소송에서 가산을 거의 탕진해버렸다. 리처드가 감옥에 들어가는 것은 재스퍼가 막았지만 몰락은 피할 수 없었다. 리처드는 굴하지 않고 이번에는 무슨 슈퍼푸드라는 남조류 방문판매업에 뛰어들었다는데 나한테는 그것도 폰지 사기하고 크게 다르지 않은 것처럼 들렸다. 어쨌든 스모키마운틴스 근처에 있는 별장은 지켜냈고 여기에 아이들이 있었다. 애들 외조부모가 하는 일이라곤 그저 애들이 종일 풀에서 물놀이하는 동안 근처에 앉아 있다가 가끔 애들을 불러서 생선튀김을 먹이는 거라고 했다. 입을 다무는 대가로 재스퍼가 상당한 돈을 지불하리란 걸 짐작할 수 있었다. 이 아이들과 관련해서 산업 하나가 통째로 생겨나 있었다.

칼이 아무 표시도 없는 지방도로에서 길을 찾으려고 애쓰는 동안 나는 지루해서 몸이 근질거렸다. "군대에 있었어요?" 내가 물었다.

칼이 고개를 돌렸고 칼의 선글라스에 내 모습이 비쳐 보였다. 칼은 텅 빈 사거리에서 차를 세우더니 오 초를 기다린 다음에 다시 차를 출발시켰다. 나이는 사십대 후반쯤으로 보였고 군살은 없지만 잘생기지는 않았다. 코가 너무 크고 머리카락은 듬성해지고 있었다. 키도 작았다. 하지만 무언가 강한 데가 있어서 그런 점들을 상쇄했고 또 자기가 못생겼다는 걸 받아들이는 태도는 일종의 미덕이라고도 할 수 있을 것 같았다. "아뇨." 칼이 마침내 대답했다. "군에 있지 않았어요."

"경찰이었어요?" 내가 물었다.

"아뇨."

"흠, 그러면 재스퍼 로버츠하고 일하기 전에는 무슨 일을 했어요?" 칼을 좀더 잘 알게 되기 전까지는 포기하지 않을 생각이었다.

"이것저것요. 신문사에서 수습기자로 일했고, 그다음에는 보험 판매를 했고, 다음에는 사설탐정 자격을 취득했어요. 조용하게 일을 잘 처리한다고 입소문이 나서 정치가들 일을 하게 됐고요. 재스퍼가 궁금해하는 어떤 사람을 조사해줬는데 마음에 들었나봐요. 그래서 풀타임으로 채용됐어요."

"재스퍼 로버츠하고 일하는 게 좋아요?" 내가 물었다.

"양육비 안 주고 도망간 아비 찾으러 다니는 것보단 낫죠. 나는 험한 동네에서 자랐어요. 가끔 거기에서 아주 멀어진 것 같은 생각이 들면 잘한 일이다 싶지요."

"나도 험한 데에서 자랐어요." 내가 말했다. 칼이 나한테 속 이야기를 털어놓았다는 사실이 놀라웠고 칼에 대해 마음이 조금 열렸다. 우리가 비슷한 데가 전혀 없다는 건 알았다. 칼은 너무 뻣뻣하고 일을 망치지 않으려고 전전긍긍하는 스타일이었다. 칼이 나를 어떻게 생각하는지도 알았다. 언제 재앙을 불러올지 모르는 시한폭탄이자 자기가 감당해야 할 골칫거리라고. 하지만 한순간 칼의 본모습이 보였다. 칼은 아마도 이 일이 지긋지긋할 테지만 그래도 잘해내고 있었다. 문제들을 처리했다. 믿고 일을 맡길 수 있는 사람이었다.

"아, 당신 배경은 다 알아요." 칼이 이렇게 말하고는 다시 뻣뻣해져서는 턱에 힘을 주었다. 그러니 우리가 가장 친한 친구가 되진 않을 모양이었다. 그러든가 말든가. "씨발 이 집이 대체 어디에 붙어 있는 거야?" 칼이 말하며 주위를 둘러보더니 얼른 유턴을 했다.

마침내 오두막 앞에 도착했다. 온갖 희한한 모양의 창문이 있고 집 모양은 삼각형이고 현관문은 활짝 열려 있었다. "맙소사." 칼이 말하며 선글라스를 벗고 콧잔등에 주름을 만들었다.

"난 그냥 차에 있을까요?" 제발 차에 있으라고 해줘라고 속으로 빌었다. 칼이 차에서 내리더니 밴 옆문을 열고 쿨에이드를 타서 만든 음료 같은 것이 든 병과 허시 초콜릿바가 든 아이스박스를 꺼냈다. 여기까지 오는 내내 나는 눅눅한 그래놀라바와 맹탕 같은 커피밖에 못 먹었는데 여기 단것을 잔뜩 쟁여놓고 있었다니 화가 났다.

"이 주스에 진정제를 탔어요." 칼이 말했다. "한 명이라도 마시면 집에 가는 길이 쉬워지겠죠."

"애들한테 약을 먹인다고요?"

"어깃장 놓지 말아요." 칼이 말했다. "진정시키는 거예요. 아주 살짝. 애들이 예민한 상태니까."

"그럼 왜 재스퍼가 데리러 오지 않은 거예요? 재스퍼가 애들 아빠잖아요. 아빠가 오면 애들이 안심할 텐데."

"그럴 것 같진 않아요." 칼이 시인했다. "게다가 로버츠 의원은 지금 워싱턴에 일이 있어요. 이건 우리가 할 일이에요. 당신하고 내가."

"그렇다면, 난 약 먹이기 싫어요." 내가 말했다. "속이는 거잖아요."

"그러시든가." 칼이 말했다. "갑시다."

오두막 안으로 들어갔는데 불이 다 꺼져 있어 실내가 컴컴했지만 뒷마당에 누가 있는 게 보였다. 흉측한 꽃무늬 소파에 비닐 커버가 덮여 있는데 소파 한쪽이 새카맣게 탔고 그 위 천장에도 검댕이 묻어 있었다. 칼이 여닫이 유리문을 열자 커닝햄 씨가 수영복에 플립플롭 차림으로 다 망가진 바비큐 그릴에서 스테이크를 굽고 있었다. 부인은 정원 의자에 누워 세상모르고 자고 있었다.

"칼!" 커닝햄 씨가 말했다. 칠십대 노인인데도 구불구불한 회색 머리가 가발처럼 무성했다. 피부는 햇볕에 탔고 여기저기 살이 늘어져 접혀서 꼭 열기에 녹아내리고 있는 듯 보였다. 턱에 보조개가 아주 깊이 파여 있었다.

"여기에서 뭐하세요?" 칼이 아주 친근한 목소리를 내며 물었다.

"삶을 살고 있지!" 커닝햄 씨가 말했다. "스테이크를 굽고 있네."

"맛있어 보이네요." 칼이 말했다.

"음, 사람이 남조류만 먹고 살 수는 없잖아. 스테이크도 일종의 슈퍼푸드야."

"애들은 풀장에 있나요?" 칼이 물었다.

"아침부터 내내 그러고 있네. 물을 좋아해. 제인은 수영을 못하지 않았나. 그런데도 애들은 수영을 할 수 있게 가르쳤어. 제인은 그런 엄마였다네. 자기가 못 가진 걸 애들은 가질 수 있게 하는 엄마."

"참 대단한 분이었죠." 칼이 대답했다.

"재스퍼가 개판을 치지만 않았어도……" 그러더니 커닝햄 씨는 그냥 스테이크만 내려다보았다. 지글지글 타닥타닥 구워지는 스테이크가 그릴 위에 딱 한 장 올라가 있었다.

"재스퍼가 애들을 잘 돌볼 겁니다." 칼이 안심시키듯 말했으나 커닝햄 씨는 듣고 있지 않았다.

"수표는 가져왔나?" 커닝햄 씨가 물었다.

칼은 자기앞수표 한 장을 건네고는 미시즈 커닝햄 쪽을 보면서 물었다. "부인께서 애들한테 인사를 하고 싶으실까요?" 칼이 물었다.

"그냥 자게 둬." 커닝햄 씨가 말했다.

"짐은 다 쌌죠?" 칼이 물었다.

"애들한테 시켰어." 커닝햄 씨가 말했다. "아마 안 했을 거야. 도무지 말을 들어 먹질 않아."

칼은 성질이 나는 것 같았지만 그냥 고개만 끄덕였다. "알겠습니다." 그러더니 나한테 말했다. "내가 가서 짐을 쌀 테니까 당신은 여기에서 커닝햄 씨하고 같이 기다려요. 그다음에 애들을 데리고 집에 갑시다."

"애들을 보고 싶은데요." 내가 말했다.

"어른처럼 참을성 있게 몇 분만 기다렸다가 같이 가요." 칼이 말하고는 가버렸다.

커닝햄 씨는 나를 쳐다보지도 않았다. 내가 누구라고 생각하는지 궁금했다. "남조류에 어떤 효과가 있어요?" 내가 물었다.

커닝햄 씨는 여전히 나를 쳐다보지 않았지만 그래도 대답은 했다. "모든 면에 좋지."

우리는 몇 분 동안 말없이 있었고 미시즈 커닝햄은 코를 골았고 결국 내가 말했다. "아이들한테 인사라도 할게요." 나는 칼 없이 애들을 보고 싶었다. 그래야 애들이 내가 마약단속반 같은 사람이 아니란 걸 알 테고, 나만의 기묘함으로 애들을 사로잡을 수 있을 테니까.

"마음대로 하쇼." 커닝햄 씨가 대꾸했다.

내가 풀장 가장자리를 향해 걸어가는 도중에 참방거리는 소리가 뚝 그쳤다. 거대한 물안경으로 얼굴을 가린 아이들이 풀의 얕은 쪽에 서 있었고 물이 찰랑거렸다. 아이들이 나를 보고 있는 것 같았지만 물안경 때문에 확실히는 알 수 없었다. 솔직히 좀 섬뜩한 기분이었다. 메리 포핀스에 빙의해서 다가가려는 참이었는데 물안경 때문에 멘탈이 흔들렸다.

"안녕, 얘들아." 나는 쿨하고 가벼운 태도로 말했다. 이미 상대를 훤히 아는 것처럼 말해서 상대방의 호기심을 자극하는 말투를 택했다. "베시하고 롤런드지?"

고통스러울 정도로 느린 동작으로 두 아이는 수면 아래로 서서히 내려갔다. 헤엄쳐서 다른 데로 가지도 않고 그냥 그 자리에서 물속에 숨을 멈추고 앉아 있었고 나는 두 팔을 늘어뜨린 채 멍하니

서 있었다. 얼어죽을 메리 포핀스 같은 기분은 전혀 안 들었다. 나한테도 뭔가 소품이, 노래가 나오는 마술 우산 같은 게 있어야 하는데. 시간을 재고 있지는 않았지만 애들이 이쯤 했으면 꺼졌겠지 싶었는지 다시 몸을 일으킬 때까지 거의 일 분은 지난 것 같았다.

"베시하고 롤런드지?" 나는 아이들이 내 말을 듣지 못했으리라는 양 다시 물었다.

"누구세요?" 베시가 물었다.

"마스크 벗을 수 있니? 너희들 얼굴 보고 싶어."

"우리 못생겼어요." 베시가 말했다.

"그럴 리가." 내가 말했지만 아마 사실일 것 같았다.

"락스 때문에 눈이 빨개졌어요." 베시가 말했다. "할아버지가 약을 그냥 넣어요. 양을 재지도 않고."

"밖으로 나오고 싶어?" 내가 물었다. 칼이 짐을 다 싸고 나와서 모든 걸 망쳐버리기까지 몇 분 정도 여유가 있었다. 나는 어릴 때 길고양이들의 믿음을 얻어낸 적이 많았다. 그래 봤자 별건 없었고 남은 음식을 먹이거나 살짝 쓰다듬은 정도였지만. 고양이가 나한테 다가오게 만드는 게 핵심이었다. 아이들도 고양이랑 별반 다르지 않을 것 같았다.

"이 풀에서 안 나가요." 베시가 말했다. 베시는 까만 티셔츠와 수영용 반바지 같은 걸 입고 있었다. 머리는 제멋대로 잘려 있었다. 일종의 바가지머리인데 대고 자를 바가지가 없어서 대충 비뚤비뚤 자른 것 같았다. 피부가 햇볕에 탔지만 아플 정도로 심하게 탄 것 같지는 않았다. 롤런드는 베시 뒤에서 몸을 웅크리고 숨어 있었다. 베시를 내 편으로 만들면 롤런드는 저절로 따라오겠다 싶었다.

"우리집에도 풀장 있어." 내가 말했다. "이것보다 커."

"물미끄럼도 있어요?" 베시가 대뜸 관심을 보였다.

"두 개 있지." 나는 거짓말을 했다.

"오리발도 있어요?" 롤런드가 쿡 찌르자 베시가 물었다. "할아버지가 오리발은 안 된대요."

"오리발 사줄게." 내가 말했다.

"우리를 데려가겠다고요?" 베시가 물었다.

"그래. 가서 한번 봐. 아주 좋은 곳이야. 너희도 좋아할 거야. 나는 좋아해." 나는 풀 가장자리에 쪼그리고 앉았다. 손가락을 물에 넣어 온도가 어떤지 봤다.

"우릴 돌봐줄 거예요?" 베시가 질문을 할 때마다 조금씩 내 쪽으로 다가와서 롤런드는 뒤에 혼자 남아 있었다.

"너희만 괜찮다면." 내가 말했다.

"괜찮을 것 같아요." 베시가 너무 들뜬 기색을 드러내지 않으려고 억누르는 듯 말했다. "물미끄럼이 두 개라고요?"

"그래." 내가 웃으며 말했다. 베시가 물안경을 벗었고 롤런드도 따라 했다. 말도 안 되게 또렷한 녹색 눈이었다. 에메랄드처럼 반짝였다. 강한 햇빛 아래에서도 선명하게 보였다. 거대한 물안경을 벗으니 얼굴 윤곽이 제대로 보였는데 너무 동그래서 조금 놀랐다. 불로 에너지를 다 태워버린 비쩍 마르고 호리호리한 모습을 예상했는데 의외로 아직 젖살이 남아 있는 얼굴이었다. 돌봄을 제대로 받지 못한 아이들처럼 조금 불안정하고 기이하게 보였다. 어쨌거나 베시가 어기적어기적 걸어서 내가 있는 풀 가장자리로 다가왔다.

"우릴 어디로 데려갈 건데요?" 베시가 물었다.

"좋은 데로." 내가 말했다.

"우리 아빠도 거기 있어요?" 베시가 말했다.

"가끔." 맞는 대답을 한 건지 확신이 안 섰다.

"꺼내줘요." 베시가 아기처럼 두 팔을 뻗으며 말했다. 손을 잡으려고 몸을 앞으로 숙였는데 그때 베시가 갑자기 자세를 바꾸었다. 찌릿 전류가 흐르듯 돌변하더니 베시가 내 오른손목을 홱 잡고 내 손을 자기 입안에 집어넣었다. 어찌나 세게 물렸는지 째지는 비명이 내 입에서 터져나왔고 순간 세상에서 소리가 사라져버렸다. 시간이 멈춘 듯 느껴질 정도의 고통이었다. 베시를 쳐다보니 내 손은 아직 베시의 입안에 있었고 베시는 웃고 있는 것 같았다.

내가 풀에 빠지자 베시는 내 머리카락을 잡고 내 머리를 물밑으로 밀어넣고는 미친듯이 얼굴을 할퀴었다. 어릴 적에 만난 길고양이들은 이 미친 아이에 비하면 정말 아무것도 아니었다. 나는 머리를 겨우 물 밖으로 내밀고 베시가 소리치는 걸 들었다. "도망쳐, 롤런드!" 롤런드처럼 보이는 형체가 대포알처럼 물 밖으로 튀어나갔다. 롤런드는 울타리 쪽으로 달려갔고 나는 다시 물속에 잠기고 말았다. 베시가 손톱으로 내 오른눈 옆을 찍고 뺨을 할퀴었다. 나는 베시를 잡으려고 했다. 몇 주 동안 물속에서 지내 물개처럼 미끌거리고 버둥거리는 베시의 몸을 붙들려 했지만 베시는 다시 나를 물었고 손가락뼈가 부러질 것 같았다. 다시 수면 위로 나오자 물속에서 피가 솟는 게 보였다.

"롤런드! 도망쳐!" 베시가 외쳤고 칼의 목소리가 들렸다. "씨발 대체 무슨 일이야?" 나는 물을 엄청나게 먹었지만 그래도 결국 베시의 허리를 감싸안는 데 성공했다. 베시는 발을 마구 앞으로 걷어찼고 나는 뒤쪽에서 베시를 붙들었다. 베시가 깍지 낀 내 손가락을 쥐어뜯었지만 나는 손을 놓지 않았다.

"베시, 이러지 마. 난 네 가장 좋은 친구가 될 거야." 내 목소리가 힘없이 징징대는 좆밥처럼 들렸다. 나 자신이 싫었다.

그때 나는 돌연 베시가 얼마나 뜨거운지 알아차렸다. 물속에 있는데도 열이 오르며 피부가 벌게지더니 거의 자주색으로 변했다. 베시의 몸에서 김이 모락모락 솟았다. 나는 공포에 휩싸여서 베시의 몸을 물밑으로 밀어넣었다. 열다섯, 서른까지 세자 베시의 몸에서 열이 식는 게 느껴졌고, 나는 베시를 죽인 게 아니기만을 빌었다. 나는 베시를 안아올려 계단으로 데려갔다. 베시는 포기하고 내 팔에서 축 늘어져 있었다. "롤런드 어디 있어? 도망쳤어?" 베시가 물었다.

나는 베시를 안고 계단에 앉았고 우리는 같이 롤런드 쪽을 봤다. 롤런드는 울타리를 넘으려다가 수영팬티가 울타리에 걸려서 거꾸로 매달려 있었다. 새하얀 엉덩이가 보였다. 칼이 웅얼웅얼 욕설을 하면서 옷을 울타리에서 분리했다.

"나 안 갈 거야!" 베시가 소리치더니 숨겨놨던 기운을 되찾은 것처럼 내 팔에서 빠져나가 집을 향해 달리기 시작했다. 내가 베시의 발목을 잡았고 베시는 엎어져서 무릎이 깨졌다. 베시의 티셔츠에서 연기가 났다. 옷이 목둘레부터 타들어갔지만 푹 젖어 있어서 불이 붙지는 않았다. 나는 베시의 작은 팔 위에서 조그만 노란 불꽃이 오르락내리락하는 것을 보았다. 그때, 마치 번개가 치듯 화르르 베시가 타올랐다. 베시의 몸이 불꽃놀이라도 하는 듯 희고 푸르고 붉은 불꽃을 동시에 뿜었다. 사람이 불타는 모습은 이상하게도 아름다웠다.

칼이 소리를 질렀고 돌아보니 롤런드도 타고 있었다. 베시만큼 활활 타오르지는 않았지만. 칼은 롤런드를 발로 차서 풀에 집어넣었고 롤런드는 불이 꺼져 바위처럼 바닥으로 가라앉았다.

커닝햄 씨가 거대한 바비큐용 포크를 무기처럼 들고 있는 게 보였다. 미시즈 커닝햄은 아직도 자고 있었다.

"여기서 살고 싶어?" 내가 베시에게 소리쳤다. 손이 미친듯이 아팠다. 어찌나 아픈지 손을 쳐다보고 싶지도 않았다. 보면 존나게 화가 날 거고 야생 아이한테 손가락을 물리지 않으려면 어떻게 했어야 하는지 수도 없이 곱씹게 될 게 빤했기 때문이다. "너희가 뭘 좋아하는지도 모르는 따분한 노인들하고 같이 살고 싶어?"

"아니." 베시가 말했다. 불이 꺼져가고 베시의 피부도 원래 색으로 돌아가고 있었다. 아이들의 몸은 짧은 시간 동안만 불을 낼 수 있는 것 같았다. 베시의 티셔츠는 불에 타서 너덜너덜했다.

"아니면 나하고 같이 살고 싶어? 나는 쿨한 사람이고 앞으로도 그럴 거고 너희들 나랑 같이 노는 거 좋아할 거거든?" 나는 베시가 대답하길 기다리지도 않고 계속 말했다. "거지같은 할아버지 할머니하고 살면서 제대로 먹지도 못하고 빨래도 안 한 이불 덮고 벌레

물린 데 긁으면서 살고 싶어? 그게 좋아?"

"아니, 그거 싫어." 베시가 말했다. 울지는 않았지만 화가 나서 씩씩거리고 있었다.

"아니면 나하고 같이 가서 내가 돌봐주고 새 옷 사주고 너희들 먹고 싶은 거 뭐든 먹여주고 같이 게임하고 같이 영화 보고 같이 풀에서 수영하고 잠들 때까지 안아주고 잘 자라고 입맞춰주고 자장가 불러주고 아침에 깨워주고 텔레비전으로 만화 볼 수 있게 해주는 게 좋아?"

"그거." 베시가 이를 바드득 갈며 말했다. "그거 좋아."

"좋아. 그럼." 내가 말했다. "그럼 너희는 내가 너희를 잘 돌봐줄 거라고 믿어야 해. 처음엔 좀 이상할 거야. 가끔 화도 날 거야. 그래도 어쨌든 난 너희를 돌볼 거야. 내가 그렇게 할 거야."

그즈음 칼이 롤런드를 풀에서 건져서 우리 쪽으로 들고 오고 있었다. 롤런드는 귀를 세우고 내 말을 듣고 있었다.

"아줌마가 우리 새엄마예요?" 롤런드가 물었다.

"아니―뭐래―아냐, 난 너희 새엄마 아냐. 나는―"

"언제나 같이 있는 베이비시터 같은 거야." 칼이 불쑥 말했다.

"언제나?" 베시와 롤런드가 동시에 말했다. 나는 삐끗했다가는 다 망칠 수 있다는 걸 알았다.

"언제나." 내가 웃으면서 말했다. 베시의 턱에 내가 흘린 핏자국이 아직 희미하게 남아 있었다.

"우리 몸에서 불나요." 베시가 말했다.

"알아. 괜찮아." 내가 말했다.

"우리 그냥 가면 돼요?" 베시가 물었고 나는 기진맥진한 채로 고개를 끄덕였다.

베시가 롤런드를 쳐다보았고 롤런드는 그냥 고개를 끄덕였다. "갈게요." 둘이 동시에 말했다.

"너희 짐은 내가 쌌어." 칼이 말했다.

롤런드가 어깨를 으쓱했다. "가져갈 것도 별로 없어요." 옆머리가 줄무늬 모양으로 바싹 깎여 있었는데, 머리카락이 전혀 불에 타지 않은 걸 보고 나는 놀랐다. 이상한 일이지만, 이 악마의 자식 같은 애들이 내 눈앞에서 활활 타올랐는데도 흉하게 깎은 머리는 온전하게 남아 있다는 게 정말 놀라운 마법 같았다. 어쨌든 사람 마음이 그런 모양이었다. 엄청난 것은 너무 말이 안 되다보니 정작 사소한 기적이 더 인상적으로 느껴지는 것이다.

4

"쿨에이드 가져왔는데." 칼이 짐짓 경쾌한 목소리를 내며 말했다. 아이들 얼굴이 환해졌지만 나는 고개를 저었다. "쿨에이드는 안 돼요." 칼에게 말했다. 아이들에게 약을 먹이고 싶지는 않았다. 첫 만남부터 엉망진창이었는데 더 나빠지게 만들 수는 없었다.

베시가 인상을 썼다. "아까는 우리 먹고 싶은 거 다 준다고 했잖아요." 베시의 얼굴이 조금 빨갛게 달아오르기만 했는데도 나는 겁이 덜컥 났고 아까 있었던 일이 이미 트라우마가 되었다는 걸 알았다.

"주유소에서 음료수 사줄게." 내가 말했고 칼은 그냥 고개를 끄덕였다. 칼도 나만큼 지쳐서 싸울 힘이 없는 것 같았다.

"알았어요." 롤런드가 말했다. "선드롭 마셔도 돼요?"

"그래." 내가 말했다.

"손에서 피나요." 롤런드가 말했다.

나는 그제야 손을 내려다보았다. 아프다는 것도 잊고 있었다. 욱신거리며 팔을 타고 오르는 무지근한 통증만 있었다. 손에 잇자국이 자주색으로 깊게 패었고 상처에 피가 고여 있었다. 검지와 중지의 상태가 가장 심각해서 구부릴 수 없을 정도였다.

"얼굴에도 상처 났어요." 베시가 겸연쩍은 듯 말했다.

"무릎 다치게 해서 미안해." 내가 말했지만 베시는 됐다는 듯 손을 흔들었다.

"차에 구급상자 있어요." 칼이 말했다. "애들 옷 입혀요. 구급상자 가져올게요."

나는 아이들을 데리고 외조부모 옆을 지나쳐 갔다. 커닝햄 씨의 스테이크는 그릴 위에서 새카만 숯덩이로 타고 있었다. 아이들은 할아버지가 없는 것처럼 행동했다.

화장실로 가서 이미 축축한 수건으로 아이들 몸의 물기를 닦아주었다. 나는 애들을 다뤄본 경험이 별로 없었다. 그동안 웬만하면 애들을 피하면서 살았다. 베시와 롤런드는 불에 탄 옷을 찢듯이 벗었다. 순식간에 알몸이 되어버려서 내가 어색해하고 말고 할 시간도 없었다. 벌거벗은 아이들이구나 생각하면서 어른스럽고 대범하게 받아들이려고 했다. 곧 애들이 옷을 챙겨 입었다. 스모키마운틴스 방문 기념 티셔츠와 헐렁한 반바지를 입고 플립플롭을 신었다.

나는 거울에 얼굴을 비춰보았다. 오른쪽 눈가가 가장 심했는데 살이 부어올랐고 얼굴 옆면을 대각선으로 가로지르는 들쭉날쭉한 손톱자국이 났고 표피가 뜯겨나갔다. 오래된 B급 영화에 나오는 검투사 같았다. 약장에서 거의 다 쓴 네오스포린 연고를 찾아내서 화장품 바르듯 온 얼굴에 치덕치덕 발랐다.

"다른 옷 있어요?" 베시가 물어서 그제야 내가 흠뻑 젖었고 운동화에는 물이 한가득이라는 걸 깨달았다.

"없어." 그 순간 칼이 구급상자를 들고 나타났다. 손에 무무* 한 벌을 들고 있었는데 녹색과 노란색에 보라색까지 무늬가 현란하고 어지러웠다.

"그게 뭐예요?" 내가 물었다.

"미시즈 커닝햄 옷장에서 꺼내왔어요." 칼이 말했다. "옷을 갈아입어야 할 것 같아서."

"그냥 젖은 옷 입을게요." 내가 말했다.

"바보 같은 소리 하지 말고 입어요." 칼이 말했다.

"무무잖아요." 내가 말했다.

"할머니는 티파티용 드레스라고 불러요." 베시가 말했다. 그 순간 베시가 좀 좋아졌다. 방금 전에 내 손가락을 물어뜯긴 했지만.

모두가 화장실에서 나간 다음에 나는 무무로 갈아입었다. 아주 편했고 생각만큼 너풀너풀하지도 않았다. 얼굴이 난도질되고 손은 뭉개진 마당에 옷이 안 예쁠까봐 걱정했던 건 아니지만. 나는 젖은 옷을 모아 수건으로 쌌다. 화장실 문을 열었더니 칼이 구급상자를 들고 들어왔다.

"베시 무릎에는 밴드 붙였어요. 자, 이거 아주 기본적인 것만 들어 있는 키트예요." 칼이 약장에서 과산화수소를 꺼내 구급상자에

---

* 하와이에서 유래한 길고 헐렁한 드레스.

들어 있던 솜에 묻혀 상처를 닦았는데 지옥처럼 아팠고 분홍색 거품이 일었다. 충분히 소독했다 싶은지 칼이 상처 위에 거즈를 올리고 살짝 눌렀다.

"내가 올 때까지 기다렸어야죠." 칼의 말에 성질이 났다. 내가 너무 크게 개판을 쳐놔서 칼의 말을 반박할 수가 없었기 때문이다.

"나를 좋아하길 바랐어요. 혼자 애들을 만나고 싶었어요." 내가 말했다.

"시간이 걸릴 거예요. 영영 안 될 수도 있고. 끔찍한 일을 겪은 애들이니까. 하자가 있는 상태—"

"세상에, 소리 좀 죽여요, 칼." 내가 말했다. "애들이 밖에 있잖아요."

"어, 말하자면 그렇다는 거죠. 조심해요. 우리 목표는 향후 몇 달 동안 애들이 위험해지지 않게, 재앙이 일어나지 않게 막는 거예요. 피해를 최소화하는 게 우리 일이라고요, 알겠어요?"

"조심할게요." 내가 말했다. 칼이 거즈 둘레를 흰 반창고로 감싸자 내 손은 고무 오리발 같아졌다.

"지금으로선 더 할 수 있는 게 없네요. 감염되지 않도록 해요. 그래도 꿰매거나 할 필요는 없겠네요. 부러진 데도 없고."

"광견병은요?" 너무 바보 같은 질문이면 칼이 농담으로 받아들이지 않을까 기대하면서 물었다.

"그럴 리가." 칼은 잠시 생각해보는 것 같았다. 그러더니 아이들이 있는 문 쪽을 바라보고 말했다. "아니겠죠."

문을 열자 아이들이 좀비처럼 서서 기다리고 있었다. 열 살이라는데 성장이 저해된 것처럼 훨씬 어려 보였다. 이 아이들을 어떻게 돌볼지 사실 진지하게 생각해본 적은 없었다. 처음에는 그냥 여름 내내 옆에서 좋은 쪽으로 생각하고 행동하도록 부드럽게 일러주면 되는 일이겠거니 생각했다. 나는 빈백 의자에 앉아 있고 애들은 옆에서 잡지를 읽는 모습을 상상했었다.

이 일이 어떤 일일지 이제야 실감이 났다. 나는 이 아이들을 꺾고 비틀어서 프랭클린에 있는 존나게 부유한 저택에서 살 수 있는 존재로 만들어야 했다. 야생 너구리에게 정장 입고 피아노 치는 법을 가르치는 일하고 비슷할 듯싶었다. 나는 날마다 피를 흘리고 멍을 얻을 테고 그래도 그게 몸에 불이 붙고 치아에 채워넣은 아말감이 녹아내리는 사태보다는 다행이라고 하겠지.

나를 빤히 보는 아이들을 보며, 내가 이 아이들에게서 나 자신을 보게 되리란 생각을 했다. 이 아이들은 나였다. 사랑받지 못하고 망가진 아이들. 나는 이 아이들이 원하는 걸 갖게 해줄 생각이었다. 애들은 나를 할퀴고 발로 찰 테지만 나는 이 아이들을 건드리는 사람은 누구라도 할퀴고 발로 찰 생각이었다. 이 아이들을 사랑하지는 않았다. 나는 이기적인 인간이고 사람에 대한 깊은 이해가 없어 사랑같이 복잡한 감정을 느끼지 못했다. 그렇지만 아이들에 대한 따스한 감정이 솟았고, 내 옹졸한 가슴에서는 그것만 해도 발전이었다.

"준비됐니?" 내가 묻자 아이들이 고개를 끄덕였다.

"물미끄럼 두 개요?" 베시가 물었고 그게 무슨 말인지 기억해내는 데 잠깐 시간이 걸렸다.

"물미끄럼 얘기는 거짓말이었어." 내가 시인하자 베시는 거짓 말인 줄 예상했다는 듯 고개를 끄덕였다. 두 아이는 서로 마주보았 고, 베시가 어깨를 으쓱하더니 같이 집으로 가는 밴을 향해 앞장서 갔다.

차가 저택으로 가는 긴 진입로에 들어서자, 나는 기어서 뒷좌석 의 에어매트리스에서 잠든 롤런드와 베시 옆으로 갔다. 아이들의 몸은 꿈과 현실 사이 희미한 선을 따라 달리며 파르르 떨렸다. 무 슨 끔찍한 꿈을 꿀까, 머릿속에 무엇이 있을까 생각했다. 아이들 을 깨웠다가 다시 물리거나 불에 타거나 아니면 아이들이 내가 자 기 엄마가 아니란 걸 알고 화가 나 얼굴을 찡그릴까봐 겁이 났다. 그래서 오줌 누기 힘들어하는 사람을 거들 때처럼 작게 쉬 하는 소 리를 내며 깨워보려고 했다. 아무 소용이 없길래, 누이보다 폭력성 이 좀 덜한 듯한 롤런드를 살짝 흔들었다. 그랬더니 롤런드가 뒤척 였다. 롤런드의 체온이 아주 조금 바뀌고 자세가 살짝 달라진 순간 베시가 퍼뜩 잠에서 깼다. 두 아이가 여기가 어딘지, 자기들 삶이 어떤 꼴인지 파악하는 데 잠시 시간이 걸렸다. 그러더니 나를 쳐다 보았다. 웃지는 않았지만 내가 자기들을 들여다보고 있는 게 싫지 도 않은 것 같았다.

"집에 왔어." 솔깃하게 들리길 속으로 빌면서 말했다.

"무슨 집이요?" 베시가 물었다.

"너희 집." 내가 대답했다.

"여기가 어디예요?" 베시가 창문으로 저택을 보면서 물었다.

"기억 안 나니? 여기가 너희 집—" 나는 확인하려고 칼을 돌아보고 물었다. "애들 여기 살지 않았어요?" 칼은 백미러로 나와 눈을 마주치고는 고개를 끄덕였다.

"태어나서 처음 보는 곳이에요." 베시가 로봇처럼 말했다.

애들이 어머니와 같이 여기를 떠났을 때 나이는 네다섯 살 정도였을 것이다. 아이들은 언제부터의 일을 기억할까? 나는 내 삶을 떠올려보려고 했다. 두 살 때 일도 기억이 났다. 좋은 일은 아니었지만 어쨌든 기억했다. 베시가 나를 놀리려고 그러는 것 같기도 했다.

"너희 여기 살았었잖아. 여기—"

"릴리언, 그 얘기는 그만하죠."

"기억이 안 나?" 내가 아이들에게 물었다.

베시와 롤런드는 고개를 흔들었다. "엄청 크다." 롤런드가 드디어 입을 열었다. "우리 여기에서 살 거예요?"

"어. 그런 셈이지. 저 집 뒤쪽에 우리집이 있어." 내가 말했다.

"거지같은 집이겠지." 베시가 말했다.

"아니야. 꽤 괜찮은 집이야." 나는 진심으로 말했다.

"다 왔다." 칼이 시동을 끄지 않고 말했다. 애들한테 조금이라도 이상한 기미가 보이면 바로 차를 다시 출발시켜 가까운 병원이나 군 실험시설로 가겠다는 듯이.

매디슨 혼자 포치로 나왔다. 테디베어 두 개를 마치 무기처럼 들고 있었다. 너무했다. 테디베어를 방패처럼, 그게 잠시나마 자기를 위험에서 보호해주리라는 듯 들고 있었다.

"누구예요?" 베시는 매디슨의 미모에 홀린 듯 관심을 보였다.

"매디슨이야." 내가 말했다.

이름을 듣는 순간 베시와 롤런드가 바로 움찔했고 몸에서 타닥 타닥 소리가 났다. 아이들이 매디슨의 이름을 알고 있었다. 어머니가 그 이름을 입에 올렸거나 부르짖었거나 저주했을 게 분명했다.

칼이 밴에서 내려 뒤쪽으로 와 문을 열자 빛이 안으로 쏟아져들어왔다. 아이들은 겁이 나는 듯 뒤로 물러섰고 그러다보니 바로 내 옆으로 왔다. 나는 아이들 몸에 손을 대지 않고 내가 옆에 있을 거라는 것, 곁을 지키리라는 걸 전했다. 베시가 나를 쳐다보았다. 베시는 어쩔 수 없다는 걸 아는지 롤런드의 손을 잡고 밴에서 기어나갔다. 나는 어쩐지 겁이 나서 잠시 그대로 앉아 있었다. 칼은 올가미를 던져 송아지를 잡으려는 사람처럼 손가락을 꿈지럭거리며 포치로 걸어가고 있었다. 나는 마침내 무무를 펄럭이며 밴에서 뛰어내렸다. 매디슨이 아이들 쪽으로 걸어오고 있었다.

"안녕, 베시." 매디슨이 말했다. "안녕, 롤런드." 애들이 빤히 보고만 있었으나 매디슨은 기죽지 않았다. "선물이야." 매디슨이 테디베어를 하나씩 주었고 아이들은 좀 당황한 기색으로 받았다. 밴에 탔을 때도 동물 인형을 받았으니 어쩌면 털동물이 끝없이 이어지는 기이한 의식이 벌어지는 것 같기도 했다. 롤런드는 부드러운 털에 얼굴을 문질렀고 베시는 엄마가 복잡한 쇼핑몰에서 아이 손을 잡듯이 곰인형의 손을 잡았다.

"아줌마가 우리 엄마예요?" 베시가 물었다.

매디슨은 눈썹을 치켜뜨고 나를 쳐다보았다. 쟤는 대체 왜 저러는 걸까? 나는 생각했다. 자기가 애들 엄마가 맞지 않나? 법적으로는? 그러다가 한순간 이런 생각이 들었다. 아니 혹시 내가 쟤들을 입양한 건가? '내가' 쟤들 엄마인가?

"내가 너희 엄마를 대신할 수는 없을 거야." 매디슨이 드디어 입을 열었다. "난 너희 새엄마야."

"새엄마가 나오는 이야기 읽었어요. 전래동화요." 베시가 말했다.

"이건 현실이란다." 매디슨이 웃으며 말했다. 나는 생각했다. 이게 진짜 현실인가? 아이들한테 이게 현실인가?

"아빠는 어디에 있어요?" 롤런드는 빌어먹을 테디베어에 계속 얼굴을 문대며 물었다. 롤런드의 코가 빨개졌다.

"올 거야." 매디슨의 얼굴이 한순간 어두워졌으나 아이들이 알아차리지 못할 정도로 짧은 순간이었다. "드디어 너희들을 보게 되니 감정이 북받쳐 좀 진정시킬 시간이 필요해서."

이게 매디슨이 짜놓은 시나리오인지 궁금했다. 아이들을 새로운 삶으로 천천히 들여오기 위한 단계인지. 아니면, 혹시 재스퍼 로버츠가 그냥 쓰레기여서 자기가 만들어놓고 버린 아이들이 무섭다고 당구실에 숨어 있는 걸까?

매디슨은 그제야 내 존재를 알아차린 것 같았고 뭔가 혼란스러워하는 것 같았다. 나를 찬찬히 보더니 도저히 못 참겠다는 듯 물었다. "대체 뭘 입고 있는 거야?"

나는 미시즈 커닝햄의 무무를 내려다보았다. 정말 편한 옷이었다. 이걸 입고 있으니 봄바람이 된 기분이었다. 딱 지나가는 길에 있는 민들레 꽃씨를 흩뜨릴 만큼의 세기로 부는 산들바람. "일종의 드레스야—"내가 입을 여는데 칼이 끼어들었다.

"커닝햄 댁에서 약간 사고가 있었습니다." 아주 사소한 실수라도 시인하는 게 칼에게는 얼마나 곤욕스러운 일인지가 확연히 보였다.

"손은 어떻게 된 거야?" 매디슨이 물었다. "맙소사. 얼굴 좀 봐."

나는 설명할 기운이 없었다. 칼이 "그것도 사고의 일부였습니다"라고 말하게 내버려두었다.

"알겠어요." 매디슨이 말하더니 씩 웃었다. "그 드레스 너한테 좀 잘 어울린다." 나도 이미 아는 사실이었다.

"우리 베이비시터예요." 롤런드가 말했다.

"가정교사 말이지." 매디슨이 롤런드의 말을 고쳐주었다. 어쩌면 내 말을 고치는 것일 수도 있고.

"우리 여기서 뭘 할 건데요?" 베시가 지금껏 내내 이 질문을 벼르고 있었던 것처럼 물었다.

"뭐든 하고 싶은 거." 매디슨이 말했다. "쉬고, 놀고, 적응하고. 이제 여기가 너희 집이야. 너희들이 행복하게 지내길 바라."

"행복?" 베시는 그 단어를 처음 들어보는 듯, 무슨 뜻인지 모르는 듯, 혹은 책에서만 읽었고 실제로 입에 올리는 걸 듣기는 처음이라는 듯 되물었다.

"그럼." 매디슨이 말했다. 그런데 매디슨이 더 무슨 말을 하기 전에 재스퍼 로버츠가 나타났다. 리넨 슈트를 입고 데이토나 500 카 레이스 직전에 주기도문을 읊는 목사 같은 모습으로 등장했다.

"얘들아." 재스퍼의 목소리가 아주 살짝 갈라졌다. "보고 싶었다."

"아빠?" 롤런드가 말하자 베시는 롤런드가 움직이거나 더 무슨 말을 하지 못하게 손을 꽉 잡았다. 어쩌면 밴에서 아이들이 아무것도 모르는 척한 게 거짓이었을 수도 있을 것 같았다. 아니면 바로 이 순간, 아버지가 등장한 순간에 기억이 돌아왔을 수도 있지만, 어쨌든 지금은 아이들이 안다는 걸 알 수 있었다. 아이들은 이 집을 알았고 지금의 삶 이전의 삶을 알았다.

"사랑하는 내 자식들." 재스퍼가 말했다. 재스퍼는 살짝 눈물을 글썽였는데 대체 왜 우는지, 무슨 뜻인지 나로서는 알 수가 없었다.

"의원님." 칼이 말했지만 그때 이미 베시와 롤런드는 불이 붙기 시작했다. 나는 공기가 찌르르하는 걸 느꼈고 그 느낌이 기억났다. 그러다가 아이들의 피부가 벌게지고 딸기처럼 익었다. 팔과 손에서 불꽃이 꽃처럼 피어났다. 할아버지 집에서처럼 별이 폭발하듯 화르르 타오르지는 않았지만 불이 붙은 건 확실했다.

"물러서세요!" 칼이 말하며 아이들과 재스퍼, 매디슨 사이로 뛰어들었다. 아이들에게서 연기가 피어오르기 시작했고 싸구려 옷이 타들어갔다.

"아아아아!" 매디슨이 소리를 질렀고 다들 그 자리에 못박힌 것처럼 서 있었다. 아이들 몸안의 불이 점점 강해졌다. 불이 아이들 몸안에 있는 것처럼, 아이들이 불로 만들어진 것처럼 보였다. 멈추지 않으면 더 심해지리란 걸 알았다. 매디슨과 재스퍼는 넋을 잃은 것 같았고 칼은 재스퍼를 다치지 않게 지키는 것에만 관심이 있었다.

나는 무무를 훌렁 벗어서(정말 벗기 쉬웠다) 그걸로 손을 감싸고 아이들을 부드럽게 눌러서 바닥에 앉혔다. "자, 베시. 베시? 이제 진정해, 응?" 베시도 롤런드도 뻗대고 있었지만, 몇 가지 색뿐인 크레용으로 그린 그림처럼 빨갛고 노란 불이 아이들 몸 위에서 왔다갔다하기만 하고 더 솟구치지는 않았다.

"불 끌 수 있어?" 내가 속삭이듯 말했지만 아이들은 내 말이 안 들리는 것 같았다. 그래서 나는 무무로 불꽃을 덮어 끄기 시작했다. 무무에 불이 붙어 연기가 났다. 나는 아이들의 팔, 등, 작은 머리 위를 전부 두드렸다. 토닥토닥 두들기면서 계속 속삭였다. "괜찮아, 괜찮아, 괜찮아."

열기가 느껴졌지만 계속 살살 두들겼고 급기야 불이 사그라지기 시작했다. 아이들은 그동안 내내 숨을 참고 있었기라도 한 듯 각자 깊이 숨을 들이마시더니 한숨을 내쉬었고 갑자기 졸린 듯 늘어졌다. 몸을 가까이 댔더니 아이들이 늘어지듯 기댔다. 그제야 칼이 달려와서 아이들을 한 팔에 하나씩 끼고 들어올려 도로 밴에 태우고 문을 살짝 닫았다.

나는 정신이 멍했지만 땅에서 일어섰다. 내가 팬티와 브라 차림이라는 걸 깨달았지만, 사람들이 예의가 기가 막히게 발라서 그런지 아니면 애들이 존나 불에 타는 걸 본 마당에 그런 것쯤 아무것도 아니라 그런지 아무도 의식하지 않았다. 칼하고 나는 아까 이미한 번 봤고 그게 사실이라는 걸 알았기 때문에 로버츠 부부보다 좀더 빨리 정신을 차렸다.

"세상에." 매디슨이 마침내 입을 열었다. 매디슨은 이제야 재스퍼의 말을 믿게 되었으며 의심해서 미안하다는 듯 재스퍼를 끌어안았다. 땅바닥에 테디베어가 새까맣게 탄 채로 구르고 있었다.

"의원님," 칼이 불렀다. "의원님은 최선을 다하셨고 그 점을 무척 존경스럽게 생각합니다만 이제는 이 상황을 타결할 진짜 해결책을 생각해야 할 때입니다. 몇 가지 옵션이 있습니다."

"뭐라고요?" 내가 말했다. "이건 사고였어요. 애들은 무슨 일이 일어나는지 몰랐다고요. 이 집 크기를 좀 봐요. 매디슨? 안 그래? 너라도 놀라지 않겠니?"

"애들이 불이 나." 매디슨이 말했다.

"미안해. 어떻게 될 거라고 생각했던 건지 나도 모르겠어." 재스퍼가 말했다.

"의원님?" 칼이 대답을 요구했다. 칼은 밴 열쇠를 손으로 짤랑거렸다.

여기에서 유일하게 제정신인 사람은 나인 것 같았다. 비록 속옷 바람이고 잠자는 할머니한테서 훔친 불에 탄 무무를 들고 있긴 하지만. "그건 불공평해요." 내가 입을 열었다. "애들한테 기회를 줘야 해요. 내가 도울게요. 내가 할 수 있어요. 솔직히 그렇게 힘든 일도 아니에요. 어떻게 하면 되는지 벌써 감 잡았어요."

"릴리언, 그만해요." 칼이 말했다.

"저 말이 맞아요." 매디슨이 말했다. "재스퍼, 릴리언 말이 맞아요. 아이들한테 적응할 시간을 줘야 해요. 우리한테 익숙해질 시간이요."

"당신이나 티머시가 다치면 안 되잖아." 그러더니 재스퍼는 밴에 있는 아이들이 그제야 생각났다는 듯 덧붙였다. "저 아이들도."

"아이들이 지낼 수 있게 집을 만들어놨잖아요, 저기 하인 숙소—아 제길, 죄송, 게스트하우스요. 아네요? 아이들이 지낼 집을 마련했잖아요. 내가 도울 수 있어요."

"의원님, 저 사람은 아무 전문지식도 없고—"

"CPR 배웠다니까요? CPR하고…… 뭐 그런 것들이요." 내가 말했다.

"여기서 지내게 하지." 재스퍼가 말했다. "여기에서 살 거야. 내 애들이야. 내 아들하고 내 딸."

"옳은 결정이에요." 매디슨이 재스퍼의 등을 문지르며 작은 소리로 말했다. 재스퍼는 리넨 옷을 입은 보람도 없이 땀을 흘리고 있었다. "가족의 가치요, 그죠? 개인적 책임이요. 우리 아이들을 위한 더 나은 미래하고요." 매디슨은 도로를 따라 달리면서 거대한 입간판에 쓰인 글을 읽듯 이 문구들을 읊었다. 어쩌면 선거용 슬로건을 떠올리고 있는 것도 같았다.

"애들은 여기서 지낼 거야, 칼." 재스퍼가 결론을 내리듯 말했다. 몸을 꼿꼿이 펴자 순간 상원의원답게 보였다. 대통령까지는 모르겠지만 부통령감은 될 수도 있을 것 같았다.

"네, 알겠습니다." 칼이 격식을 갖춘 태도로 대답하더니 밴 뒤쪽으로 가서 문을 열었다. 나는 칼을 살짝 밀면서 칼 앞으로 나갔다. 아이들은 취한 것처럼 몽롱한 상태로 눈을 반쯤 감고 앉아 있었다.

"옷이 또 망가졌어요." 롤런드가 말했다. 롤런드가 내 몸을 빤히 보고 있었지만 지금 상황이 너무 이상해서 그것까지 걱정할 계제가 아니었다.

"괜찮아. 아무렇지도 않아." 내가 말했다.

"릴리언이 뭐라고 말하는지 들었어요." 베시가 말했다. "다……들었어요."

"아." 무슨 말이 오갔는지 잘 기억이 안 났다.

"여기에서 사는 거예요?" 베시가 물었는데 그렇다는 답을 간절히 듣고 싶은 듯한 목소리였다.

"응." 내가 말했다.

"릴리언이 우리랑 같이 지낼 거고요?" 베시가 물었다.

"응. 그럴 거야." 내가 말했다.

"그러니까…… 우리가 집에 온 거예요?" 롤런드는 대체 무슨 영문인지 모르겠다는 듯 물었다. 두 아이 다 커다란 눈을 나한테 못박고 있었다.

"응, 집에 왔어." 내가 말했다. 여기가 내 집이 아니란 건 알았다. 아이들의 집도 아니었다. 하지만 우리가 훔칠 생각이었다. 우리한테는 긴 여름이 남아 있으니 그동안 이 집을 차지하고 우리 것으로 만들 것이다. 누가 우릴 막겠나? 씨발 우리한테는 불이 있는데.

5

아이들을 게스트하우스로 데려가자 롤런드가 말했다. "꼭 텔레비전 같아요." 그래서 내가 물었다. "텔레비전에 나오는 것 같다고? 애들 보는 프로 같은 거?"

"우린 텔레비전이 없어요." 베시가 말했다. "엄마가 텔레비전 못 보게 했어요."

"이제 볼 수 있죠?" 롤런드가 막 그 생각이 떠오른 듯 물었다.

"아. 그래." 나는 우리가 텔레비전을 많이 보면서 지낼 거라고 상상했었다. 아이들을 실제로 만나기 전에는 그렇게 될 줄 알았다. 그런데 지금 생각해보니 벅스 버니가 대피 덕을 망치로 때리는 장면을 보고 베시와 롤런드가 화르르 끓어오를 수도 있겠다 싶었다. "규칙을 정해놓고." 내가 덧붙였다. "매일 조금씩만."

현관문이 열려 있는데도 아이들은 안으로 들어가지 않고 머뭇거리고 있었다. 초대를 해주어야만 들어갈 수 있는 뱀파이어인 것처럼. 어쩌면 집이 너무 깨끗하고 너무 알록달록해서 자기 몸안에 있는 것으로 망가뜨릴까봐 겁이 나는지도 몰랐다.

"걱정되는 게 있니?" 내가 물었다.

"아뇨." 베시가 짜증스럽게 말했다. "그냥 생각하고 있어요."

"뭘?" 내가 물었다. 엄마 생각을 하고 있으려나. 어쩌면 아빠 생각일까.

"몰라도 돼요." 베시가 말했다. 엄마 생각인 모양이었다.

애들 엄마에 대해 더 알고 싶었다. 매디슨한테 들은 애매한 이야기 대신, 그 사람 손에서 자란 아이들의 입으로 듣고 싶었다. 그런 한편 아무것도 알고 싶지 않기도 했다. 알고 나면 아이들이 이불을 활활 태울 때마다 나 자신을 애들 엄마와 비교하게 될 테니까.

드디어 아이들이 집안으로 들어갔다. "와, 와." 롤런드가 푹신한 바닥을 밟아보며 말했다. "끝내준다."

"그렇지?" 내가 말하며 푹신한 바닥에 발을 묻었다.

"저 시리얼 봐, 베시." 롤런드가 피라미드 모양으로 쌓인 달달한 시리얼 상자들을 가리키며 말했다. 나는 롤런드가 어떤 기분일지 알았다. 나도 어린 시절을 거대한 비닐에 들어 있고 분쇄 옥수수나 밀이 20퍼센트 함유된, 이름 없는 브랜드의 시리얼밖에 없는 집에서 보냈기 때문이다. 그런데 베시는 커다란 책꽂이 쪽으로 갔다. 지금껏 출간된 낸시 드루와 하디 보이스 시리즈 전권과 주디 블룸, 마크 트웨인 등등과 온갖 종류의 동화책이 꽂혀 있었다.

"이거 우리 거예요?" 베시가 물었다.

"응. 원하는 거 뭐든 읽어줄게."

"우리도 읽을 줄 알아요." 내가 자기가 글을 모르는 줄 안다고 생각했는지 얼굴이 빨갛게 달아올랐다. "책 만날 읽어요."

"우린 종일 책만 봤어요. 그런데 할아버지 할머니 집에는 어린이책이 없었어요. 너무 따분했어요." 롤런드가 말했다.

"거기는 무슨 책이 있었는데?" 내가 물었다.

"2차대전에 대한 책." 베시가 대답했다. "히틀러에 대한 책 두권. 아니다, 히틀러 책 네 권이다. 나치에 대한 책들. 스탈린에 대한 책. 패튼 장군. 그런 사람들 책이요."

"끔찍하다." 내가 말했다.

"거지같았어요." 베시가 말했다.

"그래, 이제 이 책 전부 읽을 수 있어." 내가 말했다.

"이미 읽은 것도 많아요." 베시가 책등을 훑어보며 말했다. "그래도 재미있어 보이는 게 있네요."

"잘됐다. 더 구할 수도 있어. 도서관에 가서 보고 싶은 책 빌려오면 돼."

"알았어요." 베시가 고개를 끄덕여주었다. 그러곤 나를 쳐다봤다. "밤에 책 읽어줘도 돼요. 원한다면 자기 전에 한 권 읽을 수 있게 해줄게요."

"좋아." 일과 같은 것이 생기는 느낌, 우리 삶이 정상 궤도에 다가가는 느낌이 들었다.

"옷 입고 싶지 않아요?" 베시 말을 듣고 내가 아직도 속옷 바람이라는 걸 깨달았다.

"제길—아니 그래, 옷을 좀 입어야겠다." 하지만 아이들만 남겨두기가 걱정스러웠다. 베시가 내 마음을 읽었는지 이렇게 말했다. "가서 옷 갈아입어요. 우린 괜찮아요. 지금은 정말 괜찮아요." 나는 고개를 끄덕이고 초를 세며 이층으로 달려올라갔다. 몇 분이라도 자리를 비우면 아이들이 땅굴을 파고 탈출할 것 같았다. 청바지를 다리에 꿰고 티셔츠를 걸친 다음 사십오 초 만에 아래층으로 내려왔더니 아이들은 그대로 있었다. 베시는 읽고 싶은 책을 쌓아올리고 있고 롤런드는 부엌 아일랜드 식탁 위에 앉아 애플잭스 시리얼 상자에 손을 집어넣고 있었다. 베시는 새 책 한 권을 열어 책 냄새를 맡았다. 롤런드가 나를 보고 씩 웃었는데 입이 가관이었다. 시리얼 조각들이 치아 위에 반짝이처럼 점점이 박혀 있었다.

이렇게 하면 되는 거였다. 애들은 이렇게 키우면 되는 거였다. 위험한 일이 일어날 수 없는 집을 지은 다음 아이들이 원하는 건 뭐든 된다 안 된다 따지지 말고 주는 거다. 밤에는 책을 읽어주고. 왜 사람들은 이렇게 간단한 걸 모르지?

그때 아이들이 아직도 진입로에서 불을 냈을 때 타버린 옷을 그대로 입고 있다는 걸 알아차렸고, 내가 아무것도 모르는 어설픈 바보라 도무지 아이들을 안전하게 지켜낼 수 없을 것 같다는 생각이 들었다. 육아라는 건 이렇게 하루에도 몇 번씩 천국과 지옥을 왔다갔다하는 것인 모양이었다. 우리 엄마는 나한테 엄마가 된다는 건 "끝없는 후회와 가끔 그 후회를 잊는 것"으로 이루어져 있다고 한 적이 있다. 하지만 나는 우리 엄마처럼 되지 않을 생각이었다. 스스로 그렇게 다짐한 적이 얼마나 많았던가. 다짐할 필요도 없는 일이었는데도. 나는 이 불타는 아이들을 맡은 것을 후회하지 않았다.

아직까지는.

주의를 끌려고 휘파람소리를 냈다. 아이들이 천천히 내 쪽을 돌아보았다. "가서 옷 입자. 그다음에 이야기를 좀 하자." 내가 말했다.

"슬픈 이야기요?" 롤런드가 물었다. 두 아이는 쌍둥이지만 롤런드가 더 어려 보였다. 다른 사람 손을 물어가며 자기를 지켜주는 누이와 같이 자란 덕이리라.

"아냐." 왜 그런 이야기를 하는지 좀 의아했다. "슬픈 이야기 아니야. 그냥 일상적인 것들. 이제 우리 같이 살 거잖아. 그러니까 미리 이야기를 좀 해야지."

"알았어요." 롤런드가 말했다. 롤런드 손에 장갑처럼 끼어 있는 시리얼 상자가 애플잭스에서 코코아크리스피로 바뀌어 있었다.

"시리얼 너무 많이 먹지 말고, 알았지, 롤런드?" 내 말이 부탁인지 요구인지 애매하게 들렸다. 좀더 자신 있게 말하는 법을 익혀야 할 것 같았다.

롤런드는 마지막으로 시리얼을 한주먹 가득 입에 털어넣었고 부스러기가 식탁 위와 방바닥에 흩어졌다. 롤런드는 입안에 든 걸 와그작 씹고 식탁에서 뛰어내려 나한테 달려왔다. 베시도 일어섰고 우리는 같이 아이들 방으로 갔다. 아이들 방은 풍선을 테마로 꾸민 것 같았다. 열기구 포스터가 들어 있는 액자가 있고, 가상의 세계에 존재하는 나라들의 국기처럼 정신없는 색이 가득했다. 침대 귀퉁이 기둥 끝에는 빨간 풍선처럼 생긴 것이 붙어 있었다.

"색이 엄청 많네요." 베시가 말했다. "너무 많아요."

"좀 과하지." 내가 말했다. "어쨌든 익숙해질 거야." 베시가 그걸 말이라고 하나는 듯한 표정으로 나를 쳐다보았다. 하긴 이 아이들은 몸에서 불이 나는 아이들인데다가 어머니를 잃었으니. 이상한 것에 적응 못할까봐 걱정할 필요는 없었다.

옷은 얼마든지 있어서 맘껏 골라 입을 수 있었다. 아이들 둘 다 검은색과 금색 밴더빌트대학교 티셔츠와 검은색 면 반바지를 골랐다. 나는 애들이 입었던 옷을 묶어서 쓰레기통에 버렸다. 앞으로 얼마나 더 태워먹으려나? 그냥 벌거벗고 돌아다니게 내버려두는 게 나을까?

"자, 이제 이야기하자." 내가 말했고 아이들은 침대 위에 앉았다. 나는 바닥에 무릎을 꿇안고 앉았는데 어떻게 말을 시작할지 막막했다. 사실 이 순간을 준비할 시간 여유가 아주 많았지만 혼자 농구 하고 침대에 누워 베이컨샌드위치를 먹으면서 흘려보냈다. 아이들을 검진한 가정의가 작성한 서류 폴더가 있었는데 너무 따분하고 아무 결론도 없길래 그냥 대충 훑어보고 말았다. 칼이 이 자리에 있었으면 했다. 칼은 늘 어떻게 해야 할지 계획이 있으니까. 그 생각을 하고 나니 나 자신이 한심했다.

"그러니까 그 불 말이야." 내가 말했고 아이들 둘 다 또 그거야, 지겨워 하는 표정을 지었다.

"너희들 몸에서 불이 나지." 내가 말했다. "그런데 그게, 알겠지만, 문제야. 너희 잘못은 아니지만 대처해야 할 일이지. 그러니까 좀 고민을 해보자."

"치료법이 없어요." 베시가 이렇게 말하길래 내가 물었다. "누가 그렇게 말했어?"

"그냥 알아요." 롤런드가 말했다. "엄마 말이 우리는 계속 이럴 거래요."

"음, 그래." 애들 엄마가 너무 부정적이라 조금 껄끄러웠다. "어쨌든 너희들이 아는 건 뭐야? 어떤 식으로 작동하니?"

"그냥 가끔 그렇게 돼요." 베시가 말했다. "재채기하고 비슷한 거예요. 그냥 어떤 찌릿한 느낌이 왔다가 사라져요."

"그게 너희가 화가 났을 때니? 아니면 그냥 심심할 때도 그런 적 있니?" 내가 노트와 실험용 가운 같은 걸 갖춘 더 전문적인 모습이면 좋을 것 같았다. 병원에서 환자를 면담하거나 학교에서 프로젝트를 할 때처럼.

"화가 나거나 겁이 나거나 나쁜 일이 일어날 때요." 롤런드가 말했다. "그러면 불이 나요."

"나쁜 꿈을 꿨을 때도요." 베시가 덧붙였다. "엄청 무서운 꿈."

"뭐, 그러면 잘 때도 그럴 수 있는 거야?" 내 아래 바닥이 약간 무너져내리는 기분이었다. 생각보다 더 심각한 일이었다. 두 아이다 고개를 끄덕였다. "하지만 정말 아주 심한 악몽일 때만요." 롤런드가 위로랍시고 이렇게 말했다.

"어쨌든 주로 화가 났을 때인 거야?" 내가 물었고 아이들은 또 고개를 끄덕였다. 이게 발전이라고 할 수 있을지는 모르겠지만 어쨌든 아이들이 귀를 기울이고 있었다. 불을 내고 있지도 않았다. 우리는 이 집에 함께 있었고 집밖에 있는 이들 모두 우리가 이 문제를 해결하길 기다리고 있었다.

"그러면 우리 차분하게 지내자." 내가 말했다. "책 읽고 풀에서 수영하고 산책하고 그냥 조용히 지내는 거야."

"그래도 불이 날 거예요." 이렇게 말하는 베시는 슬퍼 보였다.

"하지만 자주는 아니겠지? 오늘처럼은? 날마다 불이 나는 건 아니잖아?" 내가 물었다.

"아뇨, 그렇게 자주 아니에요. 엄마가 죽은 뒤로는 좀 자주 그랬지만." 베시가 말했다.

"엄마는 불이 붙지 않게 하려고 어떻게 하셨어?" 내가 물었다.

"샤워기 밑에 밀어넣었어요." 베시는 부당한 일이라는 듯 말했다. 신발에 물이 차고 속옷까지 축축해졌겠지.

"엄마가 날마다 아침에 아주아주 일찍 일어나게 했어요. 하루도 안 빼고." 롤런드가 말했다. "우리가 조금 피곤한 게 더 낫다고 했어요. 그리고 집안일을 엄청 많이 시켰어요. 공부도 많이 하고. 연필하고 종이를 갖고 하는 거. 다음에 욕조에 얼음하고 차가운 물을 가득 채우고 거기 들어가라고 했어요."

"집을 아주 춥게 했어요. 겨울에도요. 그랬지만—" 베시는 말하기 거북한 듯 고개를 돌렸다.

"그랬지만?" 내가 물었다.

"효과가 없는 것 같아요." 마침내 베시가 말했다. 베시는 둘 사이에 무슨 비밀이라도 있는 듯 내내 롤런드를 보고 있었다. "문제가 없을 때는 덥든 춥든 차이가 없어요. 우리가 난로 같은 불 가에 있더라도, 그거하고는 아무 상관이 없는데, 엄마는 그러면 우리가 불 생각을 하게 돼서 불이 날 거라고 했어요. 그런데 그런 게 아니에요. 그렇진 않아요. 그런 것하고는 상관없어요."

"너희들 스스로 멈출 수도 있어?" 내가 물었다.

"가끔요." 베시가 시인했다. "엄마가 있을 때는 시작되려는 것 같으면 엄마가 막 기겁을 하면서 우리한테 멈추라고 했어요. 그런데 그러면 더 심해졌어요. 롤런드하고 나하고 둘이 있을 때는 시작할 것 같으면 그냥 멍하게 아무 생각도 안 해요. 그러면 멈춰요. 가끔은 돼요."

"좋아!" 내가 스파이 암호를 풀어서 백만 달러 상금을 받게 된 사람처럼 외쳤다. "그러면 조짐을 잘 보고 있다가 진정할 수 있게 도와줄게."

"저건 뭐예요?" 롤런드가 스프링클러를 가리키며 물었고 그래서 나는 다시 현실로 돌아왔다.

"혹시 화재가 날까봐." 내가 말했다. "위급한 상황에 대비하는 거야."

"엄마는 화재경보기를 아예 없앴어요. 너무 자주 울려서." 롤런드가 말했다.

"그랬구나." 나는 곰곰이 생각하며 말했다. "스프링클러는 우리 다치지 말라고 설치해놓은 거야."

"불이 나도 우린 안 다치는데요." 베시가 말했다.

그러니 그건 내가 다치지 않게 하기 위한 설비였다. 집이 무사하게 하기 위한 설비. 매디슨과 재스퍼와 티머시가 사는 집을 안전하게 지키기 위한 설비. 그런데 연기가 솔솔 피어오르기만 해도 스프링클러가 작동할 테고 모든 게 흠뻑 젖고 전자제품이며 책이며 다 망가질 게 뻔했다. 그런 일이 하루에도 몇 번이고 일어날 수 있었다.

"칼한테 *끄*라고 말해봐야겠다." 내가 말하자 아이들이 기뻐하는 것 같았다.

그리고 그때, 호랑이도 제 말 하면 온다더니 갑자기 칼의 목소리가 집안에서 울렸다. 어쩌면 내내 우리를 감시하고 있었던 건지도. "있어요?" 칼이 아래층에서 B급 영화 영웅처럼 소화기를 들고 있는 모습이 머릿속에 떠올랐다.

"칼이 왔네." 내가 말하자 아이들이 고개를 끄덕였다.

"저 아저씨 진짜 꽉 막혔어." 베시가 이렇게 말했고 나는 베시를 꼭 끌어안아주고 싶었다.

"누군데요?" 롤런드가 물었다. "남자친구예요?"

"맙소사, 아니." 내가 거의 웃으며 말했다. "내 상사 같은 사람이야. 아니면, 어쩌면 책임 분야가 다른 동료 같은 걸 수도 있겠다. 아니면—"

"릴리언?" 칼이 소리를 높여 불렀다. 칼이 아래층에 있다는 걸 잠시 잊고 있었다.

"네?" 내가 외쳤다.

"별일 없어요?" 칼이 물었다.

"문제없어요."

"잠깐 내려와봐요."

"우리도요?" 롤런드가 외쳤다.

"아니!" 칼이 소리쳤다가 다시 말을 고쳤다. "릴리언하고 잠깐 이야기할 거야. 너희들은 위에 있어."

"우리도 같이 내려갈까요?" 베시가 나에게 물었다. 베시를 볼 때마다 살갗 위에서 불꽃이 일렁이던 모습의 잔상이 겹쳐졌다. 나는 그냥 고개를 저었다. "괜찮아." 나는 방에서 나가다가 다시 고개를 들이밀고 말했다. "만약 시작할 거 같으면 샤워기로 달려가서 물 틀어, 알았지?" 아이들은 고개를 끄덕였다. 일종의 시험 같았다. 아이들을 내 시선 밖에 두고, 위쪽 어딘가에서 존재를 느끼며 아이들의 숨소리에 귀기울이는 것.

내려와보니 칼이 무릎을 꿇고 작은 빗자루와 쓰레받기로 시리얼 부스러기를 쓸고 있었다. 칼이 나를 올려다보았다. "애들이 적응하고 있는 것 같네요." 어쩐지 평가를 받는 기분이었다.

"다시 불이 붙진 않았어요." 나는 조금 뿌듯해하면서 말했다.

"얼마나 오래갈지 두고 보죠." 칼이 말했다.

"재스퍼 말 들었잖아요? 결정된 거예요. 애들은 안 가요."

"그래서요?" 칼이 물었다.

"그러니까 도와줘요."

"도울 거예요, 릴리언." 칼이 말했다. "당신이 옳은 결정을 내리도록 도울 거예요."

"예를 들면," 나는 성질을 돋우는 말을 무시하면서 말했다. "스프링클러 설비를 꺼야 해요."

"저거 설치하는 데 2천 달러 들었어요." 칼이 마치 존나 자기 돈을 들인 것처럼 말했다. 티머시의 동물 인형 구입비가 그것의 네 배는 될 텐데도.

"저 전자제품들에는 얼마 들었는데요?" 내가 물었다. "책, 옷,

침대보는요? 쟤들은 오늘 하루에만 두 번 불이 붙었어요. 스프링
클러를 켜놓으면 이 집안에서는 내내 폭우가 쏟아질걸요."

"그래서 스프링클러를 껐다가, 다시 불이 나면 어떡하게요?"

"칼, 제발요. 칼? 부탁해요. 내가 불 끌게요."

"하루 이십사 시간을? 잘 때는 어쩌고요?"

"일주일에 칠 일, 이십사 시간 지킬게요. 나는 잠을 얕게 자요.
나도 계획이 있다고요. 네?"

"알았어요." 칼은 이제야 내가 얼마나 센 사람인지 실감하는 것
같았다. 나한테는 아이들이 있었고 그래서 칼한테 없는 게 나한테
는 있었다. "알았어요. 끌게요. 우리끼리만 아는 걸로 해요. 로버
츠 의원은 안전장치가 갖춰진 줄 알고 있으니까."

"재스퍼한테는 말 안 할 거예요. 아니 제기랄, 내가 재스퍼한테
말할 사람으로 보여요?"

칼은 상당히 진지한 표정으로 나를 쳐다보았다. 자세가 달라졌
고 아주 살짝 느슨해진 것 같기도 했다. "릴리언, 솔직히 당신이
어떻게 할지 안 할지 나는 전혀 몰라요. 하지만 내 밥줄이 당신한
테 달려 있어요. 그러니까 같이 움직이자고요. 알겠어요?"

"아주 좋아요, 칼." 나는 반쯤은 진심이고 반쯤은 칼을 놀리는
심정으로 말했다. "그러죠."

"그건 그렇고, 미시즈 로버츠가 지금 다 같이 식사를 하는 건 아
이들한테 너무 부담스러울 것 같다고 해서요, 롤런드와 베시도 그
렇고 티머시도."

"알았어요." 이렇게 우리와 그들 사이를 갈라놓는 선이 그어지

는 거였다. 재스퍼가 애들을 다시 보려고 하기나 할까 하는 의문이 들었다. 매디슨과 내가 계속 어울릴 일이 있을지 궁금했다. 아마 계속 엮이긴 하겠지만 이전까지와는 다른 방식일 것 같았다.

"여기에서 애들 저녁 차려줄 수 있어요?" 칼이 물었다.

"그럼요, 문제없어요." 다만 음식을 어떻게 만들어 먹어야 할지 잘 떠오르지는 않았다. 나는 평소에는 무언가를 전자레인지에 돌려서 쓰레기통 위에 서서 먹었다. 그리고 지난 한 주 남짓 동안은 메리가 만들어주는, 도무지 숟가락을 놓을 수 없을 정도로 맛있는 음식에 익숙해져 있었다. 이 게스트하우스로 추방당하고 나니 메리가 너무나 그리웠다. 아이들이 메리를 만나면 좋을 것 같았다.

"좋아요, 그럼." 칼이 돌아서 나가다가 갑자기 돌아보았다. "저기 전화 있죠." 칼이 냉장고 옆 벽에 붙은 전화기를 가리키며 말했다. 나는 고개를 끄덕였다. "내가 필요하면, 시간이 몇시든 무슨 일 때문이든 상관없으니까 저 전화로 1111번을 눌러요. 알았어요?"

"1111." 내가 번호를 따라 했다. "그러면 올 거예요?"

"네." 그렇단 사실을 인정하기가 고통스러운 것 같았다.

"잘 자요, 칼." 내가 말했다.

"잘 자요, 릴리언." 칼이 말하고는 어둠 속으로 사라졌다.

계단으로 가보니 베시와 롤런드가 계단 꼭대기에 앉아 있었다. 엿들었다는 사실에 대해 손톱만큼도 부끄러워하는 기색이 없어서 마음에 들었다.

"나 어땠어?" 내가 물었다.

"스프링클러를 끄게 만들었네요. 대단해요." 롤런드가 말했다.

"그랬지. 그럴 거라고 했고 해냈어." 내가 말했다.

"됐다." 베시는 나를 처음 본 순간부터 고민하고 있던 결정을 이제 내린 것처럼 말했다.

"피자 먹을래?" 내가 묻자 두 아이 다 신나게 고개를 끄덕였다. 부엌으로 가서 오븐을 켜고 냉동 피자를 집어넣었다. 동화책에 나오는 것처럼 새빨갛고 반짝거리는 사과를 썰어주었더니 아이들이 게눈 감추듯 먹어치우길래 두 개를 더 썰었다. 나는 바나나 한 개를 먹었다. 냉장고 안을 다시 들여다보았는데 맥주가 없었다. 전화기를 들고 1111을 누르고 싶었지만 책임감 있게 행동하기로 마음을 고쳐먹었다. 내일쯤 저택에 가서 맥주를 훔쳐오거나 아니면 재스퍼의 값비싼 버번을 슬쩍해올 수도 있겠지. 오늘 내가 여기에서 한 일로 그럴 자격은 충분히 있다 싶었다. 스스로 뿌듯한 생각에 가슴이 부풀어올랐는데 내 손이 아직도 바르르 떨리는 걸 보자 조금 주저앉아서 얼른 아스피린을 먹었다. 그때 피자가 다 데워졌다.

아이들에게 피자를 주기 전에 내가 말했다. "너희들하고 같이 있으니 좋다."

아이들은 어이없다는 표정으로 나를 쳐다보았다. "먹어도 돼요?" 베시가 물었다.

"말했지만," 내가 다시 말했다. "너희들하고 같이 있으니까 좋아."

"좋네요." 롤런드가 이렇게 말하더니 피자 한 조각을 들어 아직 더럽게 뜨거운데도 세 입 만에 먹어치웠다.

저녁 먹고 나서 나는 설거지를 했고 아이들은 나한테 읽어달라고 할 책을 골랐다.

"오늘은 안 씻으면 안 돼요?" 롤런드가 물었다.

"양치해야 해요?" 베시가 물었다.

"너희들 오늘 락스 탄 물에 들어갔었잖아." 내가 말했다. "게다가, 어, 불도 났었으니까, 샤워하는 게 좋겠다. 양치는 당연히 해야 하고."

"아, 제발요." 롤런드가 말했지만 나는 굽히지 않았고 아이들도 고분고분 들어주었다. 어쩌면 들고일어날 적당한 때를 기다리는 것일 수도 있지만.

아이들이 교대로 샤워기 아래 들어가는 동안 나는 욕실 앞에 서 있었다. 이애들은 열 살이었다. 열 살 나이에 적절한 선이 어느 정도인지는 모르지만 아이들의 몸을 내가 직접 돌볼 나이는 지난 것 같았다. 물론 불과 관련된 일이 일어났을 때는 예외겠지만. 아이들이 스스로 통제가 안 될 때가 아니면 제 몸은 알아서 건사하게 내버려두자는 게 내 계획이었다. 내가 악마의 자식이라면 그렇게 대해주길 바랄 테니까.

나는 애들 침대 사이 바닥에 앉았다. 베시와 롤런드는 새 파자마로 갈아입었고 끔찍한 머리카락도 젖어서 착 가라앉아 얌전하게 보였다.

베시가 나에게 『페니 니컬스와 검은 악마』라는 책을 건네주었다. "이게 뭐야?" 빛바랜 붉은색 하드커버 책표지에 여자아이 옆얼굴만 달랑 그려져 있었다. 다시 제목을 보았다. 검은 악마가 대체 뭐지? 판권 페이지를 펼쳐보았는데 1930년대에 나온 책이었다. 혹시 인종주의적인 거 아냐?

"다른 책 보면 어떨까? 저기 수백만 권 있잖아. 퍼지 시리즈 같은 건 어때?"

"이 책 낸시 드루 비슷한 건데 좀더 괴상한 거예요." 베시가 알려주었다.

"읽어본 거야?" 내가 물었다.

베시는 고개를 끄덕였지만 롤런드는 이렇게 말했다. "난 안 읽었는데."

"검은 악마가 뭐야?" 내가 물었다.

"그게 미스터리의 일부예요."

첫 장을 훑어보았는데 첫 행에 "약간 노후한 로드스터"가 집 앞에 멈춰 섰다는 구절이 나왔다. 인물 중 한 명이 "않을 테야"라는 표현을 구사했다.

"그냥 조각상이에요." 내가 망설이는 걸 보고 베시가 말했다. "찰흙으로 만든 모형이요. 사탄이나 그런 게 아니고요."

"좋아. 원한다면." 내가 말했다. 그래서 나는 아이들에게 퍼넬러피 니컬스라는 소녀 탐정 이야기를 읽어주었다. 적당히 특이해서 흥미로운 아이였다. 의외로 책이 꽤 재미있었다. 내가 소리 내어 책을 읽는 걸 좋아한다는 걸 그때 알았다. 심지어 목소리 흉내까지 냈지만 그런다고 아이들이 특별히 감탄하는 것 같진 않았다. 읽고 또 읽다보니 내 목소리는 점점 가라앉고 아이들은 나른해졌고 잘 시간이 되었다.

"잘 자, 친구들." 내가 페니 니컬스 말투를 흉내내며 말했다.

"어디 가려고요?" 롤런드가 물었다.

"내 방으로." 뭘 물어보는 거지? "나 혼자 쓰는 방으로. 개인 공
간으로."

"오늘 우리랑 같이 자면 안 돼요?" 롤런드가 물었다.

"안 돼. 그럴 수는 없어." 내가 말했다.

"왜요?" 베시가 갑자기 열을 내며 물었다.

"자리가 없잖아."

"침대 두 개를 붙이면 돼요." 베시가 말했고 나는 침대를 붙인
다고 거기에서 잘 수는 없다고 말했다. 침대 사이 틈에서 자다가
거기 몸이 낄 생각을 하니 솔직히 무서웠다.

"다 같이 릴리언 방에서 자면 돼요." 베시가 말했다. "방 봤어
요. 침대 무지 크던데요."

"안 돼." 내가 말했다.

"오늘밤만요." 롤런드가 말했다.

나는 이 우스꽝스러운 집에서 일종의 베이비시터인 나와 같이
강제로 생활하게 된 아이들의 심정을 잠깐 생각해봤다. 엄마는 돌
아가셨고, 아빠는 우스운 리넨 슈트를 입고 나타났고, 매디슨은 옛
날이야기에 나오는 착한 마녀 같은 이 상황에서. 아이들이 이 방에
자기들끼리 있다가 불이 나는 장면도 떠올렸다.

"좋아. 적응할 때까지만. 가자." 내가 말했다.

아이들이 환호성을 지르며 내 방으로 달려가 이불 밑으로 파고
들었다. 나는 천장 팬을 켰다. 저녁 아홉시였다. 요 며칠간은 잡지
를 읽거나 메리가 냉장고에 남겨둔 음식을 먹다가 열두시를 넘겨
서 자곤 했다. 하지만 아마 이렇게 하는 대가로 매디슨이 나한테

돈을 주는 거겠지.

"자자." 내가 홍해를 가르는 모세처럼 말했다. "나도 들어가게 옆으로 가." 아이들이 옆으로 굴러갔고 나는 그 사이로 들어갔다. 아이들이 나를 끌어안지는 않았지만 몸을 웅크리고 누웠기 때문에 나와 거의 몸이 닿았다.

"잘 자." 나는 아이들이 잠들면 슬쩍 빠져나가 아래층에서 하고 싶은 일들을 해야겠다고 생각했다.

그렇게 누워서 종일 있었던 일들, 베시가 내 손을 물고, 내가 풀에 빠지고, 아이들이 불타오르는 걸 보고, 아이들이 다시 불타오르는 걸 보고, 어쩌면 아이들이 다시 불타오르지 않을까 염려했던 일들을 생각했다. 내가 엄청 피곤하다는 걸 깨달았다. 얼굴에서 베시가 할퀸 데를 만져보았다. 숨을 쉬기가 힘들었다. 아이들이 내 옆에 바싹 붙어서 산소를 다 빨아들이는 것 같았다. 조금 크게 숨을 들이마시자 베시가 물었다. "괜찮아요?" 내가 말했다. "어서 자." 눈을 감고 모든 일이 술술 풀리는 세상을 상상하려고 해보았다.

그러고 나서 나는 정말로 잠이, 깊은 잠이 들었다. 십 분쯤 잤을까, 아이들이 속삭이는 소리가 들렸다.

"잠들었어?" 롤런드가 물었다.

"그런 거 같아." 베시가 말했다. 나는 눈을 감은 채로 계속 숨을 고르게 쉬었다.

"어떻게 생각해?" 롤런드가 물었다.

"괜찮은 것 같아."

"아빠는 어때?"

"등신이지." 베시가 말했다. "엄마가 말한 것처럼."

"나 여기가 좀 맘에 들어."

잠시 말이 없더니 베시가 대꾸했다. "괜찮을 수도 있고. 당분간은."

"이 누나 좋아." 롤런드가 말했다.

"그럴 수도. 좀 괴상해."

"그래서 우리 이제 어떡해?"

"두고 보자."

"만약에 안 좋으면? 할아버지 할머니 집에서처럼?"

"그럼 싹 다 태워버리자. 집이고 사람이고. 전부 다 태워버릴 거야."

"그래."

"잘 자, 롤런드."

"잘 자, 베시."

아이들은 잠잘 자세를 잡았고 몸에서 긴장을 풀었다. 방안은 캄캄했다. 아이들이 숨쉬는 소리가 들렸다. 그러고 나서, 한 일 분쯤 지났을까, 베시가 말했다. "잘 자요, 릴리언."

나는 어둠 속에서 아이들 사이에 말없이 누워 있다가, 마침내 입을 열었다. "잘 자, 베시."

그리고 우리 모두 잠이 들었다. 이 집안에서, 우리의 새집에서.

6

그뒤 사흘 동안은 종일 풀에서 놀면서 이 아이들을 어떻게 할지 궁리했다. 과장이 아니라 정말 그랬다. 아이들이 깨자마자, 침대에서 나한테 딱 붙어 있어 기분좋게 따스해진 몸을 일으켜세우고 선크림을 온몸에 처발랐다(햇볕이 애들을 다치게 할 리가 없는데도 말도 안 되게 많이 발랐다). 그런 다음 우리는 풀로 달려가 점프해서 뛰어들었다. 몇 시간 동안 물속에서 마르코 폴로 놀이를 하고 놀았다. 손끝이 할머니처럼 쪼글쪼글해졌다. 점심때쯤 잠깐 쉬면서 볼로냐샌드위치를 만들어주면 아이들은 풀 가장자리에서 먹었다. 젖은 손으로 잡아 빵이 축축해졌고 손에 머스터드가 묻으면 그냥 풀에 넣고 헹궜다. 물놀이에 지치면 파라솔 밑에 누워 낮잠을 잤다. 종일 물놀이를 하다보면 락스 때문에 눈이 따끔거렸지만 달리 할일도 없었다.

아무도 우리를 찾지 않았다. 매디슨도. 재스퍼도. 칼조차도 얼쩡거리지 않았다. 우리가 있는 곳 근처에서는 정원사도 가사도우미도 보이지 않았다. 우리는 우리만의 세계에 있었다. 영원히 이러고 있을 수는 없었지만. 어떻게든 아이들을 현실세계에 섞여 살게할 방법을 생각해내야 했다. 아이들이 저택에 있는 거대한 식탁에 앉아 에그베네딕트든 뭐든 아무튼 존나 고급스러운 음식을 먹고 아버지가 신문을 보며 애틀랜타 브레이브스의 전날 경기 결과를 알려주는 장면을 상상해보았다. 아이들이 타운 도서관을 돌아다니며 책을 고르고, 빌린 책에 불이 붙어 도서관 회원 자격이 박탈되는 사태를(신이시여 이 일만은) 걱정할 필요가 없는 나날을 상상했다. 아이들이 저택 안에 살고, 아침에 학교에 갔다가 오후에 다시 돌아오는 모습을 상상했다. 아이들이 내 침대 말고 다른 침대에서 자는 것도. 그런 일이 펼쳐지는 동안 나는 어디에 있을까? 아마 멀고도 먼 곳에 있겠지? 내가 아이들을 그 정도 정상으로 만든다면 그때는 내가 더는 필요 없을 테니까. 그래서 다행인지 섭섭한지 알 수 없었다. 그러다가 스스로가 한심하게 여겨졌다. 벌써 성공할 가능성을 생각하며 걱정하다니. 내가 맡은 아이들은 몸에서 불을 뿜는 아이들이니 아마 그런 날은 오지 않을 것이다. 나는 내가 실패하지 않은 세상, 내가 모두를 구한 세상을 상상하며 설레발을 치고 있었다. 대체 어떻게 그런 세상을 만들려고?

아이들이 수영을 하는 동안 나는 잠시 쉬면서 테이블에 앉아, 시도해볼 만한 방법들을 작은 수첩에 죽 써보았다. 이런 목록이 생겼다.

석면?

레이싱복?

젖은 수건?

명상?

스프레이 / 정원용 호스?

풀 안에서 생활?(위에 지붕을 덮어야 하나?)

소화기?(아이들 피부에 무해한가?)

약?(수면제? 항불안제?)

심리치료?(비밀 유지)

자극적인 음식 자제?

인체 자연발화에 대한 조사?(타임-라이프 북스에서 나온 『미지의 신비』)

이런 식이었다. 누가 이 수첩을 봤다면 내가 미쳤다고, 누군가에게 불을 붙였다가 끄려는 계획을 세우고 있다고 생각할 듯했다. 하지만 이런 접근법이 과학적인 것 같았다. 내가 맡은 아이들이 있다. 이 아이들은 불을 낸다. 나는 아이들이 불을 내지 않게 막아야 한다. 그리고 또 아무 이유 없이 사람한테서 불이 날 리는 없다. 적어도 불을 내고도 죽거나 심각한 화상을 입지 않을 수는 없다. 그러니까 나는 엄밀히 말해 존재할 수 없는 문제에 대한 해결책을 궁리하고 있는 것이었다. 내가 할 수 있는 일이라고는 애들한테 축축한 볼로냐샌드위치를 주면서 아이들이 성인이 될 때까지 버티는 것뿐인 것도 같았다. 그때쯤이면 우리 모두 지쳐 나가떨어지겠지.

"봐요." 베시가 소리쳤다. 베시는 저택 쪽을 손가락으로 가리켰다. 나는 몸을 돌렸다. "저기 위에." 베시가 말했다. 이층 창문 중하나에서 티머시가 우리를 보고 있었다. 티머시는 어처구니없게도 런던에 있는 화려한 오페라 극장에라도 온 것처럼 조그만 오페라 글라스를 눈에 대고 우리를 보고 있었다. 티머시가 미동도 하지 않고 아이들을 보고 있길래 나는 어쩐지 좀 당황스러워서 고개를 돌렸다. 그때 베시가 얼굴을 일그러뜨리고 티머시를 향해 손가락을 치켜드는 게 보였다.

"베시, 흥분하지 마!" 외치면서도 잔소리꾼이 된 것 같았다. 내가 공연히 불안해서 아이들을 망칠 수도 있었다. 침착해져야 했다. 나는 쿨한 사람이니까. 애들한테 내가 쿨하다고 큰소리를 쳐놨으니까.

다시 돌아보았는데 티머시가 창가에서 사라지고 없었다. "욕은 안 하는 게 좋겠다." 내가 베시한테 말했다. "네 동생이니까."

"배다른 동생이잖아요." 베시는 그게 마치 할아버지의 할아버지의 삼촌 정도 되는 관계인 양 말했다.

"잘해줘야지." 내가 말했다.

"가운뎃손가락이 무슨 뜻인지 걔는 모를걸요." 베시가 말하자 롤런드가 말했다. "쌍이라는 뜻이지!"

"아냐." 베시가 짜증을 냈다. "염병이라는 뜻이야."

"자자 얘들아. 주스 마실까?" 내가 말했다.

"심심해요." 롤런드가 말했다.

"이렇게 커다란 풀이 있는데 어떻게 심심하니? 너희 할아버지

집 풀의 세 배는 되잖아?"

"뭔가 재밌는 거 하고 싶어요." 베시가 말했다.

"어떤 거?"

"숨바꼭질?" 롤런드가 말했다.

"그렇게 좋은 생각은 아닌 것 같아." 나는 아이들이 집안에서, 특히 불에 잘 타는 구석에 기어들어가서 웅크리고는 무슨 일이 일어나길 계속 기다리는 상황을 상상해보았다.

"아이스크림 먹고 싶어요." 베시가 말했다.

"냉동실에 아이스크림 있잖아."

"아니, 가게에서 파는 아이스크림이요. 스쿱으로 퍼주는 거 보고 싶어요."

"아직 적응하는 중이니까. 당분간은 이 안에 있어야 해."

"저택 안에 가도 돼요?" 롤런드가 물었다.

"아직은 안 돼." 내가 말했다.

"거지같다." 베시가 말했다. "거지같아."

베시 말이 맞았다. 정말 거지같았다. 존나게 거지같았다. 나는 아이들을 끌어안고 말하고 싶었다. "얘들아, 이거 정말 존나게 거지같지. 나도 싫어. 나는 이만 집으로 가는 게 좋겠다. 잘 지내." 칼의 미아타를 훔쳐 떠나는 거다. 매디슨이 이애들을 기른답시고 끙끙대는 모습도 상상했다. 매디슨의 곤경을 떠올리자 찌릿하게 기분좋은 느낌이 들었다. 다른 사람이 매디슨을 괴롭힌다면 내가 그 사람을 죽일 수도 있을 것 같지만, 나는 매디슨에게 약간 못되게 굴 자격이 있다고도 할 수 있으니까.

내가 모두를 실망시키고 있다는 느낌이 자꾸 들었다. 그런 한편 사람들이 나에게 기대하는 게 이 정도일 것 같기도 했다. 다른 사람들이 해결 방법을 생각해내는 동안 아이들이 사고 못 치게 지키는 일. 하지만 고작 거기에 머문다면 나에게, 그리고 아이들에게는 실패가 될 것이었다. 아이들이 세상에 섞여들게 할 방법을 찾아내야 했다. 이 아이들을 조금이라도 덜 야생스럽게 만들고, 사람이 많은 쇼핑몰에서 돌아다니면서 옷을 입어보아도 쇼핑몰 대화재가 발생하지 않게 만들 방법을. 그리고 이기적인 생각이지만 그런 일을 해낼 수 있다면 나도 전문가의 반열에 오르지 않을까 하는 생각도 있었다. 아르헨티나에 있는 부유한 집안에 불타는 아이들이 있다 하면 내가 문제를 해결해주러 비행기를 타고 가는 거지. 강의도 하러 다니고. 이 경험을 토대로 책을 쓸 수도 있겠지. 그런데 제기랄, 지금 상태로는 내가 쓸 책이 빌어먹게 지루해질 판이었다. 옛날 옛적에, 내가 불타는 아이들을 돌보았는데 석 달 동안 수영장 안에서 지내게 했다. 끝. 아이들을 위해서, 나를 위해서, 모두를 위해서 더 나은 이야기를 써야 했다.

"뭐 쓰고 있어요?" 난데없이 등뒤에서 칼의 목소리가 들려서 나는 화들짝 놀랐다. "쌍." 내가 외치자 아이들이 까르르 웃었다. 칼을 싫어한다더니, 쳇. 그런데 이 사람은 어떻게 매번 내가 모르게 불쑥 나타나지? 적절한 때가 되기 전에는 눈에 뜨이지 않으려고 최선을 다하는 사람인 모양이었다. 소리 안 내고 걷는 연습이라도 하는 건지.

"이게 뭐예요?" 칼이 수첩을 가리키며 물었다. 내가 적어놓은 걸 보더니 이런 헛소리를 공들여 적었다는 게 믿기지 않는다는 듯 눈을 찌푸렸다. "명상? 진심이에요?"

"남 일에 상관 말아요." 나는 칼이 더 읽지 못하게 수첩을 덮었다. 아마도 이미 다 읽었을 테지만.

"애들에 관한 일이라면 내 일이기도 해요." 내가 남이 이래라저래라 지시하는 걸 좋아하지 않는다는 걸 느꼈는지 칼이 말투를 조금 누그러뜨렸다. "사실 나도 목록을 만들었어요."

"이런 거겠죠. 애들을 기숙학교에 보낸다. 애들을 군사학교에 보낸다. 애들을 스위스에 있는 요양원에 보낸다. 애들을 탄소 냉동한다."

"당연히 그런 것도 다 목록에 있어요. 어쨌든 얘기 좀 하죠."

"다 들리거든요!" 베시가 소리쳤다.

"비밀 아니야." 칼은 목소리를 아주 살짝만 높여 말했다.

"그럼 우리도 같이 이야기해요." 베시가 말했다.

"안 돼." 칼은 전혀 힘들이지 않고 거절했다. 다른 사람이 원하는 것을 죄다 칼같이 자르는 게 칼한테는 참으로 쉬운 일이었다. 나도 전에는 그런 걸 잘했는데. 나한테 이득이 안 될 때, 나한테 불편을 끼칠 때는 아무렇지도 않게 거절하곤 했다. 그러지 않게 된 게 발전인지 아닌지 알 수 없었다.

"계획을 세워야 해요." 내가 말했다.

"동의해요. 아이들한테 도움이 되고 로버츠 의원과 부인의 안전을 보장할 방법이요."

"음, 일단, 심리치료가 필요하지 않겠어요? 당연히 조심스럽게요. 이 일을 전부 비밀로 하고 싶어하니까."

"그건 안 돼요." 칼이 딱 잘라 말했다.

"조심스럽게 한다고요. 조심스럽게라는 말 못 들었어요? 칼, 저 애들 엄마가 죽었잖아요. 미친 사람들하고 두 달이나 살았고요. 누군가와 이야기를 해야 해요."

"당신하고 하면 되죠."

"나는 전문지식이 없잖아요."

"흠, 그걸 인정하는 걸 들으니 좋네요."

나는 화난 얼굴로 칼을 노려보았다.

"로버츠 의원은 심리치료 효과를 안 믿어요. 아이들을 정신과 의사한테 보내진 않을 거예요. 정신분석이라는 개념 자체를 불편해해요."

"왜 그럴까 궁금하네요."

"어쨌든 불가능해요. 그러니까 다음 거."

"좋아요." 내가 다시 말을 시작했다. 내 목소리 톤이 부자연스럽게 들렸다. 은행 대출 심사라도 받고 있는 것처럼. "내가 보기에는, 그게 아이들 몸안에서 나오는 것 같아요, 그렇죠? 불 말이에요. 아이들이 동요했을 때 발화해요."

"그렇게 보여요." 의외로 칼이 내 말에 귀를 기울이고 있었다.

"그러니까 안에서 그리고 밖에서 양쪽으로 문제에 접근해야 해요…… 이 말이 맞는 말인가? 몸안에서와 몸밖에서요."

"뭘 어떻게 하고 싶은지만 얘기해요." 칼이 숨을 크게 들이쉬며 말했다.

"그러니까 밖에서라고 한 건, 불이 났을 때 불을 끄는 것 같은 거예요."

"소화기로." 칼이 고개를 끄덕였다.

"소화기 써본 적 있어요? 그거 쓰고 나면 존나 난리 나요. 안에 든 화학물질을 호흡해도 무해할지 알 수 없고요. 아이들이 어떤 식으로 행동하는지 몸이 어떻게 작동하는지 알게 되면 소화기는 필요 없을 것 같아요. 대신 젖은 수건 같은 게 있으면 돼요."

"허, 그동안 알아낸 게 겨우 그거예요? 젖은 수건?"

"그래요, 당신이 그렇게 말하니까 정말 바보같이 들리네요. 하지만 어쨌든 젖은 수건이나 천 같은 걸 차갑게 준비해서 작은 아이스박스나 그런 것에 넣어서 가지고 다니면 돼요."

"맙소사." 칼이 말했다.

"그러다가 애들이 이상해지고 불이 올라온다 싶으면 수건으로 두들겨서 식히고 진정시키면 돼요. 그러면 불이 붙지는 않을 거예요."

"다른 아이디어는 없어요? 설마 다른 것도 있겠죠?"

"으으, 화재관리 박사님, 다른 아이디어도 있어요. 그러니까, 카레이싱 선수가 차에 탈 때요, 그러니까, 레이스를 할 때, 불이 안붙는 옷을 입잖아요? 안 붙는 게 몇 초 동안인지 몇 분 동안인지는 모르겠지만. 불을 끌 시간을 확보할 수 있게 입는 옷이요."

"노멕스라고 하죠." 척척박사 칼이 말했다. "소방관도 그 재질로 된 옷을 입어요."

"좋아요, 그러면 그 천을 구해요. 양말이고 티셔츠고 속옷이고 그 소재로 입혀요."

"하지만 그 섬유는 사람이 불에 타지 말라고 만든 건데요. 그런데 애들이 불이잖아요. 우리는 애들한테 불이 붙지 않게 하려는 게 아니라 다른 사람들한테 불이 붙지 않게 하려는 거고요. 아니면 물건에 불이 옮겨붙지 않게."

"마찬가지 아니겠어요? 그게 방…… 뭐라고 그러죠?"

"방염이요." 칼이 대답했다.

"그래요. 방염 기능이 있다면 어느 쪽으로든 작동하죠. 애들한테 불이 붙어도, 방염 재질이 불이 밖으로 나가지 않게 해줄 테니까."

"그럴 것 같군요." 칼은 내가 푼 게 아주 간단한 산수 문제이지만 어쨌든 대견하다는 듯이 말했다.

"그러면 시간을 벌 수 있어요. 우리가 다칠 위험도 없고요. 집도 안전하고. 맞죠?"

"그래요." 칼이 말하더니 갑자기 생각난 듯 덧붙였다. "나한테 친구가 있어요. 할리우드에서 스턴트맨 하는. 불을 쓰는 스턴트에 사용하는 무슨 젤 같은 게, 주성분이 물인 젤이 있어요. 몸에 바르면 화상을 안 입어요. 그것도 같은 역할을 할 거예요. 아이들이 불을 내더라도 번지지 않게 해줄 테니까 그동안 불을 끄면 돼요."

"좋아요. 그 젤을 100갤런 정도 사요. 소방관 옷도 사고. 하지만 이걸로는 문제의 절반밖에 해결이 안 돼요."

"또 뭐가 있는데요?" 칼이 물었다.

"일단은 애들이 불을 내지 않도록 만들어야 해요. 애들이 불을 낼 만한 상황이 되더라도 불을 내지 않게 해야 한다고요."

"명상이요." 칼은 이제야 이해가 간다는 듯 손가락을 튕겼다.

내가 자기가 생각했던 것만큼 미친 사람은 아니라는 걸 알게 됐다는 듯이.

"뭐 그런 거요. 우리 엄마 남자친구 중에서 요가 하는 사람이 있었는데 으, 정말 웃기고 짜증났거든요. 왜냐면 자기가 요가 하는 동안 다들 조용히 하라고 해서. 그래도 어쨌든 그 사람이 내가 지금까지 만나본 사람 중에서 제일 차분한 개새끼였어요. 엄마가 아무리 지랄을 해도 움찔도 안 했죠. 결국 엄마는 그 사람이 너무 차분하다고 차버렸어요. 엄마 말이—"

"알았어요, 릴리언." 칼이 말을 잘랐다.

"그러니까 날마다 요가를 하는 거예요. 무슨 만트라나 그런 거를 가르쳐서 스스로를 진정시킬 수 있게 하는 거예요."

"그냥 아이들한테 리튬이나 뭐 그런 안정제를 잔뜩 먹이면 어때요? 침착한 상태로 만들어버리면."

"재스퍼가 자기 애들한테 약을 먹이길 바랄 것 같아요?"

"애들한테 약을 먹인다는 사실을 알릴 필요는 없을 것 같은데요."

"약은 안 먹여요. 알았죠?" 내가 못을 박았다. "심호흡 훈련을 하고 침착한 상태를 유지할 거예요."

"인지행동치료도 있죠."

"흠, 그런 책 좀 갖다줘요. 할리우드에서 쓰는 괴상한 젤하고 인지행동치료에 대한 책을 구해줘요. 요가 비디오테이프하고."

"알았어요." 칼의 말투가 의외로 만족스러운 듯 들렸다. "좋아요, 그렇게 하죠."

"뭘요?" 베시가 물었다. 베시와 롤런드가 우리 바로 옆에 서 있었다. 베시 목소리에 칼조차도 화들짝 놀랐다.

"너희들 풀 안에 있어야지." 내가 말했다.

"스턴트맨 젤이 뭐예요." 롤런드가 칼에게 물었다.

"약은 안 먹어요." 베시가 말했다. "약 안 먹어요. 우리한테 뭘 먹이려고 하면 정말 정말 화가 날 거예요. 소파에 불을 붙일 거예요."

"약은 안 먹어." 내가 고개를 끄덕이며 말했다.

"알았어요." 베시의 눈빛은 먼 곳에 가 있었다. 마치 깊은 동굴 속을 들여다보는 것처럼, 여전히 나를 믿어도 되는지 확신이 안 든다는 것처럼. 조금 속이 상했다. 그런데 그때 나도 수첩에 수면제를 적었다는 사실이 떠올랐다.

"오늘 온 진짜 이유는, 미시즈 로버츠가 함께 가족 식사를 하기 바라서요. 주말에 의원님이 집에 오시는데 그때 아이들이 저택으로 왔으면 한답니다. 이 시도가 성공하길 바라세요."

"피자 먹을 수 있어요?" 롤런드가 물었다. "아니면 치킨너깃?"

"그건 내가 정할 수 있는 게 아니야, 롤런드." 칼이 말했다.

"그러니까 우리가 거기로 간다고요?" 잘 믿기지 않았다.

"나흘 뒤에요. 그사이에 다른 사고가 없으면."

"그거 우리 잘못 아니거든요?" 베시가 성을 냈다.

"이렇게 태어나서 그래요!" 롤런드가 소리쳤다.

"이만 가봐야겠어요." 칼이 일어섰다. "잘 지내요."

"잘 가요, 칼." 이렇게 말하는 순간 곁눈으로 롤런드가 풀에다 오줌을 누는 모습이 보였다.

"롤런드!" 내가 소리쳤다.

"화학약품 넣어서 괜찮아요." 롤런드가 당황하며 말했다.

"저 자식 봐라." 베시가 롤런드한테 하는 말인 줄 알았는데 베시는 저택 쪽을 보고 있었다. 이번에도 티머시가 동물 인형을 들고 오페라글라스로 우리를 보고 있었다. 티머시 뒤에는 매디슨이 있었다. 이렇게 멀리에서도 아름다워 보였다. 나는 손을 흔들었고 매디슨도 손을 흔들었다. 나는 엄지손가락을 치켜들어 보였다. 매디슨에게 노멕스와 요가에 대해 말하고 싶었지만 매디슨은 너무 멀리, 저 거대한 저택 안에 있었다. 매디슨이 그리웠다.

"좋아, 친구들." 내가 말했다. "다시 풀로 들어가." 아이들은 끙하는 소리를 내면서도 다시 풀로 뛰어들었고 내 다리에 물이 튀었다.

"들어와요." 베시가 나에게 말했지만 나는 고개를 저었다. 나는 선베드로 가서 드러누웠다. 선글라스를 끼고 이렇게 누워 있으니 영화배우가 된 기분이었다. 나한테는 내 모습이 안 보여서 맘껏 상상의 나래를 펼칠 수 있었다. "잠깐만 빈둥거릴래." 내가 말했다.

"으, 재미없어." 롤런드가 말했다.

"우리 봐요." 베시가 말하며 아기 볼기짝 때리듯이 수면을 찰싹찰싹 쳤다.

"보고 있어." 내가 말했다. 선글라스를 끼고 있으니 보는지 아닌지 애들은 모를 것이다. 나한테는 잠깐의 여유가, 아이들이 내 전부를 차지하지 않는 작은 공간이 필요했다. 아주 잠시라도 휴식이 필요했다. 누가 안 된다고 하겠나? 그러니까 저 두 아이 말고 누가. 나는 구름을 올려다보았다. 다 어떤 모양처럼 보였지만 너무 피곤해서 뭔지 생각할 기운도 없었다.

　매디슨이 뭐하고 있을지 궁금했다. 매디슨이 나를 속였다고 생각하지 않을 수가 없었다. 며칠 동안 매디슨은 거의 코빼기도 못봤다. 아이들이 오기 전 며칠, 우리 둘만 있었던 때가 떠올랐다. 매디슨이 내가 입을 옷가지 일습을 갖춰주고 함께 농구를 했을 때. 나는 우리가 같이 지낼 줄 알았다. 물론 내가 여기에서 아이들과 지내게 된다는 건 알았지만, 머릿속으로는 매디슨이 내 옆에 앉아 나와 같이 웃는 상상을 했다. 아이들이 땅따먹기나 뭐 그런 놀이를 하는 동안 우리는 앙증맞고 역겨운 샌드위치를 차와 함께 먹을 줄 알았다.

　"우리 봐요." 베시가 더 큰 소리로 외쳤다.

　"보고 있어. 진짜 멋지다." 내가 말했다.

　"으으." 내가 거짓말하는 걸 알고 롤런드가 말했다.

　햇빛이 내 얼굴에 닿는 것을 느끼며 아이들이 풀에서 노는 소리를 들었다. 평화로웠다. 존나 따분했지만 평화로웠다. 나는 잠깐 눈을 감았다. 여름이 한도 없이 길게 느껴졌다.

　퍼뜩 잠이 깨서, 소스라치듯 정신을 차리고 풀을 보았는데 아이들이 없었다. 얼마나 오래 잤을까? 일 분? 팔 년? 그사이 얼마만큼이라도 될 수 있을 것 같았다. 목이 뻐근했다. "베시?" 나는 아무도 듣지 못하게 작은 소리로 불렀다. 아무도 못 들으면 아무 소용도 없는 일이지만 어떻게든 침착함을 유지하려고 애썼다. "롤런드?" 아무 기척도 없었다. 풀은 고요했고 텅 비어 있었다. 주위를 둘러보았다. 어디에도 아이들이 보이지 않았다. 나는 본능적으로 저택 창문을 쳐다보았다. 티머시도 없었다. 나의 태만을 목격한 사람은 없는 셈이다. 그때 불쑥 이런 생각이 들었다. 애들이 저택에 갔으면 어떡하지? 몰래 숨어들어갔으면? 티머시한테 헤드록을 걸고 있으면? 뱃속이 뒤틀리는 것 같았다.

나는 일어서서 풀 주위를 돌아보고 혹시 애들이 나를 놀리려고 숨어 있지는 않나 선베드 뒤쪽도 살펴보았다. 풀장 바닥도 들여다보았는데 아무것도 없었다. 게스트하우스로 달려가 문을 열고 아이들을 불렀지만 응답이 없었다. 방마다 다 들여다봤지만 개미 새끼 한 마리 없었다. 전화기를 쳐다보고 한순간 칼을 부를까 하는 생각도 했지만 그렇게 했다가 내가 들을 비난을 감당할 수 있을 것 같지 않았다. 그 일은 영영 만회할 수 없을 것이다. 칼 머릿속에 나에 대한 기록으로 영원히 남을 테니까.

나는 몰래 저택에 접근해 부엌으로 갔다. 메리는 반죽을 정교하게 접어 작은 주머니 모양 파스타를 만들고 있었다.

"메리, 아이들 못 봤어요?" 나는 아무 일도 아니라는 듯, 이미 답을 아는데 메리를 시험해보려고 묻는 것인 양 태평하게 물었다.

"여긴 없어요." 메리는 고개를 들지도 않고 말했다. "애들 잃어버렸어요?"

"그런 것도 같네요." 메리한테는 거짓말을 할 수가 없었다. 메리는 살짝 웃으며 우아한 손놀림을 계속했다. "찾아야겠네요." 메리가 대꾸했다.

"그런 듯요. 매디슨한테는 말하지 않을 거죠?"

"네." 메리가 너무나 확고하고 강경하게 대답해서 메리에게 키스라도 하고 싶은 기분이었다. 우리가 같은 편이 아니라는 건 알았다. 그래도 아주 잠깐이나마 메리의 보호를 받으니 기분이 좋았다.

문득 세상이 너무 거대하고 버겁게 느껴졌다. 이곳 사유지 안에서 지내면서 그동안은 여기가 존나 거대하긴 해도 감당할 만하고 안전한 곳이라고 생각했는데. 농담이 아니고 정말로, 아이들이 자취를 표시하려고 빵 부스러기라도 떨어뜨려놓지 않았나 주위를 둘러보았다. 아무것도 없었다. 빌어먹을 녀석들. 빵조각 하나가 없네. 이제 마녀한테 잡아먹히게 생겼다. 아니면 애들이 마녀의 집을 태우고 있거나. 어느 쪽이건 간에 욕먹을 사람은 나였다.

나는 아이들을 소리쳐 부르지 않고 어떤 텔레파시 같은 것으로 연결되길 기대하며 계속 걸었다. 머리로 계속 생각하다보면 아이들이 눈앞에 나타나지 않을까. 불나지 않은 멀쩡한 상태로. 연기가 피어오르지는 않는지 자꾸 먼 쪽을 내다보게 되었다.

혼자서 애들을 찾아다니다보니 그제야 비로소 이 아이들이 내 책임이구나, 다른 누구도 아닌 오롯이 나만의 책임이구나 하는 생각이 퍼뜩 들었다. 정말 존나 엄청난 책임이었다. 왜 매디슨과 재스퍼는 나한테 이런 일을 맡긴 거지? 이렇게 엄청난 일을, 아이들의 목숨을, 맙소사. 정작 아이들이 활활 타고 있을 때는 그런 생각을 못했다는 것도 이상했다. 불은 통제할 수 있을 것 같았다. 흔적도 없이 사라지는 건, 훨씬 심각하고 훨씬 중대한 일이었다. 아니, 중대성을 떠나서, 유전으로 인한 사고와 업무 태만으로 인한 사고 중에서 어떤 게 내가 더 크게 비난받을 일인지는 분명했다. 나는 이런 일을 맡을 준비가 안 되어 있었다. 누가 세이브얼랏에서 스테이크 한 팩을 훔쳤더라도, 나하고 무슨 상관인가? 분명 내가 골치 썩을 일은 아니었다. 그런데 이건 달랐다. 이걸 왜 이제야 깨달은 거지?

그러고 나자 만약 아이들이 실종되었다면, 죽었다면, 아니면 그냥 누군가에게 조금이라도 해를 끼치기라도 했다면 어떻게 될까 하는 생각이 마치 두번째 벼락처럼 머리를 강타했다. 내가 책임을 져야 할 것이다. 나는 집으로 돌아가게 될 테고. 여러 해 전 아이언마운틴에서 쫓겨났던 그때처럼 다들 나를 비난할 거고 어떻게 주제도 모르고 나섰느냐고 비웃겠지. 매디슨과의 관계는 끝이 날 거고. 매디슨이 나한테 처음으로 한 부탁이었는데…… 사실은 두번째지만. 내가 해내지 못하면, 매디슨을 실망시키면, 나는 매디슨에게 쓸모없는 존재가 되는 거다. 다시 매디슨을 잃게 된다. 이전까지는 한 번도 매디슨을 저버린 적이 없었는데. 가슴속에서 심장이 덜컹거렸다. 그런 일이 일어나도록 내버려둘 수는 없었다.

"얘들아!" 나는 소리 높여 불렀다. "베시! 롤런드!" 사유지 가장자리에 있는 숲으로 들어갔다. "베시! 롤런드! 돌아와! 당장 돌아와!" 나는 소리를 쳤다. 누가 듣든 말든 상관없었다. 정원사가 달려와서 애들을 찾는 걸 도와줄 수도 있을 것 같았다. 하지만 아니었다. 나뿐이었다. 언제까지나 나 혼자 이 어두운 숲을 헤매면서 아이들을 찾겠지.

나는 숲속에 난 오솔길을 따라 걸었다. 풀이 웃자라 걷기 힘들었고 수영복에 가시 같은 게 계속 들러붙었다. 플립플롭 말고 다른 걸 신고 왔더라면 좋았을걸. "베시! 이제 그만해. 베시? 돌아와." 계속 불렀으나 아무 응답이 없었다. 아이들과 반대 방향으로 가고 있을 수도 있었지만 계속 걷는 수밖에 다른 도리가 없었다. 내가 가고 있다는 걸 알리려고 이따금 애들 이름을 불렀다. 애들을 찾아내기만 하면 어떻게 할 생각인지는, 목소리에 드러나지 않게 감췄다.

이십 분 정도 걷자 마침내 숲이 끝났고 거기에, 빛이 들어오는 곳에 아이들이 있었다. 수영복 차림으로 서서 한 걸음을 더 내디딜까 말까 망설이는 것처럼 보였다. 그야말로 달아나기 일보 직전이었다. 숲을 빠져나가면 바로 도로였다. 하지만 결정을 내려야 할 순간에 아이들은 얼어붙었고 그때 내가 따라잡은 거였다. 나는 아이들을 붙잡았다. 아이들의 기이한 작은 몸에 내 손을 얹었다.

"너희들 때문에 정말 간 떨어졌다." 이렇게 말하는 순간 내가 숨을 안 쉬고 있었다는 것, 아이들을 붙잡기까지 숨을 참고 있었다는 걸 알았다.

"미안." 베시는 나를 쳐다보지 않고 말했다.

"대체 뭐하는 거야?" 내가 물었다. "왜 날 두고 갔어?"

"우릴 안 보고 있었잖아요." 베시가 어린아이처럼 심통 난 목소리로 말했다. "그래서 나왔죠. 나와서 계속 걸었어요."

"지나가는 차를 세우려고 했어요." 롤런드가 말했다. "그런데 지금까지 두 대인가밖에 안 지나갔고 서려고도 안 했어요."

"왜 도망가려는 건데?" 내가 물었다.

"그러는 편이 낫잖아요?" 베시가 말했다. "우리가 그냥 사라져버리면 다들 좋아할걸요."

"난 아니야." 나는 진심으로 말했다. "나는 아주 슬플 거야."

"정말요?" 롤런드가 놀라며 말했다.

"그래—세상에 맙소사—그럼, 슬플 거야."

"알았어요." 롤런드가 만족스러운 듯 말했다.

"그러는 게 너희한테는 좋겠니?" 내가 물었다.

"아뇨." 베시가 말했다. "아니요. 여기 서 있는데 어디로 가야 할지 몰라서 움직일 수가 없었어요. 엄마한테 갈 수는 없죠. 할아버지 할머니 집으로는 안 갈 거예요. 그럼 어디로 가죠? 우리한테는 아무도 없어요. 우리한테는요, 아무도 없어요."

"내가 있잖아, 응?" 나는 진심이었던 것 같다. 어쨌든 간에, 사실이기도 했다. 아이들에게는 내가 있었다. 내가 있었다.

애들을 찾아다니는 동안 나는 이 일을 망치면 내가 어떻게 될지를 걱정했다. 지금의 생활을 잃을 거고, 매디슨을 잃을 거라고. 하지만 아이들 생각은 하지 못했다. 내가 실패하면 이 아이들은 어디로 갈까? 어딘가 좋지 않은 곳으로 가리란 건 확실했다. 여기보다 더 나쁜 곳으로. 칼은 언제라도 애들을 보내려고 벼르고 있었다. 재스퍼와 매디슨도 조금이라도 문제가 생기면 애들을 보내려고 하는 것 같았다. 그때 그 감정이 생각났다. 아이언마운틴에서 쫓겨나 골짜기 마을로 다시 내려갈 때의 심정. 꼭 인생이 끝난 것 같았다. 어떤 면에서는 그렇기도 했다. 이 아이들이 그렇게 되도록 하지는 않을 것이다. 이애들은 제멋대로였다. 나처럼. 이애들은 더 나은 삶을 누릴 자격이 있었다. 나처럼. 나는 실패하지 않을 것이다. 나는 결심을 굳게 다졌다. 망치지 않을 것이다. 씨발, 그건 절대 안 된다.

그때 차 한 대가 속도를 늦추더니 멈춰 섰고 창문이 내려갔다. 하와이안셔츠를 입은 남자가 우리를 쳐다봤다.

"태워줘요?" 남자가 물었다.

"아뇨." 베시가 갑자기 얼굴이 벌게져서 말했다.

"진짜?" 남자가 다시 물었다. 나는 남자를 재보았다. 위험한 사람은 아니었다. 얼뜨기 같았다. 어쨌거나 우리는 사람 눈에 뜨이지 않아야 했다. 사람들 입에 오르내리면 안 되었다.

"하이킹중이에요." 내가 말했다.

"수영복 차림으로요?" 남자가 호기심이 도는 듯 물었다.

"가보세요." 싸가지 없는 말투로 말했다. 기분이 좋았다.

"어…… 알았어요." 남자가 말하고 떠났다. 우리는 차가 길 저편으로 사라지는 것을 보았다.

"집으로 갈까요?" 베시가 말했다.

"그래. 가자." 두 아이는 내 손을 잡았고 우리는 우리집이지만 우리집은 아닌 집을 향해 갔다.

"너희들 요가 아니?" 내가 묻자 둘 다 신음을 냈다. 요가라는 이름으로 불리는 게 재미있을 리는 없으니까.

"그냥 책 읽어주면 안 돼요?" 베시가 물었다. 열 살이지만 가끔 나이보다 훨씬 어리고, 발육도 더디고, 다듬어지지 않은 듯 보였다.

"그래. 그럼 그냥 책 읽자. 이야기 하나 읽어줄게."

우리는 숲에서 나는 소리에 귀를 기울였다. 집에 돌아오니 그 소리가 더 고요하게 느껴졌다. 어쩌면 소리가 우리 안으로 들어온 것도 같았다. 어쨌든 간에 우리는 집에 돌아왔다. 그리고 다시는 떠나지 않을 것이다.

　다음날 아침 눈을 떠보니 롤런드의 손가락이 내 입안에 들어와
있고 베시의 발은 내 배 위에 얹혀 있었다. 이 상황이 얼마나 부적
절한가, 내가 애들과 같이 잔다는 게 얼마나 말도 안 되는 일인가
싶었지만, 이어서 젠장 몰라, 나 말고 누가 이렇게 하겠어 싶은 생
각도 들었다. 지금 이 순간까지 얘들의 삶은 생판 남이나 다름없
는 여자 어른과 같이 자는 것 못지않게 괴상했을 테니까. 롤런드의
손가락을 뺄자 롤런드가 조금 움찔했다. 내가 몸을 빼내자 베시가
부스스 움직였다. "일어나, 애들아." 머리 위로 기지개를 켜며 말
했다.
　"또 수영해야 해요?" 베시가 물었다. 락스 물이 반짝이는 수영
장이 지겨워지는 날이 왔다는 게 스스로도 놀라운 듯했다.
　"아니. 새로운 일과를 하자." 내가 일과를 즉석으로 생각해내면
서 말했다. "운동을 할 거야."
　"지금요?" 롤런드가 우는소리를 냈다.
　"응, 지금."
　"아침 먼저 먹으면 안 돼요?" 베시가 물었다.
　"음, 내 생각에는 운동을 먼저 하는 게 좋겠어. 배부른 상태로
운동하면 그렇잖아. 몸에도 안 좋고." 나는 머리를 막 돌리면서 이
런 개소리를 떠들었다. 칼이 아직 요가 비디오테이프를 가져다주
지 않았으므로 엄마의 전 남자친구가 하던 동작들을 기억에서 더
듬었다. 자세는 떠오르지 않았지만 엉덩이를 공중에 치켜들고 있

어서 당혹스러웠던 것은 기억이 났다. 머리를 포니테일로 묶고 있던 것도 거슬렸다.

"무슨 운동이요?" 베시가 물었다.

"숨쉬기 운동." 내가 말했다.

"그건 별로 운동 같지 않은데요." 롤런드가 긍정적인 반응을 보이길래 내가 말했다. "일단 바닥에 앉아."

아이들이 무릎을 꿇고 바닥에 앉았다. "책상다리하고 앉아봐. 이렇게." 내가 시범을 보여주었다. 나는 평생 누가 날 엿 먹이지는 않을까 긴장하면서 뻣뻣하게 살아와서 그런지 유연성이 없었다. 허리를 꼿꼿이 세우고 골반과 허벅지를 평범하게 놓고 그냥 앉기만 하는 것도 생각보다 힘들었다. 낑낑대는 티를 내지 않으려고 애쓰고 있는데, 아이들은 아무렇지도 않게 다리를 프레즐 모양으로 만들었다. 내가 마음만 먹으면 애들 몸을 어떤 모양으로도 구부릴 수 있을 것 같았다.

"이제 어떻게 해요?" 베시가 물었다.

"눈을 감아."

"싫어요." 베시가 말했다. 베시에게 다시금 애정이 솟았다. 내가 얼마나 말도 안 되는 요구를 하는지 나도 알았기 때문이다. 열 살 때 나라면 세상의 돈을 다 준다고 하더라도 절대 눈을 감지 않았을 거다.

"우리 다 감을 거야." 내가 말했다.

"릴리언도 감을 거예요?" 베시가 뜻밖이라는 듯 물었다.

"응." 나는 침착함을 유지하려고, 짜증을 내지 않으려고 애쓰면서 말했다.

"그러면 내가 눈을 감았는지 안 감았는지 모르겠네요?" 베시가
말했다.

"그렇겠지. 그냥 너희를 믿어야지." 내가 말했다.

"믿어도 돼요." 베시가 말했고 나는 이게 일종의 테스트라는 걸
알았다. 그래서 눈을 감았다.

"이제," 나는 아이들의 작고 따뜻한 몸, 시큼한 입냄새, 몸을 타
고 흐르는 진동을 느꼈다. "깊게 숨을 들이마셔."

롤런드는 세상에서 가장 큰 밀크셰이크를 마시는 사람처럼 공
기를 흡입했다. 그러다가 살짝 기침을 했다.

"편안하게 천천히 들이마셔. 들이마신 상태에서 숨을 참아봐."
내가 말했다. 나도 그렇게 해보았다. 몸안에 공기가 생각보다 많이
들어갔다. 그 상태에서 숨을 멈추자 공기가 몸안에서, 뭔지는 모
르지만 나를 구성하는 내 몸의 일부와 섞인 채로 있었다. 아이들이
제대로 하고 있는지 어쩌는지 몰라도 나는 눈을 뜨지 않았다. 숨을
멈추었더니 세상이 전보다 조금 더 천천히 도는 느낌이 들었다.

"이제 내쉬어." 내가 말했고 아이들이 몸에서 숨을 길고 거칠게
내뿜으면서 폐가 편안해지는 소리가 들렸다.

"끝난 거예요?" 베시가 물었다. 눈을 살짝 떠보았더니 두 아이
다 눈을 감고 있었다.

"아냐. 다시 할 거야." 내가 말했다.

"몇 번이요?" 롤런드가 물었다.

전혀 감이 안 왔다.

"오십 번?" 내가 말하자 베시가 바로 저항했다.

"안 돼요. 오십 번은 너무 많아요."

"알았어, 알았어, 스무 번." 내가 말했다.

"좋아요." 베시가 말했다. 그러고 그렇게 했다. 숨을 들이마셨다. 숨을 참았다. 다시 숨을 내쉬었다. 전에는 이럴 거라는 생각을 못해 봤는데, 어떻게 해도 내 안에 있는 독기는 희석될 수 없을 것 같았는데, 숨을 쉴 때마다 조금씩 내면이 고요해지는 것 같았다. 시간이 흐르는 것도 잊을 지경이었다. 심호흡을 몇 번 했는지도 잊었지만 상관없었다. 나는 계속 숨을 쉬었고, 방안 온도는 달라지지 않았다. 그러다가 이제 되었다 싶었을 때 이렇게 말했다. "이제 됐다."

"끝이에요? 끝났어요? 아침 먹어도 돼요?" 롤런드가 말했다.

"기분이 어땠어?" 내가 물었다.

"바보 같아요." 베시가 말했다. "처음엔요. 근데 괜찮아요. 나쁘지 않아요."

"이제 날마다 할 거야." 내가 말했다.

"날마다요?" 둘이 같이 우는소리를 했다.

"응. 그리고 너희들 스스로도 열받는다 싶으면 이렇게 숨을 쉬는 거야. 알겠지?"

"소용없을 것 같은데요." 베시가 말했다.

"보면 알겠지." 우리는 아래층으로 내려가 팝타르트를 먹고 큰 잔으로 우유를 마셨다.

아침을 먹은 다음 벽장에서 학습지를 꺼냈다. 세상의 종말이 다가오고 있으니 애들을 일반 학교에 보낼 수는 없다고 생각하는 별

종들을 위해 만든 학습지들이 비닐에 싸여 차곡차곡 꽂혀 있었다. 내 말이 좀 심했던 것도 같다. 어쩌면 아이들을 집밖에 내보냈다가 불이 날까봐 걱정하는 부모들을 위한 것일 수도 있으니까. 아니면 그저 아이들한테 뭔가 진실한 걸 가르치고 싶은 부모들을 위한 것일 수도 있고. 나야 모르지. 아무튼 간에 학습지 품질은 아주 훌륭했다.

나는 4학년 수학 학습지를 찾아냈다. 열 살이면 몇 학년이지? 알 수가 없었다. 내 삶을 거슬러 생각해봤다. 3학년이었나? 5학년이었나? 머릿속이 깜깜했다. 4학년이면 적당하리라고 결론을 내렸다. 간단한 곱셈이 나와 있는 페이지 몇 장을 찢어서 아이들 앞에 놓았다. 아이들은 그게 중국어로 적혀 있기라도 한 것처럼 쳐다보았다.

"공부요? 싫어요." 롤런드가 징징거리는 소리를 냈다.

"그냥 얼마나 아는지 보려는 거야. 가을 학기에는 학교에 갈 거니까."

"엄마는 우릴 한 번도 학교에 안 보냈어요. 학교는 겁쟁이들이 가는 곳이라고 했어요. 창의성이 없는 사람들이 가는 곳이라고요." 베시가 말했다.

"흠, 사실 맞는 말이긴 한데, 너나 나처럼 창의적인 애들은 학교에서도 잘 지낼 수 있어."

"그냥 릴리언이 가르쳐주면 안 돼요?" 롤런드가 물었다. "아니면 매디슨이나."

"나나 매디슨은 전문가가 아니잖아. 아직 멀었으니까 걱정 마.

지금은 그냥 연습만 할 거야. 재미있게 배우는 거야, 어때?"

"이거 싫어요." 베시가 말했다.

"아주 쉬운 거야. 봐, 여기, 4 곱하기 3은 뭐지?"

"7?" 롤런드가 말했다.

"아냐." 나는 얼른 덧붙였다. "근데 비슷해."

"이거 싫어요." 베시가 다시 말했다.

"자, 베시. 4 곱하기 3은?"

"몰라요." 베시의 얼굴이 수치심으로 붉게 달아올랐다.

"그래, 그냥 4 곱하기 3이야. 그러면 4 더하기 4 더하기 4는 뭐지?"

"몰라요." 베시가 말했다.

"12잖아. 4 더하기 4 더하기 4는 12. 4 곱하기 3은 12."

"그건 알아요." 베시의 목소리가 높아졌다. "덧셈 알아요. 안다고요." 베시는 이제 부끄러운 게 아니라 화가 치미는 것 같았다. 몸이 벌겋게 달아올랐다. 베시는 연필을 잡아 종이 위에 커다랗게 12를 쓰려고 했으나 첫번째 숫자를 다 쓰기도 전에 연필심이 똑 부러져버렸다.

"심호흡해." 내가 부드럽고 차분하게 말했다. "좋아, 베시. 깊이 숨을 쉬어."

"우리는 수학을 안 했어요." 베시가 말했다. "수학을 안 해서, 우리는 수학을 몰라요."

"말하지 마." 내가 말했다. "숨만 쉬어." 나는 롤런드를 쳐다보았다. 입을 벌리고 있었다. 롤런드는 학습지 위에 찡그린 얼굴을 그려놓았다. 하지만 롤런드는 빨갛지 않았다. 화나지 않았다.

"롤런드." 나는 아주 조용히, 아주 차분하게, 고양이를 안락사시키려는 것처럼 말했다. "가서 수건 하나 가져와. 응? 욕실에서. 롤런드?" 롤런드는 겁에 질린 것처럼 멍하니 서 있었다. "수건? 수건 말이야. 롤런드? 욕실에서? 수건? 롤런드? 갖다줄 수 있니? 욕실에 가서? 수건?"

"알았어요." 롤런드가 드디어 대답하고 달려갔다.

베시의 얼굴이 온통 일그러져 있었다. "엄마가 배워야 할 걸 다 안 가르친다는 거 알았어요." 베시가 말했다. "엄마는 수학은 필요 없다고 했어요. 하지만 난 이런 날이 올 줄 알았어요. 이런 날이, 모두가 나를 바보라고 생각하는 날이 올 줄 알았어요. 우리끼리 알아내려고 해봤는데 안 됐어요. 노력했다고요, 알아요?"

"내가 가르쳐줄게, 베시." 내가 말했지만 베시는 계속 달아올라 새빨개졌다. 나는 베시의 뜨거운 몸을 들어서 바닥에 내려놓았다. "말하지 말고 숨만 쉬어. 숨쉴 수 있어?"

베시는 심호흡을 시작했다. 아주 깊이. "효과 없어요!" 베시가 소리를 쳤다.

롤런드가 수건을 가져와서 나는 싱크로 달려가 적신 다음 물을 최대한 짰다. 다시 돌아왔을 때는 베시의 팔과 발목에서 작은 불꽃이 솟구치고 있었다. 수건으로 베시의 팔과 다리를 문지르자 김이 모락모락 솟았다.

"베시, 제발. 심호흡을 해, 응? 봐, 수건이 효과가 있다."

"그냥 샤워기로 들어갈래요." 베시가 말했다.

"아니야. 할 수 있어." 내가 말했다. 나는 수건으로 베시 몸을 문지르고 고치처럼 수건을 베시 몸에 둘렀다. 롤런드는 어느새 사라지고 없었지만 베시에게 집중하느라 신경쓸 겨를이 없었다.

"내가 옆에 있을게. 괜찮아." 나는 베시의 귀에 속삭였다. 베시의 몸이 심한 열병에 걸린 것처럼 존나게 뜨겁게 달아올랐다. 수건에서 연기가 나기 시작했다. "숨을 쉬어. 그러면 사라질 거야. 수학 학습지는 하지 말자. 아이스크림 먹자. 또 며칠 뒤에 저택에 저녁식사 하러 가면 뭐든 먹고 싶은 거 먹을 수 있어. 그리고 우리 타운에도 가자. 장난감도 사고, 새 책도 구하고. 네 마음에 드는 옷도 사고. 진짜 아이스크림 가게에서 진짜 선디 먹자."

"스프링클 뿌리고 체리 얹어서. 초코 시럽하고." 베시가 말했다. 수건에 불이 붙었다. 수건을 벗겨내 바닥에 던지자 수건에서 연기가 났다. 발로 밟았더니 금세 꺼졌다. 그러자, 마법처럼 베시한테서는 불이 더 나오지 않았다. 불이 베시에게서 수건으로 옮겨간 것 같았다.

"알았어요." 베시가 나를 보며 말했다. "좋아요."

베시는 기진맥진해서 바닥에 주저앉았다. 나는 베시를 끌어안았다. "롤런드는 어디 갔어요?" 베시가 물었다.

"롤런드?" 내가 외쳤다. 몇 초 뒤에, 롤런드가 옷이 흠뻑 젖은 채로 거실에 들어왔다. 롤런드의 발 아래 물웅덩이가 생겼다. "샤워기로 들어갔어요." 롤런드가 말했다.

"잘했어." 내가 말했다.

"불 안 났네요." 롤런드가 베시를 가리키며 말했다.

"지금은." 내가 대답했다.

롤런드가 다가와서 우리 옆에 앉았다.

"내가 너희들 돌봐줄 거야." 내가 말했다.

"릴리언은 좋은 사람이에요?" 베시가 물었다. 정말 이상한 질문이었다. 이게 얼마나 답하기 어려운 질문인지 알 만큼 오래 살아보지 않은 아이가 던질 법한 질문이었다.

나는 잠시 생각해보는 척했다. "그렇진 않아." 내가 대답했다. "나쁜 사람은 아니지만, 부족한 부분도 많아. 미안하다. 그래도 나는 여기 있을 거야. 너희들 옆에."

"떠날 거잖아요." 베시가 말했다.

"언젠가는. 너희들한테 내가 필요 없어질 때." 내가 말했다.

"그럴 줄 알았어요." 베시가 말했다.

"아직 멀었어." 내가 말했다. 세 달이 아이들에게 긴 시간일까? 나에게는 긴 시간이었다.

베시와 롤런드가 마주보았다. 쌍둥이답게 말없이 서로 이야기를 나누고 있었다.

"너희들이 나하고 같이 있고 싶은 한은 계속 있을게. 어때?" 마침내 내가 이렇게 말했다. "여기 있을게."

아이들은 내 말을 듣는 것 같지 않았다. 우리는 그냥 그렇게 앉아 있었다. 나는 속으로 칼이 지금 집안으로 들어오지 않기를 빌었다. 이 상황을 어떻게 설명할 것인가? 램프로 칼의 머리를 쳐서 기절시킨 다음 끌고 가 차에 태워서 이 모든 일이 꿈이라고 생각하게 만드는 수밖에 없겠지.

"우리 엄마는—" 베시가 말했다.

"알아. 내가 너희 엄마가 아니란 건 알아. 아무도 너희 엄마를 대신할 수는 없을—"

"자살했어요." 베시가 말했다. "우리 때문에."

매디슨이 애들 어머니가 자살했다는 말을 나한테 한 적이 있었나? 왜 나한테 말을 안 했지? 매디슨은 아나? 비밀인가? 매디슨을 다시 만나면 물어봐야겠다.

"너희들 때문이 아니야. 그럴 리가." 내가 말했다.

"엄마가 너무 힘들다고 했어요. 상황이 바뀔 거라고, 우리가 학교에 가야 할 거라고, 엄마는 더는 못하겠다고 했어요. 아빠가 우리가 정상이 되길 바란다고 했어요. 엄마는 그런 일은 일어나지 않을 거라고 했어요."

"아, 베시." 롤런드가 옆에 앉아 몸을 웅크리길래 내가 팔로 감싸안았다.

"그 많은 약을 다 먹었어요." 베시가 말했다. "우리는 엄마가 그 약을 다 먹는 걸 봤어요. 그리고 엄마가 죽었어요."

"세상에. 어떻게 그런."

베시는 아무 감정이 없는 것처럼 보였다. 속이 텅 비어 있는 것처럼. 베시가 롤런드를 쳐다보았고 롤런드는 고개를 끄덕였다.

"우리한테도 약을 먹으라고 했어요." 베시가 마침내 입을 열었다.

"뭐라고?" 나는 베시 말을 정확히 알아들었는데도 이렇게 물었다. 그런 일이 가능하다는 걸 몰랐던 척하는 것 말고 내가 할 수 있는 말이 있나?

"엄마가 작은 접시에 나하고 롤런드가 먹을 약을 담아놨어요. 그러고 먹으라고 했어요. 큰 잔에 오렌지주스를 가득 따랐어요. 엄마는 울면서 이렇게 하면 우리 모두 좋아질 거라고 했어요."

"그런데 우린 안 먹었어요." 롤런드의 목소리가 갈라졌다.

"내가 롤런드한테 먹지 말라고 했어요. 그냥 주머니에 넣고 먹은 척했는데 엄마는 전혀 몰랐어요. 오렌지주스를 다 마셨는데 너무 많아서 오줌이 마려웠어요. 그런데 엄마가 방으로 가자고 해서 다 같이 침대에 누웠어요. 엄마는 자야 한다고 했어요. 그땐 낮이었는데도. 롤런드하고 나는 엄마 양옆에 누웠어요. 나한테는 롤런드가 안 보였어요. 엄마가 우리 사이에 있어서. 그러다가 엄마 가슴에 손을 얹고 심장박동을 느껴봤는데 괜찮았어요."

"정말 안타깝다." 나는 잠깐이 필요했기 때문에, 나머지 이야기를 듣기까지 조금 더 시간이 필요했기 때문에, 아직 그 이야기를 들을 준비가 안 되었기 때문에 이렇게 말했다.

"한없이 오래 걸렸어요. 그러다 엄마가 잠이 들었어요. 나는 엄마 심장 위에 손을 올렸어요. 한없이 오래 걸렸어요. 너무너무 오래 걸렸어요. 나는 오줌이 너무 마려워서, 그냥 침대에 오줌을 쌌어요."

"나도 침대에 오줌 쌌어요." 롤런드가 말했다.

"그러고 엄마가 정말로 잠이 들었어요. 나는 롤런드한테 일어나야 한다고 했어요. 우리는 일어났고 엄마는 계속 잠들어 있었어요. 엄마가 죽었다는 걸 알았어요. 심장박동을 들어봤으니까. 젖은 옷을 갈아입었어요. 크래커에 피넛버터를 발라서 같이 먹었어요. 주머니에 있는 약을 모두 꺼내서 변기에 넣고 물을 내렸어요. 그리고 집밖으로 나갔어요. 앞마당으로 갔어요. 거기에서 우리 둘 다 불이 났어요. 정말 큰 불이었어요. 우리가 그전까지 만든 불 다 합한 것보다 더 큰 불이 온몸에서 타올랐어요. 그러다 우리 발밑 잔디에 불이 붙었어요. 다음에는 옆에 있는 나무에 붙었고요. 누가, 한 1마일쯤 떨어진 곳에 사는 사람이 연기를 보고 911에 신고했어요. 그래서 우리가 발견됐어요. 엄마도 발견됐고요."

그러고 나서 베시는 말이 없었다. 롤런드도 말이 없었다. 우리는 모두 숨을 쉬고 있었다. 들이마시고 내쉬고 깊은숨을 쉬었다. 우리 심장은 고르게, 굳건하게 뛰었다. 만약 누르기만 하면 세상이 끝장나는 버튼이 있다면, 그 버튼이 바로 지금 내 앞에 있다면, 나는 당장 그걸 주먹으로 쳐서 누르고 말 것 같았다. 나는 그런 버튼 생각을 종종 했는데 그 생각이 들 때마다 내가 그걸 누르고 말리라는 걸 알았다.

"엄청난 일이구나." 내가 말했다. "그래도 그건 너희 잘못이 아냐. 너희 엄마는 어떤 병 같은 걸 앓고 있었던 거지, 너희들을 다치게 하고 싶었던 게 아냐. 생각을 또렷하게 할 수가 없었을 뿐이야."

"가끔 그 약을 먹었어야 했다는 생각을 해요." 베시의 말에 나는 울음이 터질 것 같았지만 이 아이들은, 거지같은 삶을 견뎌야 했던 아이들은, 울지 않았다. 애들이 버티는데 내가 운다면 너무 나약해빠진 일이었다.

"그랬다면 난 너희들을 못 만났겠지. 나한테는 정말 나쁜 일이야. 정말 화가 날 일이지."

"엄청 열받았을걸요." 롤런드가 거들었다.

"정말 열받지. 너희들같이 멋진 애들을. 나는 혼자 집에 앉아 친구도 없이 너희들이 있다는 것조차 모르고 살았겠지."

"정말 존나 열받았겠네요." 베시가 말했다. 베시는 그 말이 딱 들어맞는 말이라고 느끼는 것 같았다.

"정말 존나 열받았겠지." 내가 동의했다.

"수학 배우고 싶어요." 베시가 말했다. 나는 웃을 뻔했다. 세상에 지금 대체 무슨 소리를 하는 건지 너무 기가 막혀서. 근육이 사후경직이라도 일으킨 것처럼 뻣뻣하게 긴장해 있었지만 나는 겨우 입을 열었다. "수학 가르쳐줄게. 천천히 하자."

"오늘은 말고요." 베시가 말했다.

"오늘은 말고." 내가 말했다. 잠시 뒤에 나는 수건을 들고 가서 쓰레기통에 버렸다.

그날 밤, 아이들이 씻는 동안에 전화가 울렸다. 나는 바깥세상 소식에 목말라서, 뭔가 끔찍한 일이 일어나지는 않았나 궁금해하며 전화기로 달려갔다. 하지만 실망스럽게도 그냥 칼이었다.

"아, 당신이군요." 내가 말했다.

"미시즈 로버츠 부탁으로 전화한 거예요." 칼이 말했다.

"왜 직접 안 걸고요? 아니면 직접 오든가?"

"이제 메시지 좀 전해도 될까요? 아니면 계속 그렇게 캐물을 거예요?"

"뭘 원한대요?" 내가 물었다.

"오늘밤 열한시에 만나재요." 이 사실을 전하는 일이 칼에게 얼마나 비참한 일인지 역력히 느껴졌다.

"아, 그런데 애들을 두고 갈 수는 없잖아요?" 내가 물었다.

"미시즈 로버츠를 만나는 동안 내가 애들을 볼 거예요." 칼이 대답했다.

"당신이요?" 나는 웃음을 터뜨릴 뻔했다. "애들이 밤에 깨서 나 대신 당신이 있는 걸 알면 집을 호로록 태워버릴걸요."

"애들이 밤에 깨요?" 칼이 물었다.

"흠, 아뇨." 그렇다는 사실을 그때 처음으로 깨달았다. "안 깨요. 업어가도 모르고 자요."

"그럼 됐네요."

"내 물건 뒤지지 말아요." 내가 말했지만 칼은 대꾸도 안 했다.

"어디로 가면 돼요?" 내가 물었다.

"저택 앞에서 만나자고 했어요." 칼이 말했다.

"뭘 입을까요? 뭐 특별한 일 있는 거예요?" 나는 살짝 아찔한 흥분감을 느꼈다. 그 저택에 다시 들어가다가 기절이라도 하지 않을까 싶었다.

칼이 마음을 가라앉히듯 크게 숨을 들이마셨다. 나한테 소리를 지르지 않으려고 꾹 참는 것 같았다. "그냥 보통 옷이요." 칼은 이렇게 말하고 전화를 끊어버렸다.

무슨 계획이 있는지 아이들한테 말해야 한다는 생각이 들었다. 애들이 내가 자는 동안 외출할 거고 칼이 아래층 소파에 와 있을 예정이라면 당연히 나한테 말해주길 바랄 것이다. 그렇지만 종일 아이들한테 둘러싸여 끝없는 요구 속에서 지내다보니 나만의 무언가가 필요했다. 나는 아이들에게 군이 말하지 않고 매디슨을 나만의 비밀로 삼기로 했다.

아이들이 잠들고 난 다음에 슬쩍 빠져나오기는 별로 어렵지 않았다. 아이들하고 같이 살게 되면서부터는 죽, 침대에서 다시 빠져나오고 하기도 귀찮아서 나도 그냥 아이들하고 같은 시간에 잤다. 내가 애들보다 먼저 잠이 든 날도 있었던 것 같다.

나는 멋진 청바지와 티셔츠, 운동화를 갖춰 입었다. 매디슨이 내슈빌로 얼터너티브 밴드 공연을 보러 가자고 하더라도 괜찮을 만큼 멋지게 입었다. 옷을 갈아입으러 돌아오려면 칼한테 어디 간다고 말해야 할 텐데 그러기는 싫었다.

열시 오십오분에 칼이 〈스포츠 일러스트레이티드〉 잡지와 크로스워드퍼즐 책을 가지고 나타났다.

"안녕, 칼." 내가 웃으며 말했다. "애들은 잠들었어요."

"다녀와요." 칼이 내 옆을 지나치며 말했다. 질투를 하는 걸까, 칼도 로버츠 의원이랑 포커를 치고 로버츠의 값비싼 스카치를 마신 적이 있었을까 궁금해졌다.

나는 별이 가득한 하늘 아래 깔끔하게 다듬어진 잔디밭을 돌아 앞쪽 포치로 갔다. 매디슨이 흔들의자에 앉아 나를 기다리고 있었다. 매디슨은 무릎까지 내려오는 거대한 티셔츠와 레깅스 차림에 맨발이었다. 맥주가 들어 있는 얼음통, 칩과 살사소스가 있었다.

"안녕." 내가 다가가자 매디슨이 말했다.

"안녕." 내가 대답했다.

"비밀로 해서 미안."

"괜찮아." 나는 뭐가 비밀일까 생각했다. 재스퍼 로버츠가 우리가 만나는 걸 모르나? 무슨 일이 벌어지고 있는 거지? "그게, 요 며칠 정말 이상했으니까."

"정말 이상했지." 매디슨이 고개를 끄덕였다. "그런데…… 넌 괜찮아?"

나는 고개를 끄덕였다. "괜찮아." 그런 질문을 들으니 기분이 좋았다. 지금까지 아무도 나에게 괜찮냐고 묻지 않았다. 그제야 그 말이 얼마나 간절했는지 알았다.

"고마워, 릴리언." 매디슨이 말했다.

"뭘." 나는 매디슨 옆 흔들의자에 앉았다. 매디슨이 나에게 맥주를 건넸고 나는 꿀떡꿀떡 몇 모금 만에 비웠다. 속도 조절이고 뭐고 없이. 다시 애들한테 돌아가야 할 때까지 시간이 얼마나 있는지 모르니까. 그 시간을 최대한 누릴 생각이었다.

매디슨도 맥주 한 캔을 꺼내 어둠 속을 보며 천천히 마셨다. "애들 몸에서 불이 났어." 매디슨이 말했다.

"그랬지." 내가 말했다.

"대단한 광경이었어." 매디슨이 인정했다. "그게…… 어, 정말 무서웠어."

"애들은 안 다쳐." 이렇게 말한 순간 매디슨이 애들 걱정을 한 게 아니란 걸 깨달았다.

"그러니까, 애들이 그런다는 건 알았는데," 매디슨이 말을 이었다. 매디슨이 나를 보자고 한 건 이것 때문이었다. 자기가 본 게 사실이란 걸 말해줄 누가 필요했던 거다. "하지만 그게 그렇게……
밝을 줄은 몰랐던 것 같아. 얼마나 밝은지."

"그랬지."

"그뒤에도 불난 적 있어?" 매디슨이 물었다.

"아니." 나는 거짓말을 했다. 조금도 망설임 없이. "불 안 났어.
불꽃 한 점 안 튀었어."

"어…… 다행이다." 매디슨이 말했다. "그러길 기대했지. 네가
해낼 줄 알았어."

"어떻게 알았어?"

"그냥 알았어. 그걸 할 수 있는 사람이 있다면, 너일 거라고 생
각했어."

고등학교를 졸업한 후에 매디슨이 가끔 편지로 자기를 보러 오
라고 초대하곤 했는데 그러면 나는 답장에서 온갖 이야기를 다 하
면서도 초대에 대한 것만은 쏙 빼고 말하지 않았다. 그냥 어물쩍
넘어가길 바랐다. 그러면 늘 없던 일이 되곤 했다. 매디슨은 절대
강하게 밀어붙이지 않았다. 솔직히 초대를 받아들이고 싶었지만,
도저히 매디슨에게 갈 엄두가 안 났다. 만약 내가 갔는데 그렇게
좋지 않다면, 내가 매디슨이 생각한 것하고 다른 사람인 걸로 판명
된다면, 영영 매디슨과는 끝일 거였다. 하지만 나는 여기 그대로
있고 매디슨은 거기 그대로 있는 한, 아이언마운틴에서 우리가 함
께 보낸 일 년이 여전히 우리 사이에 남아 있을 테니까. 거의 완벽
했던 나날들. 그런데 나는 지금 여기 매디슨 바로 옆에 있었다.
사방이 너무 조용해서 세상에 아무도 없는 것 같았다.

"걔들한테 내 얘기 했어?" 매디슨은 한참 만에 아주 작은 소리로 물었다.

"애들한테?" 현실이 다시 닥쳐왔고 나는 뱃속에 실망감이 내려앉는 걸 느꼈다. "애들한테 네 얘기 했냐고?"

"응, 그러니까, 좋게 말해줬어? 내가 괜찮은 사람이라고? 쿨한 사람이라고? 좋은 사람이라고? 날 믿어도 된다고?"

아직까지 나는 아이들이 나를 그렇게 생각하게 만들려고 애를 쓰는 중이었다. 다른 사람까지 끼워넣을 여지는 없었다. 하지만 매디슨이 기대에 찬 눈으로 나를 보고 있었다. 매디슨의 이런 모습은, 다른 사람이 자기를 어떻게 생각할지 걱정하는 모습은 정말 낯설었다.

"그럼. 네가 좋은 사람이고 좋은 새엄마가 될 거라고 말했어."

"네 말을 믿던?"

"그런 듯." 매디슨이 썩 만족스러워하지 않는 게 느껴져 이렇게 덧붙였다. "여름이 끝날 무렵에는 널 사랑하게 될 거야."

"그래." 그제야 매디슨이 대답했다. "애들이 뭘 좋아하는지 알아봐. 잔뜩 사서 안겨주게."

"뇌물이야?" 내가 웃으며 말했다.

"돈 뒀다 뭐하니? 그걸로 사람들이 나를 좋아하게 만들어야지." 매디슨은 얼음통에 손을 뻗어 맥주 한 캔을 집어 뚜껑을 따서 나에게 건넸다.

"우리 시간 얼마나 있어?" 내가 물었다.

"시간?" 매디슨이 어리둥절해하며 물었다.

"애들한테 돌아가기 전까지."

매디슨이 나를 보면서 잠시 생각하는 듯했다. "시간이 얼마나 필요한데?" 매디슨이 물었지만 나는 대답하지 않았다. 아무리 긴 시간이라도 충분하지 않을 테니까.

7

"슛하고 싶어요!" 롤런드가 말했지만 안 된다고 했다. 아직은. 무언가를 만들어가려면 기초부터 닦아야 했다. 이 아이들이 나한 테, 어떤 토대 같은 걸 만들지 않으면 삶이 한순간에 위태로워질 수 있다는 걸 가르쳐줬다.

"자, 드리블부터 하자." 나는 농구공을 들고 말했다. 왜 이 생각 을 진작 못했을까. 농구는 내가 세상에서 가장 좋아하는 거였다. 아이들을 키운다는 건 결국 내가 가장 좋아하는 걸 아이들에게 알 려주고 아이들도 그걸 좋아하길 기대하는 게 아닐까 싶었다.

그리고 나는 내가 뭘 어떻게 하든 헛짓거리라는 것도 알았다. 바로 이틀 전에 이애들은 자기 엄마가 자기들을 죽이려고 했다는 사실을 털어놓았다. 제길, 당연히 이애들은 심리치료를 받아야 했 다. 그렇지만 심리치료는 안 된다는 소리를 이미 확실하게 들었으 니, 내가 뭘 할 수 있겠나? 이 아이들이, 불에 타지 않는 이 아이들

170

이, 지옥불에도 끄떡없는 이 아이들이 보통 사람들보다는 강인하리라고 믿는 수밖에. 몸이 불을 견딜 수 있다면 내면도 그렇겠지. 애들이라면 어떻게든 살아남을지도 모른다. 어쩌면 내가 애들이 행복을 느끼게 만들 수 있을지도 몰랐다. 그런데 지금, 내가 가진 거라고는, 농구밖에 없었다.

"슛하고 싶어요!" 롤런드가 골대를 보면서 다시 말했지만, 나는 롤런드가 날개가 부러진 새 같은 기이한 자세로 들고 있는 농구공을 롤런드의 몸 쪽으로 살짝 밀었다. 베시의 미치광이 같은 이에 물린 손이 아직 욱신거렸지만 손가락은 큰 고통 없이 구부릴 수 있었고 부기도 이제 가라앉았다.

"드리블 어떻게 하는지 아니?" 내가 물었다. 아이들은 서로 마주보았다. 질문을 싫어한다는 걸 알았지만 묻지 않고는 알아낼 방법이 없었다.

"이런 거요?" 베시가 공이 바닥에 부딪혔다가 다시 자기한테 돌아오게 만들었다. 베시는 물에서 튀어나와 품으로 날아온 물고기를 잡듯이 두 손으로 어설프게 공을 잡았다.

"맞아." 내가 말했다. "바로 그거야. 공을 바닥에 튀기면 다시 돌아와."

"근데 이게 재미있어요?" 베시가 말했다. "드리블이 재미있어요?"

"세상에서 젤 재밌지." 내가 말했다. "지금 공을 가지고 있지? 그건 네 공이야. 공을 튀기면 공이 손을 떠나지만, 걱정할 필요가 없는 게 제대로 하기만 하면 다시 돌아오거든. 그러면 또다시 튀기면 돼. 그럼 또 돌아오지. 그걸 계속 하고 또 하면, 날마다 몇 시간씩 하면 그다음에는 아무렇지도 않게 하게 돼. 이 공이 내 공이고 절대 잃어버리지 않으리란 걸 알게 돼. 공이 항상 나한테 돌아온다는 거, 언제라도 공을 잡을 수 있다는 걸 아는 거지."

"그건 좀 좋은 것 같네요." 베시가 말했다.

감동을 주는 영화에 나오는 코치가 된 기분이었다. 가슴을 벅차게 하는 음악이 나오고, 뭔가가 되어갈 때의 선수들 표정이 보이고, 머지않아 선수들이 나를 헹가래 치고 하늘에서 꽃종이가 쏟아져내리겠지.

그런데 그때 롤런드가 튀긴 젠장할 공이 롤런드의 발끝에 맞고 코트 저편으로 굴러가버렸다.

"시도는 좋았어." 내가 말했다.

"공 가지러 가기 싫어요." 롤런드가 말했지만 나는 이렇게 말했다. "가져와야 해." 롤런드는 고개를 푹 숙이고 머리 위에 비구름이 떠 있는 찰리 브라운 같은 모습으로 공을 가지러 갔다.

"자, 이제 드리블해보자." 나는 아이들이 로봇처럼 뻣뻣한 동작으로 공을 튀기는 모습을 보았다. 베시는 조금 감을 잡는 것 같았다. 열 번까지 튀기고 그다음 열다섯 번까지 갔다가 리듬을 놓쳤는데 공이 굴러가지 않게 손으로 잡았다.

"잘한다." 내가 말하자 베시가 웃었다.

"나는요?" 롤런드가 다시 발끝에 부딪혀 굴러간 공을 쫓아가며 물었다.

"너도 잘해." 내가 말했다.

"그런 것 같아요." 롤런드가 말했다.

우리는 잠시 쉬면서 게토레이를 마셨다. 눈과 손의 협응이 아이들에게는 쉽지 않은 일이라 금방 지치고 실수도 잦아져 휴식이 필요했다. 바나나에 피넛버터를 발라 먹었다. 버터나이프에 묻은 피넛버터를 교대로 핥아먹었다.

"릴리언은 잘해요?" 베시가 물었다.

"전에는. 전에는 아주 잘했어." 가끔은 농구가 내가 솔직히 이야기할 수 있는 유일한 것, 내가 타고난 유일한 것인 듯했다.

"키가 작잖아요. 농구 선수들은 엄청 크지 않아요?"

"그런 사람도 있지. 키가 크면 유리해. 하지만 나는 작아도 잘해."

"어, 그럼, 어 그거…… 슬…… 슬램덩크 할 수 있어요?" 롤런드가 물었다. 두 아이들은 꼭 외계인 같았다. 인간에 대한 부분적 지식이 담긴 책을 보고 내용을 전부 외우려고 했으나 어설프게만 알게 된 외계인.

"아니." 내가 인정했다. "그런데 슬램덩크를 못해도 농구는 잘할 수 있어." 내가 실제 시합에서 덩크 한 번만 성공시킬 수 있다면 백만 달러라도 기꺼이 내놓을 거라는 말은 하지 않았다. 그렇다는 걸 누구한테도 인정한 적은 없지만 사실이었다.

"이걸 하면 불이 안 날 거라고 생각해요?" 베시가 물었다.

"그러길 바라. 나는 농구를 하면 항상 행복했거든. 누굴 죽이고 싶은 생각도 사라지고."

"누굴 죽이고 싶어요?" 롤런드가 어리둥절한 눈으로 나를 쳐다보는 걸 보고야 내가 아이들과 이야기하는 중이라는 걸 깨달았다.

애들이 그냥 내 친구거나 아니면 제정신이 아닌 존재라고 생각해 버렸던 모양이다.

"가끔은." 지금 와서 취소할 수도 없어 그냥 인정했다.

"우리도요." 베시가 말했다. 누구를 말하는지 알았다. 베시가 재스퍼 생각을 하고 있다는 걸 알았다.

우리는 걸으면서 드리블하는 연습을 했는데 생각보다 어려웠다. 두 가지를 동시에 하는 걸 처음 익히는 건, 아무리 간단해 보여도 어려운 일이었다. 일단 몸이 적응해야 하고 본능적인 리듬을 찾아야 했다. 그런데 이 아이들은, 맙소사, 영 어설펐다.

그래서 우리는 잠깐 쉬기로 하고 풀로 들어갔다. 볼로냐샌드위치에 머스터드를 잔뜩 넣어서 먹었다. 체더치즈와 사워크림 맛 감자칩을 손가락이 주황색이 될 때까지 먹었다. 이제 정크푸드는 그만 먹이고 코티지치즈와 무화과하고 그 뭐냐 저지방 쿠키 같은 걸 먹여야 하리란 생각이 들었다. 가만, 건강한 사람들이 지방을 좋아하던가 싫어하던가? 나는 지금껏 늘 정크푸드만 먹고 살았다. 그래서 내 몸이 이렇게 물렁한 것 같긴 했다. 분노가 열량을 전부 태워버려서인지 뚱뚱하지는 않았지만(나만의 착각일 수도 있다) 몸이 물렁하고 피부에 탄력이 없었다. 매디슨의 몸을 생각했다. 그런 몸을 갖는다는 건 어떨지, 그런 몸을 유지하려면 내가 상상하는 것보다 훨씬 더 큰 노력이 들어갈지 궁금했다. 하지만 매디슨 같은 몸이라면 유지하기 위해 어느 정도 불편은 감수할 것 같았다.

점심을 먹고 다시 코트로 가서 드리블로 코트를 왕복했다. 이제 베시는 진짜 꽤 잘했다. 요령을 빨리 터득했다. 롤런드도 평생 농구공을 잡아본 적도 없는 열 살치고는 잘했지만, 베시는 공에 고무줄을 단 것처럼 리듬을 타고 움직이기 시작했다. 그러다가 베시가 롤런드를 앞서서 달리기 시작해서 롤런드가 천천히 가라고, 기다리라고 소리를 쳤지만 베시는 저멀리 가 있었다. 너무 빨리 가서 잠시 공보다 앞서기까지 했다. 베시는 손을 뒤로 뻗더니 손목을 가볍게 튕겨 공을 다른 손 쪽으로 보냈고 그러는 동안 한 번도 멈추지 않고 계속 전진했다. 나는 잘했다고 소리쳤다. "방금 비하인드 백을 한 거야!" 베시는 뿌듯한 얼굴이었다.

"재밌어요." 베시가 말했다.

"손 아파요." 롤런드가 따라오며 우는소리를 했지만 베시는 그 자리에 서서 공을 튀기고 또 튀겼다.

"이거 봐라." 나는 내 공을 글로브트로터스처럼 손가락 끝에 올리고 빙빙 돌렸다.

"우와." 롤런드가 감탄했다. 나 자신이 바보같이 느껴지긴 했지만 그래도 뽐내기를 그만둘 정도는 아니었다. 내가 뭔가를 하고 다른 사람한테 '우와'라는 반응을 들은 게 대체 언제였나 기억을 더듬었다. 몇 년, 아니 그 이상 됐을 것 같았다. 좋아하지도 않는 남자가 조른다고 침대에서 이상한 걸 해주었을 때도 그런 반응은 못 들었다.

"어," 베시가 얼굴을 일그러뜨리며 말했다. "누가 와요."

정원사나 아니면 최악의 경우 칼일 거라고 생각했는데, 매디슨이었다. 피처가 얹힌 쟁반을 들고 있었다. 티머시가 매디슨 뒤에서 사냥모자를 쓴 족제비 인형 같은 걸 들고 따라오고 있었다.

"안녕." 매디슨이 말했다. "농구 하는 거 보고 놀러왔어."

매디슨이 왜 애들을 보러 왔는지 궁금했다. 주말에 있을 가족 식사가 그렇게 중대한 것이라면 왜 굳이 지금 나타나서 중요성을 희석시키는지. 매디슨이 움직이는 방식이 이런지도 몰랐다. 재스퍼가 직접 겪기 전에 미리 사절처럼 나서서 길을 점검해본다든가. 어쩌면 매디슨은 평생 다른 사람을 앞장서며 살아왔는지도 몰랐다. 매디슨은 무적이니까, 어떤 것도 매디슨을 해칠 수 없으니까. 아무리 그래도 나는 이게 좀 치사한 행동이라는 것, 매디슨에게도 약점이 있다는 걸 알았다. 일단 매디슨의 아버지가 개자식이라는 걸 나는 알았다. 오빠들이 매디슨을 무시한다는 것도. 매디슨이 미국 대통령이 되지 않았다는 것도. 그래도 매디슨에 대해 따스한 감정을 느끼려고 마음을 먹자 순식간에 그렇게 됐다.

"티머시." 매디슨이 자기 아들에게 말했다. "여기는 네 형 롤런드, 그리고 누나 베시야."

"배다른 누나요." 베시가 말했다.

"그래." 매디슨이 말했다. "그렇긴 한데 티머시한테는 그냥 형 누나라고 하는 게 쉬울 것 같아서."

"알았어요." 베시는 어깨를 으쓱했지만 구분을 확실히 짓고 싶어하는 듯했다.

"안녕." 롤런드가 엄마 뒤에 숨은 티머시에게 말했다. 결국 티머시도 대답했다. "안녕." 그러자 분위기가 좀 괜찮아졌다.

매디슨이 우리에게 레모네이드를 줘서 엄청 차갑고 달콤한 레모네이드를 한 잔씩 마셨다. 아이들은 목말라 죽기 직전이었던 것처럼 윗옷에 흘리며 벌컥벌컥 마셨다.

"농구 가르치는 거야?" 매디슨이 물었는데 좋은 생각이라고 여기는지 아닌지 말투로는 알 수가 없었다.

"그러려고. 조금씩 요령을 배우고 있어."

"그래, 오늘은…… 별일 없었어?" 매디슨의 말뜻이 무슨 뜻인지 나는 바로 알았다. 이런 뜻이었다. 이제 내 책임이 된 이 아이들이 불을 내고 무언가를 태워먹지는 않았니? 이애들 악마니? 얘들이 나를 다치게 할까? 재스퍼가 국무장관이 되는 데 방해가 될까?

이런 질문에는 뭐라고 대답해야 할지 알 수가 없었다. 질문의 범위가 너무 넓었다. 그래서 그냥 고개를 끄덕였다. "잘 지냈어." 아무 뜻 없는 대답을 했다.

"잘됐네." 매디슨이 말하더니 선물 포장지 하나를 뜯은 것처럼 씩 웃고는 다음 것으로 넘어갔다. 매디슨은 스피드스케이팅 선수가 입는 옷 비슷하게 생긴 라이크라 재질의 옷을 입고 있었다. 솔직히 좀 야하게 보이는 옷이었는데 어쩌면 나만 그렇게 생각하는 것일지도 몰랐다. "운동했어?" 내가 물었다.

"운동실에서 에어로빅 하고 있었어. 그런데 티머시가 너희가 여기 있다고 하길래, 와서 인사나 할까 했지."

"안녕, 티머시." 내가 말하자 티머시가 손을 흔들었다. 꺼지라는 뜻으로 보일 수도 있지만 인사로도 봐줄 수 있는 동작이었다.

"릴리언 농구 엄청 잘해요." 롤런드가 끼어들었다.

"맞아." 매디슨이 인정하는 걸 듣자 기분이 조금 짜릿했다.

"매디슨도 잘해요?" 베시가 물었다.

"응." 조금도 망설이지 않고 답이 나왔다.

"릴리언보다 더 잘해요?" 롤런드가 물었다.

"잘하는 분야가 달라." 매디슨이 말했고 나조차도 이건 충분한 대답이 아니라고 생각했다.

"둘이 시합해요." 베시가 말하길래 나는 고개를 저었다.

"매디슨은 할일이 있어." 내가 애들에게 말했다.

"아냐, 난 괜찮아." 매디슨이 말했다.

"음, 우리 수업해야 하잖아?" 내가 애들에게 물었다. 왜인지 몰라도 매디슨과 시합하고 싶지 않았다. 아니, 제길, 사실은 알았다. 애들 앞에서 지고 싶지 않았다. 애들이 나보다 매디슨을 더 좋아하게 되는 게 싫었다.

"수업 싫어요." 쌍둥이들이 우는소리를 했다.

매디슨이 내 손에서 공을 가져가 드리블을 시작했다. "재밌겠다. 하자." 매디슨이 말했다.

매디슨이 하자고 한 걸 내가 거절한 적이 있는지 생각해봤다. 단 한 번도 없었다.

"좋아. 짧게 그럼." 내가 말했다.

"티머시, 롤런드하고 베시하고 같이 저기 관람석에 앉아 있어." 매디슨이 말했다. 티머시는 불개미 소굴 위에 앉으라는 소리라도 들은 표정이었지만 어쨌든 시키는 대로 했다. 베시와 롤런드는 관람석 가장자리에 함께 쪼그려앉았고 이 스포츠라는 것, 농구 시합을 직접 볼 수 있다는 사실에 들뜬 것 같았다. 농구가 십오 분 전에 발명된 것이기라도 한 양 신기해했다.

"워밍업 안 해도 돼?" 내가 묻자 매디슨이 고개를 저었다.

"괜찮아. 10점 내기 하자." 매디슨이 나에게 공을 넘기고 수비 태세를 했다. 매디슨이 나한테 슈팅을 할 만한 공간을 충분히 남겨주고는, 나보고 쏘아보라고, 장거리슛 감각을 테스트해보라고 도발하는 것 같았다. 아니면, 내가 돌파를 하기를 바라는 걸 수도, 그러면 자기가 키로 압도해서 골 밑을 장악하는 걸 보여주겠다는 것일 수도 있겠다는 생각이 들었다. 돌파를 시도하는 척했는데 매디슨은 꿈쩍도 하지 않고 다시 자세를 잡고 기다렸다. 나는 슛을 날렸다. 손에서 떠난 순간부터 완벽했고 역시나 림 안으로 깔끔하게 들어갔다.

"우와 미쳤다!" 롤런드가 소리쳤다.

"티머시 있을 때는 말을 가려 써." 내가 말했다. 매디슨은 내 지적과 슛 둘 다를 인정하듯 고개를 끄덕였다.

매디슨이 공을 잡아서 나한테 넘겼다. 1대 0이 되었다. 이번에는 매디슨이 더 가까이 붙어서 수비했다. 긴 팔을 뻗어 손으로 내 얼굴 바로 앞을 가로막고 손가락을 꾸물거렸다. 나는 뒤로 물러서며 슛을 했고 이번에도 림에는 닿지도 않고 그물 안으로 찰랑 들어갔다.

"예!" 롤런드가 외쳤다.

"나이스 샷." 매디슨이 말했지만 나는 대답하지 않았다. 심장이 마구 달리고 있었다. 나는 시합을 좋아했다. YMCA에서 나보다 젊지만 실력은 못 미치는 여자애들과 시합을 할 때도, 나를 끼워주는 남자들과 시합을 할 때도, 뭐가 걸려 있건 아니건, 늘 심장이 가슴속에서 마구 뛰었다. 내가 다시 뛰게 될 줄 몰랐다는 듯이, 이번이 마지막일지 모른다는 듯이. 나는 그런 느낌을 좋아했다.

이번에는 매디슨이 바싹 마크를 했고 매디슨을 피하려고 드리블을 했지만 매디슨은 전혀 힘들이지 않고 대각선으로 이동해 앞을 막았다. 돌파하려는 척하다가 슛을 날렸는데 매디슨은 점프도 거의 하지 않고 손끝을 공에 대서 공이 빗나가게 만들었다. 공이 림 옆쪽에 맞고 튕겼다. 매디슨은 두 걸음 만에 공을 잡고 공격 위치로 갔다. 나는 무릎을 굽히고 팔을 양쪽으로 뻗고 낮은 자세를 취했다. 매디슨은 내 옆으로 들어오면서 내 몸이 돌아갈 정도로 어깨를 강하게 부딪치며 파고들어 플로터를 올렸고 공은 림을 한 바퀴 돌아 안으로 들어갔다.

"예!" 티머시가 가는 목소리로 외쳤고 롤런드와 베시는 티머시를 노려보았다.

"굿 샷." 내가 말했다.

"운이 좋았네. 너 잘한다."

"너도."

"우리 아직 녹슬지 않았네."

"그러게." 내가 동의했다.

그러더니 매디슨이 내 옆을 지나 무슨 미친 가젤처럼 빠르게 들어오더니 엄청나게 높이 뛰어오르길래 순간 덩크라도 하려는 줄 알았다. 매디슨이 레이업을 성공시켰는데 이번에는 벤치에 앉은 애들 셋이 다 같이 "와아아아아"라고 외쳐서 조금 열이 받았다. 그때, 내가 체크볼을 하고 매디슨이 나를 똑바로 바라본 순간에야 나는 우리가 진짜로 플레이를 하고 있다는 걸 알았다. 이건 대결이었다. 우리 둘 중 하나는 지고, 하나는 이기는 게임이었다. 나는 이기고 싶었다. 진심으로 이기고 싶었다.

그후엔 이런 식으로 진행됐다. 나는 외곽슛을 성공시켰지만 골대 밑으로 파고들어가기는 힘들었고 매디슨이 워낙 커서 포스트업을 할 수밖에 없었다. 매디슨은 큰 키로 턴어라운드점프슛을 백보드를 맞추고 연신 집어넣었다. 교대로 점수를 내면서 점수 차이가 2점이 넘지 않게 유지됐다. 아이들은 경기에 푹 빠졌다. 티머시는 형 누나가 자기를 잡아먹지 않으리라는, 아니 더 심하게 말하면 자기 슬랙스에 흙을 묻히지 않으리라는 확신이 들었는지 좀더 가까이 옮겨 앉았다.

9 대 9 동점이 되었다. 매디슨의 점프슛이 림을 맞고 튕겨나와 내가 리바운드를 잡았다. "빌어먹을." 매디슨이 작은 소리로 웅얼거렸다. 우리 둘 다 땀을 줄줄 흘리고 있었다. 매디슨은 방금 전에 에어로빅을 한 판 했기 때문에, 나는 여기에서 지내기 시작한 뒤로 운동을 거의 안 했기 때문에 체력이 달렸다. 팔이 고무 같은 느낌이었지만 다리 사이로 드리블을 하며 기회를 엿보았다. 매디슨이 바로 앞에서 나를 기다리고 있었다.

"릴리언 파이팅." 베시의 목소리가 약간 걱정스러울 정도로 열띠게 들렸다. 나는 아이들을 돌아보았다. "숨을 크게 쉬어." 불이 터져나올까 걱정이 되어 이렇게 말했다. 이 말을 듣자 매디슨이 걱정스러운 얼굴로 티머시를 돌아보았다. 그때 내가 바스켓으로 달려 들어갔으면 쉽게 레이업을 올릴 수 있었을 테지만 나는 매디슨이 집중할 때까지 기다렸다. 나는 안으로 들어가다가 살짝 뒤로 물러서서 슛을 날렸는데 공이 손에서 떠나는 순간 안 들어가리란 걸 알았다. 그래서 골대를 향해 달렸다. 매디슨도 나의 움직임을 느끼고 몸을 돌려 골대로 뛰었다. 예상했던 대로 공은 림에 부딪혀 튕겼고 바닥에 부딪혀 코트 밖으로 튀어나갈 찰나였다. 내가 공을 잡으려는 순간 무언가가 내 얼굴을 강타하는 걸 느꼈다. 머릿속에서 폭죽이 터졌고 깨지는 듯한 통증이 느껴졌다.

"아, 썅!" 나는 왼쪽 눈을 잡고 소리쳤고 매디슨이 이렇게 말하는 소리가 들렸다. "아, 이런, 미안."

나는 그 자리에 서서, 통증을 틀어막아 안으로 밀어넣으려는 것처럼 손바닥으로 눈을 꽉 눌렀다. 소용없었다. 통증이 어느 정도 갈피가 잡히길래 공을 들고 있는 매디슨을 보며 물었다. "어떻게 된 거야?"

"매디슨이 팔꿈치로 얼굴을 쳤어요." 베시가 말했다.

"사고였어, 당연히. 이런, 미안해, 릴리언." 매디슨이 말했다.

"얼굴 심해?" 내가 묻자 매디슨이 바로 고개를 끄덕였다.

"응, 상당히 심해."

"불공평해요." 롤런드가 말하길래 내가 됐다고 손을 흔들었다.

"사고였어." 이렇게 말하며 매디슨에게 고개를 끄덕여 보였다. 하지만 고등학교 때 매디슨이 어떻게 플레이했는지 나는 생생히 기억했다. 힘들이지 않는 것처럼 플레이하다가, 압박감이 높아지면 팔꿈치를 희한하게 썼다. 이기기 위해서라면 비열한 플레이도 주저하지 않았다.

"키 차이 때문에 그래." 매디슨이 공을 튀기며 말했다. "네가 바로 내 팔꿈치 높이에 있었어."

"괜찮아." 나는 눈 주변을 건드렸다가 얼굴을 찡그렸다. 매디슨을 죽이고 싶지는 않았지만, 정말 너무나 때려주고 싶었다.

"공격하려면 해. 파울콜 하고 싶으면 받아줄게." 매디슨이 말했다.

으으, 어쩌면 죽이고 싶은 것 같기도 했다. 하지만 어쩌겠나? 애들이 보고 있는데. 이건 시합이었다. "아냐, 네가 리바운드 잡았잖아. 됐어."

나는 농구화를 코트 위에서 끌면서 자리를 잡았다. 매디슨이 나를 등으로 밀어붙이며 림으로 다가가면서 어떻게 공략할지 간을 볼 거라고 예측했다. 매디슨은 3점 라인에서 어깨를 으쓱하더니 드리블을 시작했다. 그러더니, 그 자리에서 바로 소총 사격을 하듯 완벽한 점프슛을 날렸다. 매디슨의 평소 슛 거리보다 훨씬 먼 거리였는데 적중했다. 그걸로 끝이었다. 매디슨이 이겼다. 나는 졌다. 나도 잘했지만 매디슨이 한 수 위였다.

"예에, 엄마!" 티머시가 말했고 이번에는 롤런드와 베시가 화난 표정을 짓지 않았다. 슬픈 표정을 지었다. 패배한 표정. 무언가 다른 걸 기대했는데 지금은 그런 걸 기대했다는 것 자체가 부끄럽게 느껴진다는 듯한 표정. 나도 잘 아는 표정이었다. 나도 그 감정을 알았다. 애들이 그런 감정을 느끼게 만든 사람이 바로 나라는 사실이 가슴 아팠다.

"눈에 얼음주머니 해야 해." 매디슨이 말했다.

"집에 얼음 있어. 가서 할게." 내가 말했다.

"아직 안 가라앉았네. 미안해."

"괜찮아. 농구잖아. 그건 그렇고 멋진 슛이었어."

"그게 들어가다니 나도 안 믿기네." 매디슨이 말했다.

"난 믿기는데." 나는 베시와 롤런드를 돌아보았다. "자, 친구들. 간식 먹으러 가자."

"눈이 정말 이상해졌어요." 롤런드가 말했다.

"괜찮아질 거야." 내가 말했다.

"티머시, 베시하고 롤런드한테 인사해." 매디슨이 말했다.

"안녕." 티머시가 말하자 쌍둥이들은 웅얼거리며 손을 흔들었다.

"모레 저녁때 보자." 매디슨이 말했다. "그리고 언제 우리 둘이 밤에 또 보자. 포치에 앉아서 한잔해."

"그거 좋지." 나는 이를 바드득 갈며 말했다. 머리가 아직도 띵했다.

우리는 매디슨과 티머시가 우리를 두고 저택으로 돌아가는 모습을 보았다. 그때 베시가 농구공 있는 데로 가서 드리블을 하기 시작했다.

베시가 나를 쳐다보았다. "다리 사이로 드리블하는 거 어떻게 했어요?"

"연습하면 돼. 양손을 번갈아서 튕기는 것하고 비슷해. 무릎을 구부리고."

"나도 할 수 있어요? 가르쳐줄 수 있어요?" 베시가 말했다.

"그럼." 내가 말했다.

베시는 골대를 마치 산을 쳐다보듯이, 그곳 공기는 여기보다 희박할 거라고 생각하는 듯이 아득하게 올려다보았다. 이 손 저 손으로 공 무게를 가늠해보더니 상당히 볼썽사나운 슛을 날렸다. 슛 동작이 세 단계로 끊어져 이루어졌는데도 림까지 올라간 게 정말 신기했다. 공은 림 앞쪽을 살짝 넘고 공중으로 뛰어오르더니 림 위에서 통통 튕기고 또 튕겼고 나는 속으로 제발제발제발제발제발 하고 빌었는데 기가 막히게도 공이 안으로 쏙 들어갔다. 정말 오랜만에 본 진짜 운좋은 슛이었다. 나는 진정한 행복을 느꼈다. 베시 때문에 느낀 행복이었다. 그게 들어간 게 어떤 기분일지, 내가 바라는 일이 이루어지는 게 어떤 느낌인지, 살면서 그런 일이 얼마나 드문지 알기 때문이었다.

"우와 베시!" 롤런드가 소리쳤다. "끝내준다!"

"잘했어요?" 베시가 나에게 물었다.

"끝내줬어." 내가 말했다.

"나 농구 좋아하는 거 같아요." 베시는 웃지 않고, 조금 화난 것처럼 말했다. 고대로부터 내려온 저주를 받아들이는 사람처럼.

"난 그냥 그런데." 롤런드가 시인했다. "그래도 나쁘진 않아요."

"이제 집에 가자. 수업해야지." 내가 말했다.

애들은 끙 하는 소리를 냈지만 정말 기분이 안 좋아서 그러는 건 아니라는 것, 내가 자기들을 돌보게 두리라는 것, 내가 자기들이 싫어하는 일을 시키더라도 꾸역꾸역 하리라는 걸 나는 알았다. 아이들한테는 나 말고 아무도 없었으니까.

8

다음날에도 불은 나지 않았고, 우리는 심호흡을 하고 칼이 문 앞에 두고 간 요가 비디오를 보며 요가를 조금 한 다음에 거실에 앉아 수업을 했다. 아이들이 공책을 펼쳐놓고 연필을 쥐고 있는 걸 보며 나는 트랙터에 치이기 직전인 작은 동물 같은 심정, 혹은 운석이 지구에 부딪치기 직전인데 그 사실을 나만 알기 때문에 다른 사람들이 패닉에 빠지지 않게 평정심을 유지해야만 하는 사람 같은 심정이 되었다. 내가 학교 다닐 때 잘했으니 가르치는 것도 어렵지 않겠거니 하고 막연히 생각했었다. 하지만 애들을 가르치려면 준비가 필요했다. 먼저 내용을 익힌 다음에야 가르칠 수 있는 거다. 그런데 그럴 시간이 없었다. 밤에는 애들이 내 품에 안겨서 꿈을 꾸면서 팔다리로 나를 걷어차며 잤다. 그러니 언제 수업 준비를 하겠는가? 애들이 밤낮없이 내 옆에 붙어 있으니. 그러니 즉흥적으로 하는 수밖에 없었다.

어젯밤에는 매디슨의 못된 팔꿈치에 맞은 데가 퉁퉁 부어 눈이 안 떠졌고 피부는 성난 보라색으로 물들었다. 반대쪽 얼굴, 풀에서 베시가 할퀴었던 쪽은 이제 막 아물어 딱지가 앉았다. 아이들은 계속 새로 생긴 멍을 만져봐도 되느냐, 얼음 더 갖다줄까 하고 물었다. 조금 전까지 계속 얼음주머니를 얼굴에 대고 있었는데도. 아이들은 내가 상처를 (적어도 겉으로는) 불평 없이 참는 게 신기한 듯했다. 내가 징징대지 않는다는 걸 높이 평가하는 것 같았다. 나에게는 전장의 상흔이 있었다. 이 아이들은 불이 붙어도 끄떡없는 피부를 지녔고.

아침에 거울을 보니 꼴이 처참했다. 멍이 거의 머리 선까지 번져 있었다. 숨쉬기를 하는 동안 눈을 슬쩍 뜨고 아이들을 보니 아이들은 폐를 정화하는 숨을 쉬면서 내내 내 얼굴을 빤히 쳐다보고 있었다.

테네시 역사를 공부하는 중이었다. 아이들이 자기 삶과 직접 관련이 있는 걸 배웠으면 했고, 또 칼이 우리더러 공부하라고 준비해놓은 걸 그대로 따라 하고 싶지 않았기 때문이기도 했다. 그렇긴 한데 칼이 안 보이니 조금 허전하기도 했다. 늘 자신감이 넘치고 심지어 일을 망치고 있을 때도(그럴 때 특히 더) 자신만만한 사람이니까.

"그러니까," 내가 초원 위의 작은 학교에서 쓸 법한 멋진 미니 칠판을 두드리며 말했다. "테네시 출신 유명인들을 한번 생각해보고, 다음에 도서관에 가서 그 사람들에 대해 더 조사해보자." 나는 그래, 사실 인터넷이라는 게 존재해, 라고 말하고 싶었다. 저택에서 매디슨은 인터넷을 사용했다. 그런데 나는 솔직히 인터넷이라는 게 어떤 건지 잘 몰랐다. 가끔 마리화나 피우자고 나를 부르는 남자 집에서 한번 써본 적 있는데 우탱 클랜 노래 가사를 찾아서 인쇄하는 데 한 삼십 분 정도가 걸린 것 같았다. 그 밖에 인터넷을 또 어떤 용도로 쓸 수 있는지에 대해서는 솔직히 무지했다.

그 대신 우리한테는 도서관이 있으니까. 나는 도서관 방문 겸 바깥 외출을 아이들의 집중을 유도하는 미끼로 사용했다. "테네시 출신의 유명인이 누가 있을까?" 내가 물었다. 아이들은 어깨를 으쓱했다.

"테네시에서 태어난 사람 중에서 아무나 유명한 사람 아는 사람 없니?" 다시 물으며 나도 그런 사람을 아는지 떠올려보려고 했다. 프로레슬러 지미 밸리언트가 우리 동네에서 멀지 않은 곳에서 태어났다는 건 알았다. 세이브얼랏에서 일하는 사람 하나가 입이 닳도록 이야기했다. 하지만 아주 유명하다고 하기는 어려울 것 같았다.

"우리 아빠요?" 롤런드가 말했다.

내 얼굴색이 눈에 띄게 바뀌었다. "다른 사람." 내가 말했다.

"모르겠어요." 베시는 모른다는 걸 인정하면서 또 분해했다. 베시가 알아서 스스로 심호흡을 하는 게 보였다. 대견했다. 베시는 공책을 보면서 계속 고민했다. "아!" 갑자기 베시가 소리를 쳤다. "알았어요!"

"누구?" 롤런드가 궁금해하며 물었다.

"돌리 파턴!" 베시가 말했다.

"우와 씨." 내가 말했다. "이런, 아, 그래, 미안, 근데 정말 완벽하다. 돌리 파턴 최고지."

"엄마가 레코드를 틀어주셨어요. 〈Jolene〉이요." 롤런드가 말했다.

"〈Nine to Five〉도." 베시가 말했다.

나는 생각을 해보았다. 돌리우드라는 놀이공원. 〈Islands in the Stream〉. 그 몸매. 지금껏 테네시가 배출한 최고의 존재였다. 맙소사, 타의 추종을 불허하지. 베시가 첫번째 시도 만에 찾아냈네.

"최고지." 내가 말했다. "그거 적어놔. 도서관에서 돌리 파턴 전기를 찾을 수 있나 보자."

"또 누가 있어요?" 롤런드가 이제는 게임이라도 하는 것처럼 신나했다.

"음." 내가 말했다. "대니얼 분이 테네시 출신이던가? 아니지, 데이비 크로켓이다."

"너구리털 모자 쓴 사람이요?" 베시가 물었다. "엄마한테 그 사람에 대한 레코드도 있었어요."

"그 사람 맞아. 테네시 출신인 것 같아. 찾아보자." 책장에 백과사전이 있어서 나는 3권(세아라에서 델룩까지)을 꺼내서 데이비 크로켓을 찾아보았다. "맞다, 테네시주 그린 카운티에서 태어났대." 내가 말했다. "그 사람도 목록에 넣자."

"또 누가 있어요?" 롤런드는 모든 걸 다 집어삼키려는 블랙홀처럼 물었다. 하지만 이제 나도 자신이 생겼다. 머리가 돌아가기 시작했다.

"아, 내 생각에, 어, 앨빈 요크?" 내슈빌 근처에 그 사람 이름을 딴 병원인가 뭔가가 있는 것 같았다. 엄마 남자친구 한 명이 보자고 해서 본 영화가 있었는데 제임스 스튜어트인가 게리 쿠퍼인가, 꼭 아빠가 저렇게 생겼으면 싶을 법하게 잘생긴 남자가 앨빈 요크로 나오는 영화였다. "세계대전에 참전했는데, 2차대전이었던 것 같아. 독일군을 엄청나게 죽였어. 그런 것 같아. 혼자서 말도 안 되게 많이 죽였어."

"우와, 나 그 사람 할래요." 롤런드가 말했다.

"그래, 좋다." 내가 말했다. "베시, 너는 돌리 파턴에 대해 조사하고, 나는 데이비 크로켓을 하고, 롤런드는 요크 상사를 하고. 어때?"

"아주 좋아요." 베시가 말했다. 그동안 그렇게 방치되어 있었는데도 애들이 이렇게 똘똘하게 말귀를 알아듣는 게 정말 희한했다. 한 번만 말해주면 어떻게 해야 할지 금세 알았다.

"그럼 도서관 가는 거예요?" 롤런드가 물었다.

"아이스크림도 먹고요?" 베시가 물었다.

"음, 칼한테 한번 물어보자." 내가 말하자 두 아이 다 끙 하는 소리를 내며 소파에 털썩 쓰러졌다.

나는 전화기로 가서 칼의 번호를 눌렀다. 첫번째 신호가 끝나기도 전에 칼이 전화를 받았다.

"네?" 칼이 말했다.

"릴리언이에요." 내가 말했다.

"네, 알아요. 무슨 일이에요?"

"아, 별건 아니고요, 당신 목소리 듣고 싶어서." 나는 오로지 칼을 괴롭히기 위해 이렇게 말했다.

"릴리언, 뭐가 필요해요?"

"바빠요?" 내가 물었다.

"긴급상황은 아닌 것 같으니까 이만 끊을—"

"우리 타운에 가야 해요." 내가 드디어 용건을 말했다. "도서관에요."

"좋은 생각이 아닌 것 같아요." 칼이 말했다.

"그럼 우린 영영 이 안에 갇혀 살아야 해요?" 내가 물었다. "이렇게 살 수는 없잖아요."

"맙소사." 칼의 목소리가 올라가는가 싶더니 미친 자제력을 발휘해 문장이 끝나기 전에 다시 내려왔다. "애들 여기 온 지 일주일도 안 됐어요. 무슨 이란 인질 사건이라도 발생한 것처럼 그러네요."

"애들한테는 그런 거예요." 나는 이어 애들이 듣지 못하게 목소리를 낮추고 말했다. "여기에 오래 가둬둘수록 애들은 자기들이 별종이라고, 우리가 자기들을 감추고 있다고 생각할 거예요."

"좋은 생각이 아닌 것 같아요." 칼이 말했다.

"내가 계속 옆에 붙어 있을 거예요." 내가 말했다.

"만약에 터지면요," 칼이 말했다. "만에 하나 터지면, 그러면 그 날로 우리 둘 다 끝이에요."

"괜찮을 거예요." 내가 말했다.

"로버츠 의원한테 말해보죠." 마침내 칼이 말했다.

"바쁘지 않아요?"

"바빠요. 미친듯이 바쁘죠. 방해하면 안 좋아할 거예요."

"그러면 매디슨한테만 물어봐요." 칼은 한참 말이 없었다. "내 말이 맞는다는 거 알잖아요. 알잖아요, 칼." 내가 다시 말했다.

"좋아요. 다시 전화할게요."

나는 아이들을 돌아보았다. "어쩌면 될 것 같아!" 나는 이 말을 아주 긍정적인 투로 말했다. 내 긍정적 기운으로 이루어내려는 듯이.

"와!" 애들이 외쳤다. "도서관에 간다!"

"어쩌면!" 이번에는 치아를 지나치게 많이 드러내며 말했다. 누가 나한테 총을 겨누고 있는데 말을 할 수가 없는 상황인 것처럼.

십 분 뒤, 아이들이 어설픈 문워킹을 하듯 춤을 추고 있을 때 전화가 울렸다.

"좋아요." 칼이 말했다. "갈 수 있어요. 지금 갈게요. 실험해보고 싶은 게 있어요."

"빨리 와요." 내가 신이 나서 말했다. 여기를 벗어날 기회가 생기자 여기에서 얼마나 오래 지냈는지, 그동안 얼마나 좀이 쑤셨는지 비로소 실감했다. 애들을 달고 가야 하긴 하고, 애들이 불을 낼 수도 있었지만, 만약에 그런 일이 일어나더라도 바깥세상에는 뒷일을 피해 도망갈 공간도 많으니까.

"우리 도서관에 간다!" 내가 말하자 아이들이 기이한 춤을 추었다. 저걸 춤이라고 배운 걸까 궁금했다.

칼이 등장했을 때 우리는 모두 옷을 갖춰 입고 준비를 마친 상태였다. 아이들의 제멋대로인 머리도 단정하게 빗어 넘겨서 나름 듀란듀란 커버 밴드처럼 보이게 만들었다. 나는 멍 위에 메이크업을 해보았는데 그러고 나니 더 흉악하게 보였다. 마치 상처 분장을 한 것처럼 보이길래 문질러 지우다가 아파서 죽을 뻔했다.

"맙소사." 칼이 나를 보고는 말했다. "무슨 일이에요?" 칼은 바로 아이들을 쳐다보았다. "어떻게 된 거니?" 칼은 아이들을 의심했다.

"매디슨이 쳤어요!" 롤런드가 말했다.

"농구 하다가요. 괜찮아요." 내가 말했다.

"미시즈 로버츠는 지는 게임은 절대 안 하죠." 칼은 내 망가진 얼굴이 이제 완전히 이해가 간다는 듯이 말했다.

"얼음찜질했어요?" 칼이 묻길래 내가 인상을 써 보였다.

칼은 커다란 검은색 통을 들고 있었다.

"그건 뭐예요?" 내가 화제를 바꾸려고 묻자 베시가 외쳤다. "아이스크림이다!"

"아냐—" 칼은 진짜로 고통스러운 듯한 표정을 지으며 대답했다. 이 야생 아이들이 자기에게 영영 씻기지 않을 내적 상처를 입히기라도 한 것처럼. "아이스크림 아니야. 왜 이게 아이스크림이라고 생각했니?"

"큰 통이니까요." 롤런드가 말했다.

"내가 애들한테 오늘 아이스크림 먹자고 했어요." 내가 말했다.

"음, 아이스크림은 아냐. 미안."

"그럼 뭐예요?" 내가 물었다.

"스턴트맨 젤이요. 기억하죠? 전에 얘기했던."

"아." 기억이 돌아왔다. "통이 아주 크네요."

"대용량으로밖에 안 팔아요. 이런 5갤런들이 통이 여섯 개 더 있어요. 차고에. 그러니 효과가 있어야 해요." 칼이 뚜껑을 열었고, 우리는 모두 모여 거기에 고대 왕의 영혼이 들어 있기라도 한 것처럼 안을 들여다보았다. 그런데 별거 없었다. 그냥 젤이 가득 든 큰 통일 뿐이었다. 솔직히 말하면 정액처럼 보였다. 아니면 뭐, 침이 가득 든 큰 통 같기도 했다. 다시 말해서 역겨워 보였다. 그런데 그걸 애들 몸에 발라야 한다는 거였다.

칼이 집게손가락 끝에 젤을 묻히더니 라이터를 켰다. 불꽃이 1인치 정도 솟았다. 칼이 손가락을 불꽃 위로 가져갔다가 아예 불꽃 속에 집어넣고 삼 초 정도 그렇게 있었다. "아무 느낌 없어요. 효과 있네요."

"냄새가 이상해요." 베시가 코를 쥐며 말했다. 사실 유칼립투스 냄새 같은 게 났는데 냄새가 너무 강해서 어쩐지 유독할 것 같았다.

"자. 내가 친구한테 물어봤는데 피부 위에 그냥 바르면 된대요. 친구 말이 피부에 해가 없대요. 시간이 지나면 덧바르면 될 것 같아요."

"같다고요? 확실한 건 아니고요?" 내가 물었다.

"그게, 친구한테 이걸 뭐에 쓸지 진짜 이유를 말할 수는 없잖아요? 스턴트맨이 이걸 종일 발라야 할 일은 없을 테고. 어떤 특정 장면, 한 샷을 위해서 쓰는 거니까. 하지만 성분이 대부분 물이고 티트리오일하고 화학적인 물질 뭔가가 첨가된 거예요. 그러니까 안전할 거예요."

"이런 얘기를 왜 하는 건데요?" 베시가 슬슬 뒤로 물러서며 물었다.

"너희들이 쓸 거거든. 붙지 않게." 그 무렵에 나는 애들한테 될 수 있으면 불이라는 말을 쓰지 않으려 했다. 그래서 그냥 붙는다고만 했다.

"그냥 심호흡하면 안 돼요?" 베시가 물었다.

"추가 안전장치야." 칼이 말했다. 나는 저 꽉 막힌 인간이 제발 입 좀 다물기를 속으로 간절히 빌었다. 아무 도움이 안 됐다. "일종의 플랜 B라고 할 수 있지. 알겠니?"

"저거 바르기 싫어요." 베시가 말했다.

"소방관 그거는 어떻게 됐어요?" 내가 물었다.

"노멕스요? 아직 안 왔어요." 칼이 대답했다.

"왜 이렇게 오래 걸려요?" 내가 물었다.

"첫째로, 아직 며칠 안 됐고요, 그렇죠? 그리고 그거 구하기가 쉬울 것 같아요? 월마트에 가서 어린이용 소방복을 사면 되는 줄 알아요? 작은 소방관을 위한 옷이 있겠어요? 일단 수선을 해야 하고요. 쉬운 일 아니에요. 이 상황에 창의적으로 대처하려고 나도 지금 하는 데까지 하고 있다고요."

그러고 보니 칼이 약간 지쳐 보였고 머리도 완벽하게 빗질이 안 되어 있는 것 같길래 나는 두 손을 들었다. "알았어요. 미안해요. 애써줘서 고마워요."

"그래요."

"좋아, 친구들." 내가 말했다. "한번 해보자. 어때? 과학 실험

같은 거야. 이걸 오늘 우리 과학 수업으로 삼자."

"릴리언 먼저요." 베시가 말했다.

"그래, 그럼." 전세가 역전되어 좀 화가 났지만, 원래 그럴 생각이었던 것처럼 태연히 굴었다. "당연히 내가 먼저." 내가 칼을 쳐다보았더니 칼이 얼굴을 조금 붉혔다. 칼은 한 손을 통 안에 넣더니 헉 소리를 냈다. "차네요." 칼이 괴상하고 끈적거리는 젤을 내 팔에 발랐다. 정말 차가웠는데 느낌이 하도 괴상해서 조금 기분이 좋은 것도 같았다. 칼이 내 팔 위아래를 젤로 덮었다. 다른 쪽 팔에도 발랐다.

"다리도 발라요?" 칼이 물었고 나는 고개를 저었다. "이 정도면 됐어요." 내가 말했다. 칼이 라이터를 들고 불을 켰다. "움찔하지 말아요. 안 아프니까." 칼이 말하더니 불꽃을 내 팔 아래에 댔다. 희한하게도 처음에는 팔이 타는 느낌이 확실하게 들었는데 이를 악물고 정신을 차려보니 사실은 괜찮았다. 살이 뜨겁지 않았다. 몇 초 동안이지만 천하무적이 된 것 같은 끝내주는 느낌도 들었다. 애들이 불을 만들 때마다 이런 기분이려나? 어쨌든 간에 이런 천하무적이 된 기분이 계속된다면 좋을 것 같았다.

칼이 라이터를 끄자 나는 아이들한테 내가 멀쩡하다는 걸 보여주었다. "봤지, 끝내준다. 와, 이거 대단한데. 그리고 시원해. 지금처럼 날씨 더울 때는 좋겠어."

롤런드가 자기 팔을 내밀었다. "꼭 슬라임 같아요." 롤런드가 신나는 듯 말했다. "으 역겨워!"

칼이 아주 살짝 보일락 말락 웃음 같은 걸 짓더니 손을 통 안에 넣었다. 칼이 롤런드의 팔다리를, 내가 베시의 팔다리를 젤로 덮었다. "진짜 차갑다!" 롤런드가 소리쳤다. 다 바른 다음 애들이 무슨 꼴인가 보았는데 꼭 유령이 아이들을 뒤흔들고 지나가며 정신적 충격을 남긴 것 같은 모습이었다.

"별로…… 좋진 않네요." 칼이 인정했다.

"조금 마르겠죠? 그러고 나면 좀 덜…… 번들거리겠죠?"

"글쎄요. 어쨌든 갑시다. 빨리 끝내버려요."

나는 아이들과 같이 밴 뒷좌석에, 시트에 젤이 묻지 않게 큰 타월을 덮고 앉았다. 칼이 공립도서관으로 차를 몰았다. 바깥나들이 가고 싶다고 노래를 불렀던 아이들인데, 기이하게도 가는 길에는 내내 약에 취한 것처럼 조용했다. 아이들은 창문에 얼굴을 대고 밖을 보고 있었다.

주차장에 차를 세우자 베시가 말했다. "우리가 빌리려는 책이 없으면 어떡해요?"

"있을 거야." 내가 말했다.

"릴리언이 가서 대신 빌려다주면 어때요." 베시가 시트에 기대 앉으며 말했다.

"그것도 괜찮겠다. 너희들이 보고 싶은 책을 말해주면 내가 가서 빌려올게." 칼이 말했다.

"그건 아니야. 여기까지 온 목적이 뭔데."

"들어가고 싶지 않아요. 다들 우릴 쳐다볼 거예요." 베시가 말했다.

"아무도 안 쳐다볼 거야, 베시." 내가 말했다.

"그럴 거예요. 우리가 이상한 애들이라고 생각할 거예요."

"솔직히 말해서, 베시. 사람들은 자기 자신 말고 다른 사람한테는 별 관심이 없어. 그렇게 자세히 보지도 않아. 신기한 걸 알아볼 줄도 모르고. 자기한테 신경쓰느라 바쁘지."

"정말이요?" 베시가 물었다.

"내가 보장할게." 내 말이 맞기를 속으로 빌며 말했다.

"자. 가자." 칼이 말했다.

우리는 도서관으로 들어갔다. 에어컨이 작동하고 있었고 평일 오전이라 사람이 별로 없었다. 사서는 두꺼운 안경을 끼고 비뚤어진 치아를 드러내며 정말 귀엽게 웃는 할아버지였는데 우리를 보고 손을 흔들었다. 베시는 의심스러운 듯 눈살을 찌푸렸지만 롤런드는 인사를 했다. "안녕하세요!" 몇 초 뒤에 우리는 팔에 책을 가득 안은 할머니를 지나쳤다. "안녕하세요!" 롤런드가 말했고 할머니가 고개를 끄덕였다. 어린이책 코너에 어머니와 같이 온 아기가 있었는데 롤런드가 또 인사를 했다. "안녕!" 아기는 어리둥절한 얼굴이었지만 엄마가 인사를 건넸다.

칼이 말했다. "롤런드, 만나는 사람마다 다 인사할 필요 없어, 알겠니?"

"그게 뭐 어떻다고 그래요." 내가 말했다. "괜찮아, 롤런드. 인사하고 싶으면 해."

"할 거예요." 롤런드는 칼을 돌아보며 우스꽝스러운 표정을 지었다.

우리는 컴퓨터가 있는 데로 가서 책 제목을 검색했다. 칼과 롤런드는 도서관의 어떤 구역으로 갔고 나는 베시와 다른 쪽으로 갔다. "기분이 이상해요. 피부에 바른 거 느낌이 이상해요. 마음에 안 들어요." 베시가 말했다.

"나는 괜찮은데." 내가 내 팔을 보면서 말했다.

"그냥 집에 가요." 베시가 말했지만 나는 무시하고 책이 있는 쪽으로 베시를 데려가서 이런 책을 찾아냈다. 『돌리: 나의 삶과 끝나지 않은 일들』. 책표지의 돌리는 지금 막 친절함으로 나쁜 여왕을 물리친 착한 마녀처럼 보였다.

"이 책 좋아 보여요." 베시가 책장을 넘기며 말했다. 마음이 조금 가라앉은 것 같았다. 그러나 나를 쳐다본 순간 다시 불안감이 돌아온 것 같았다. "이제 그냥 가면 안 돼요?" 베시가 말했다.

"좋아, 좋아. 칼하고 롤런드를 찾아보자." 내가 말했다.

그 말을 하자마자 칼이 롤런드의 어깨에 손을 단단히 붙이고 나타났다. 롤런드는 요크 상사에 대한 책 두 권을 들고 있었다. "이제 된 것 같네요." 칼이 말했다.

"좋아요. 이제 대출해요." 내가 말했다.

"잠깐, 대출증 있어요?"

"네?" 내가 말했다. "아뇨. 없어요. 난 이 동네 살지도 않는데요."

"나도 없어요. 난 대출증이 없어요."

"칼, 왜 도서관 대출증을 안 만들었어요?"

"왜냐하면," 칼이 침착을 유지하며 말했다. "난 빌리는 걸 싫어해서요. 소유하기를 좋아해요. 갖고 있기를 좋아하죠. 그래서 도서관을 이용하지 않아요. 보고 싶은 책이 있으면 사서 봐요."

"그럼 대출증을 만들어요. 가서 신청해요."

"주소지 증명 같은 게 있어야 하잖아요. 우편물 같은 거." 칼이 말했다.

"있어요?" 내가 물었다.

"내 주소가 적힌 우편물이 있냐고요? 지금 지니고 있냐고요?" 칼이 말했다. "진심으로 묻는 거예요?"

"허, 왜 여기 오기 전에 미리 생각을 안 했어요?" 내가 물었다.

"싸우지 말아요." 롤런드가 말했다. "그냥 빌려도 되냐고 사서한테 물어봐요."

"대출증이 있어야 해." 내가 말했다. 민감한 내용의 문서를 지니고 적진에 떨어진 사람이 된 것 같았다. 영화 속에 들어온 기분이 들었다. 우리가 왜 이러고 있지? 그냥 오늘은 포기하고 다음에 다시 빌리러 오지 않고? 왜 우리는 정상적인 사람처럼 행동하지 않고 온몸에 번들거리는 젤을 바르고 서가 사이에 모여 궁리를 하고 있지?

"오지 말았어야 해요." 베시가 말했다. 이런 베시의 모습을 보니 이상했다. 모르는 사람을 물어뜯던 아이, 정말 화가 난 것처럼 보였던 아이가, 세상을 두려워하는 아이로 바뀌어 있었다. 나는 베시가 불을 뿜어내기를, 창문을 넘어 달아나기를 바랐다. 그런 것은 내가 감당할 수 있었다. 나는 피해를 최소화하는 것은 할 수 있었다. 그런데 베시의 기분을 바꾸는 것은 내 능력 밖이었다.

"그 책 빌리고 싶어?" 나는 베시에게 물었다.

"네." 베시가 돌리 파턴 책을 보며 말했다. "멋있는 사람 같아요."

나는 서가에서 책을 한 권 뽑았다. 독일에 있는 무슨 수도원에 대한 책이었다. "돌리 파턴 책 줘봐."

칼이 말했다. "릴리언, 나중에 다시 와요. 매디슨한테 틀림없이 대출중이 있을 거예요. 도서관 이사회 이사니까요."

"이거." 내가 돌리 파턴 책을 칼에게 주며 말했다. "바지 안에 넣어요."

"안 돼요." 칼이 말했지만 나는 최대한 아프게 칼의 팔을 주먹으로 쳤다. "그냥 해요." 내가 말했다.

칼이 책을 바지 앞쪽에 넣길래 내가 쏩 소리를 냈다. "바지 뒤쪽에요. 어서." 다음으로 나는 롤런드에게 말했다. "두 권 중에 하나만 골라. 한 권은 돌려놔." 그러자 롤런드는 정말 깜찍하게도 몸을 돌려 한 권을 복도 위로 슉 밀어 보냈다. 어찌나 세고도 곧게 보냈는지 책이 복도 바닥을 쭉 미끄러져 가서 벽에 부딪혔다.

"이거 바지에 넣어." 내가 말하자 롤런드는 책을 바지 뒤쪽 허리춤에 쑤셔넣고 그 위를 셔츠로 덮었다.

"릴리언." 칼이 말했다. "이건—"

"가요." 내가 말했다. 나는 베시에게 수도원 책을 주었다. "이걸 들고 자연스럽게 행동해. 알았지? 신경쓸 거 없다는 듯이. 아무도 상관 안 해. 아무도 우리한테 신경 안 써."

다음에 나는 하나 둘 셋 하고 동시에 모두를 몰아서 서가 사이에서 나와 출구 쪽으로 갔다.

"필요한 거 찾았어요?" 사서가 물었고 나는 고개를 끄덕였다.

"메모 많이 했어요. 리서치하러 온 거라." 내가 말했다.

우리가 문을 통과할 때 도난방지 알람이 울렸다. 나는 놀란 표정을 지었다. 아이들은 둘 다 얼어붙었고 칼은 토할 것 같은 표정이었다. 나는 칼과 롤런드를 문밖 계단 쪽으로 슬쩍 밀었다.

"아, 이런." 내가 말했고 사서는 고개를 흔들며 천천히 몸을 일으켰다.

"잠시만요." 사서가 말했다. 나는 사서가 일어서기 전에 베시를 쳐다보고 베시가 들고 있던 책을 받았다. 그러고는 사서에게 가서 책을 건넸다. 사서는 움직이지 않아도 되어 다행이라는 듯 다시 자리에 앉았다.

"항상 뭔가 들고 온다니까요." 내가 말하자 사서가 웃었다.

"괜찮아요." 사서는 책을 받아들며 내 멍든 얼굴을 본 것 같았으나 참 진중하게도 전혀 동요하지 않았다. 이 사람이 정말 마음에 들었다.

"맞아요, 괜찮아요." 그러고 나서 나는 세 사람이 나를 기다리고 있는 바깥쪽으로 걸어갔다.

"계속 걸어, 태연하게." 내가 말했다. "신경 좀 꺼달라는 듯이."

밴에 도착해 차 안으로 들어가자마자 칼과 롤런드는 바지에서 책을 꺼냈다. 나는 칼에게서 책을 받아 베시에게 주었다.

"고마워요." 베시가 말했다. "날 위해서 훔쳐줬네요."

"빌리는 거야." 내가 말했다. "약간 우회적인 방식으로."

아주 잠깐 베시의 눈에서 희한한 빛이 반짝였다. 그 안에 살고 싶을 정도로 사랑스러운 사악함이 번뜩였다. 아, 사악한 아이는 세상에서 가장 아름다운 존재다.

"아무도 신경 안 써요." 베시가 말했다.

"그럼." 내가 말했다.

"아무도 우리한테 신경 안 써요." 베시는 거의 웃음을 터뜨릴 듯했다.

칼이 차를 출발시켰고 차는 주차장을 빠져나왔다.

"저 안에서 우리 꼭 진짜 가족 같았어요." 롤런드가 말했고 이 말에 칼은 콧방귀를 뀌었다.

"그러게." 내가 말했다.

"아이스크림 먹을 수 있어요?" 베시가 물었다.

"칼?" 내가 물었다.

"아이스크림 먹자. 그래." 칼이 말했다.

아이들은 책을 읽으며 나에게 기댔다. 사실 나는 신체 접촉을 별로 좋아하지 않지만 그냥 내버려두었다. 그대로 두었다. 괜찮았다.

아이스크림에 스프링클을 엄청나게 뿌려서 먹고 열린 공간에서 돌아다닌 것만으로, 집안에 갇혀 있지 않았다는 사실만으로도 우리는 행복한 기분이 되어 집으로 돌아왔고, 가족 식사가 예정된 다음날을 기다렸다.

그날 아침 우리는 자연스럽게 일과를 진행했다. 롤런드는 요가 장인이었고 결국 나 대신 롤런드가 요가 시간을 맡게 되었다. 내 몸으로는 그 자세들이 도저히 안 나왔다. "이거 쉬운데." 롤런드는 까마귀 자세라는, 면발처럼 흐늘흐늘한 팔로 몸 전체를 받치는 말이 안 되는 동작을 하며 말했다. "이게 왜 어려워요?" 우리는 오레오 쿠키를 소품으로 사용해 기본적인 수학 공부를 했다. 돌리 파턴과 요크 상사 전기를 쓰기 위해 책을 읽고 정리했다. 농구도 했다. 나는 베시에게 올바른 슛 자세를 보여주었다. 공이 내 팔의 연장인 것 같은 매끈한 동작. 연습이 아주 많이 필요했지만 그래도 베시의 슛 성공률은 20퍼센트 정도는 됐다. 드리블은, 우와 씨, 끝내줬다.

가끔 아이들이 무언가에 빠져 있을 때, 거지같은 일들을 겪으면서도 완전히 망가지지는 않았구나 싶을 때, 나는 아이들을 진짜 제대로 보려고 해보았다. 아이들의 눈은 반짝이는 녹색이었다. 싸구려 판타지 소설 표지 그림에서 본, 맹금으로 변신하는 주인공의 눈 같았다. 그런데 얼굴 나머지 부분은 말랑말랑 두리뭉실해서 예쁘지는 않았다. 사실 좀 꼬질꼬질해 보이기도 했다. 괴상한 헤어스타일도 그대로였다. 머리를 다듬어주겠다고 함부로 손댔다가 그나마 개성마저 없어져버릴 것 같아 내버려두었다. 배는 동그스름했는데 커가면서 들어가겠지 하고 기대할 수준을 넘어선 듯했다. 치아도 삐뚤삐뚤해서 그것만 봐도 제대로 된 돌봄을 못 받았다는 생각이 들 정도였다. 하지만. 그렇지만.

레이업슛을 백보드에 정확한 각도로 튕겨서 성공시켰을 때 베시의 눈은 반짝반짝 빛났다. 신난 듯 온몸을 바르르 떨었다. 롤런드는 내가 무언가를 하는 걸 볼 때(심지어 복숭아 통조림 따는 것 같은 하찮은 일조차도) 마라톤 코스 19마일 표지에서 환호를 보내는 사람 같은 표정으로 쳐다봤다. 한밤중에 롤런드가 손가락을 내 입에 넣을 때도, 베시가 내 간을 직격해서 놀라 잠에서 깰 때도 아이들이 밉지 않았다. 앞으로 어떤 일이 일어나든, 아이들이 저택으로 가서 재스퍼, 매디슨, 티머시와 같이 살게 되더라도, 이 아이들이 그 완벽한 가족의 일원이라고는 아무도 생각하지 않을 것이다. 이 아이들은 언제까지고 어떤 면에서 내 아이들일 테니까. 나는 아이를 바란 적이 없었다. 같이 애를 만들고 싶은 남자가 없었기 때문이다. 생각만 해도 끔찍하고 역겨웠다. 하지만 하늘에 구멍이 뚫리고 이상한 아이 둘이 지구로 떨어져 운석처럼 땅에 충돌한다면 그런 아이들은 내가 돌볼 수 있었다. 위험을 뿜어내듯 어슴푸레한 빛을 낸다면 나는 그걸 끌어안을 것이다. 그럴 것이다.

"오늘 특별한 옷 입는 거예요?" 베시의 느닷없는 질문에 나는 백일몽에서 깨어났다.

"차려입고 싶어?" 내가 물었다.

"매디슨하고 티머시는 보나마나 차려입을걸요. 우리가 그쪽보다 못하게 보이고 싶진 않아요." 베시가 말했다.

"나 타이 매도 돼요?" 롤런드가 물었다.

"안 될 거 없지." 내가 말하자 유일한 소망이 이루어진 롤런드는 신이 나서 달려갔다.

"우리 머리 손봐줄 수 있어요?" 베시가 물었다. "매디슨처럼 보이게 만들어줘요."

"그건 못해." 내가 시인했다. 적어도 베시에게 그 점에 대해서는 솔직해야 했다. "매디슨은 운이 좋아. 그런 모습을 타고났어."

"우리 머리를 정상적으로 보이게 만들 수는 있어요?" 베시가 물었다.

"지금 길이가 어중간해서." 내가 말하자 베시는 안다는 듯 고개를 끄덕였다. "지금은 좀 자라도록 기다렸다가 적당한 모양으로 만드는 수밖에 없겠다."

"다듬어줄 수 있어요?" 베시가 물었다.

"그래." 할 수 있을 것 같았다. 엄마 남자친구의 머리카락을 잘라본 적이 몇 번 있었다. 엄마 남자친구가 술 취한 상태에서 내가 자기 머리를 다듬을 수 있게 한 단계 한 단계 일러주면서 시켰었다. 자기 스타일이 확실한 사람이었는데도 결국 그 사람이 원하는 모양에 도달할 수 있었다. 또 나한테 면도도 시켰는데 그건 정말 무시무시했다. 그 사람이 엄마 남자친구 중에서는 그래도 괜찮은 축에 속하는 사람인데도 베어버리고 싶은 충동이 솟았기 때문이다.

"그 사람은 싫어요." 베시가 자기 아버지를 두고 하는 말이었다. "그래도 우리를 괜찮은 애들이라고 생각했으면 좋겠어요."

"너희는 괜찮은 애들이야. 너희 아버지도 그걸 알고." 내가 말했다.

"아뇨, 몰라요." 베시가 말했다.

"알 거야." 내가 말했다.

베시는 더는 말하지 않고 나는 베시가 이를 바드득 가는 모습을 보고만 있었다.

"어떻게 하고 싶니?" 내가 물었다.

"무슨 말이에요?" 베시가 한쪽 눈썹을 치키며 물었다.

"아버지가 지금 바로 여기에 있다면 어떻게 하겠니?" 나는 정말 궁금해서 물었다.

"물 거예요." 베시가 말했다.

"날 문 것처럼?" 내가 웃으며 말했다.

"아뇨. 그때는 릴리언이 누군지 몰랐잖아요." 베시가 말했다. "그 일은 미안해요. 그 사람은, 정말로 물 거예요. 코를 물어버릴 거예요."

"네 이는 정말 날카롭지." 내가 말했다. "그렇게 하면 진짜로 아플 거야."

"울면서 그만하라고 빌 때까지 물 거예요." 베시가 말했다. 베시의 몸이 달궈지면서 여기저기가 얼룩덜룩해지는 게 보였다. 나는 걱정하지 않았다. 우리는 집밖에 있었다. 우리한테는 옷이 무한대로 있으니까. 또 우리는 연습중이었다.

"아버지가 그만하라고 빌면 어떻게 할 거야?"

"그만할 거예요." 베시가 말했고 그 말이 스스로도 놀라운 것 같았다. 베시의 체온도 달라졌다. 이글거리던 해가 갑자기 구름 뒤로 쏙 들어가버린 것 같았다.

"그건 괜찮을 것 같다." 내가 말했다. "그럴 수 있지."

"릴리언도 아빠를 미워해요?" 베시가 자기 아빠 생각은 더 하고 싶지 않다는 듯 불쑥 이렇게 물었다.

"나는 아빠가 없어." 내가 대답했고 베시는 더 묻지 않고 그 말을 받아들였다.

"그럼 엄마 미워해요?" 베시가 물었다.

"응." 내가 말했다.

"엄마를 물 거예요?"

"그래 봐야 안 다칠걸."

"엄마가 릴리언한테 나쁘게 했어요?"

"응. 그랬어. 끔찍했던 건 아니고. 그냥, 어, 나한테 관심이 없었어. 내 생각을 하는 걸 별로 안 좋아한달까. 내가 있다는 사실이 엄마에게는 기분 나쁜 일이었어."

"우리 엄마는요. 우리 생각을 하지 않을 때 기분이 나빠져요. 종일 우리 생각밖에 안 해요. 우리가 아주 잠깐이라도 엄마 생각을 하지 않는다 싶으면 아주 슬퍼해요."

"부모님들은 그런 걸 정말 못하나봐." 내가 말했다.

"릴리언도 부모가 되고 싶어요?" 베시가 물었다.

"아니. 그렇진 않아."

"왜요?"

"나도 잘 못할 것 같아서. 나도 아주 형편없는 부모가 될 거야."

"아닐 것 같아요." 베시가 말했다.

그때 갑자기 어떤 감정이 밀려왔다. 이 아이들을 갖고 싶다는 감정. 나는 농담이 아니라 정말로 사람을 별로 안 좋아한다. 왜냐하면 사람이 무섭기 때문이다. 왜냐하면 내가 속마음을 털어놓았을 때 그게 대체 무슨 소리인지 사람들이 전혀 이해를 못했기 때문이다. 사람들과 같이 있다보면 오직 그들에게서 벗어나고자 유리창을 깨부수고 싶어진다. 나는 계속 개판을 쳤기 때문에, 개판을 치지 않기가 불가능해 보였기 때문에, 내가 바라는 것에 못 미치는 삶을 살아왔다. 그래서 더 많은 것을 바라는 대신 그냥 덜 바라면서 살았다. 때로 나는 아무것도 원하지 않는다고, 심지어 먹을 것이나 공기조차 원하지 않는다고 생각하려 하기도 했다. 아무것도 원하지 않는다면 나는 유령이 될 것이었다. 그러면 이 모든 것이 끝날 테고.

그런데 여기 이 두 아이들이, 불꽃을 내뿜는 아이들이 있었다. 사실 이 아이들을 안 지 일주일도 채 안 되었으니 잘 안다고 할 수도 없다. 그런데 이제 나도 불을 터뜨리고 싶었다. 사람들이 모두 다 가오지 못하고 멀찍이 떨어져 있게 만들 수 있다면 얼마나 좋을까, 하는 생각이 들었다. 이 아이들 때문에 생긴 감정은 복잡했다. 이 아이들이 복잡하고 상처 많은 존재였기 때문이다. 그리고 나는 이 아이들을 품어 안고 싶었다. 그런 한편 내가 그렇게 하지는 않으리란 것도 알았다. 아이들에게 내가 받아줄 거라는 희망을 주어서는 안 된다는 것도 알았다.

"베시?" 내가 한참 만에 입을 열었다. "너희 아빠가 잘못한 것처럼 보이긴 해. 그렇지? 하지만 아빠도 좋은 사람이 되고 싶어하는 것 같아. 그리고 매디슨은 내 친구고, 좋은 사람이라는 걸 내가 알아. 또 티머시는, 뭐 지금은 너무 어리니까, 하지만 괜찮은 애로 자랄 거야. 이 사람들이 네 가족이야. 또 네가 아는지 모르겠지만 너희 가족 엄청 부자야. 내가 평생 만나본 사람 중에서 제일 부자일걸. 아니다, 내가 평생 만나본 사람을 다 합한 것보다 더 부자일 거야. 그게 너한테는 좋은 일이야. 네가 원하는 건 뭐든 가족이 해줄 테니까. 지금은 그게 별거 아닌 것처럼 느껴질 수 있지만 나중에는 참 좋은 일이라고 생각할 거야. 무언가를 정말 갖고 싶을 때 그걸 가질 수 있다는 거. 네가 네 가족하고 같이 살면, 매디슨과 너희 아빠에게 기회를 준다면 그렇게 될 수 있어."

"알겠어요." 베시는 이렇게 말했지만 눈빛이 너무 강렬했다. 나는 차마 베시를 마주볼 수가 없어서 땅 위의 한 점을 보면서 말하고 있었다.

"여름이 얼마나 남았어요?" 베시가 물었다.

"많이 남았어." 내가 말했다. "아주 많이."

그날 저녁, 우리는 게스트하우스에서 나와 저택으로 갔다. 롤런드는 카키색 바지에 흰색 셔츠와 파란 타이를 맸다. 내가 매주었는데 아이용 타이라 길이를 가늠하기가 어려워서 일곱 번의 시도 만에야 매듭을 제대로 만들었다. 롤런드 머리를 다듬기는 쉬웠다. 남자아이들 머리는 그냥 깔끔하게 해놓기만 하면 아무도 신경 안 쓰니까. 사실 이성애자 남성이 다른 이성애자 남성의 머리 모양을 칭찬하는 걸 들어본 적은 평생 단 한 번도 없는 것 같다. 베시는 검은색 꽃무늬 원피스를 입었는데 솔직히 약간 너저분하고 꽤 멋있었다. 롤런드는 은행 인턴 직원 같았고 베시는 엄마의 세번째 결혼식에 참석한 반항아 같았다. 베시 머리카락 옆을 다듬고 위쪽은 늘어지게 내버려두었는데 예뻐 보이지는 않았지만 눈이 돋보였고 와일드한 얼굴이 두드러져 보였다. 둘 다 위장한 야생 아이처럼 보였지만 그래도 괜찮았다. 재스퍼도 정상적인 척하는 것 이상을 기대할 것 같진 않았다. 매디슨이 원하는 것도 바로 그것이리라고 확신했다. 매디슨이 아이들의 기이한 면이 사라지길 바랄 것 같지는 않았다. 불은, 물론 없어져야 하지만, 그 아래에 있는 면은. 매디슨은 그걸 높이 평가할 거다. 나는 매디슨이 그러리란 걸 알았다.

아이들 몸에 스턴트맨 젤을 얇게 발라놓았다. 그 정도만 발라도 괜찮은지는 알 수 없었지만. 젤이 애들 옷이나 식당 의자에 묻을 것이 걱정되긴 했지만 어쩔 수 없었다. 애들이 재스퍼와 맞닥뜨리는 순간 젤을 발라놓길 잘했다는 생각이 들 테니까.

매디슨은 매디슨답게도, 세상의 모든 좋은 것을 대변하는 사람처럼 뒷문에 서서 우리를 맞았다. "와." 매디슨이 아이들을 보면서 말했다. "너희들 멋지다. 어른 같아!"

그러더니 매디슨은 나를 보았다. 멍에, 할퀸 자국에 얼굴이 엉망진창이었다. "아 세상에." 매디슨은 놀란 표정을 감추지 못했다. 팔꿈치로 내 얼굴을 찍은 이후로 나를 처음 보는 거였다. "아, 나화장품 있는데 그걸로 좀 어떻게…… 이런, 릴리언. 많이 다쳤네."

"괜찮아." 내가 말했다.

"릴리언은 세요." 롤런드가 자랑스럽게 말했다.

"내가 아는 가장 센 사람이야." 매디슨이 맞장구쳤다. "늘 그렇게 세지 않아도 되면 좋을 텐데."

애들 앞에서 1 대 1 게임을 할 때 네가 사이코가 되지 않으면 큰 도움이 되겠다, 하고 생각했지만 아무 말도 하지 않았다. 대신 숨을 깊이 들이마셨다.

그러고 딱 오 초 뒤에 재스퍼가 나타났다. "안녕, 얘들아." 재스퍼가 말했다. 이번에는 좀더 제정신이고 매력 있는 사람처럼 보였다. 다행히도 시어서커 차림은 아니었다. 시어서커는 존나 얼뜨기 같은 사람들이나 입는 옷이니까. 재스퍼가 아이들에게 웃음을 지었다. "너희들한테는 쉽지 않은 일이라는 거 알아." 재스퍼의 수줍은 듯한 태도, 마치 표를 구걸하는 듯한 모습이 매력을 배가해주었다. "하지만 나는 오늘을 정말 기대했단다. 지금 안아달라고는 하지 않을게. 하지만 언제든 너희가 준비되면 너희를 안고 너희가 와서 행복하다고 말하고 싶구나."

아이들은 그냥 고개를 끄덕였다. 조금 당황한 것 같기도 했다. 매디슨이 재스퍼를 살짝 건드리고 웃음을 지으며 잘했다는 듯 고개를 끄덕였다.

"배고픈 사람?" 매디슨이 물었다.

"나 배고파." 내가 모두를 대신해 대답했고 우리는 식당으로 들어갔다.

티머시는 벌써 식탁에 앉아 있었다. 식탁 위에 두 손을 모으고 마치 기도를 드리려는 사람처럼 혹은 해고하게 되어 유감이라는 말을 하려는 사장처럼 앉아 있었다. 티머시를 보면 볼수록, 격식을 차린 태도와 로봇 같은 면을 볼수록 티머시가 좋아졌다.

한번은 매디슨에게 티머시의—뭐라고 말해야 기분이 안 상할까?—특이한 점에 대해 물었는데 매디슨은 그래, 나도 알아 하는 듯이 고개를 끄덕였다.

"다른 애들하고 잘 어울리는 편은 아냐, 솔직히." 매디슨이 말했다. "좀 특이하지. 나도 알아. 하지만, 나도 어릴 때 정상은 아니었어. 내가 아주 예쁜 애였다는 거 알아. 내 입으로 말하긴 그렇지만 어쨌든 사실이 그랬어. 하지만 어릴 때 나는 생각 속에서 아주 추해질 수 있었어. 가끔 그러면 행복하더라고. 속마음은 예쁘지 않다는 게. 근데 우리 엄마는 그걸 정말 싫어했다. 우리 엄마는 아주 고지식하고 고상 떠는 사람인데다 엄청나게 미인이고 나쁜 생각이라고는 평생 한 번도 품어본 적이 없을 사람이거든. 엄마는 나를 보면 겁이 났던 것 같아. 어쩌면 자기 내면의 무언가가 자기도 모르게 이런 딸을 만들어놓은 게 아닌가 싶었는지. 나한테서 숙녀 교본에 나오지 않을 법한 게 뭐 하나라도 보이면, 어디 한 군데라도 뾰족 튀어나와 있으면 엄마는 그걸 문질러 갈아서 없애려고 했어. 종일 잔소리를 했지. 내가 하는 행동 하나하나 지적하고. 어린 나는 내가 그러고 있는 줄도 몰랐던 것까지 다 뭐라고 하니까 정말 기분이 엿같았어. 엄마는 우리 오빠들한테 익숙했는데도 그랬다니까. 강아지를 괴롭히고 뭐든 망가뜨리고 나보다 백배는 말썽을 부리는 좆같은 망나니들인데도 걔들은 남자니까 괜찮았다고. 엄마는 나만 붙들고 늘어졌어. '매디슨, 너 그 버릇 안 고치면 사람들이 정말 짜증스러워할 거야.' 이렇게 말하곤 했지.

그러면 나는 두 배로 했어. 엄마가 나를 꺾으려고 하면 나는 엄마를 꺾으려고 했어. 우리는 아주 사소한 걸 가지고 싸웠어. 엄마는 농구도 못하게 하려고 했지. 어쨌든 엄마가 날 사랑한다는 거 알아. 나도 엄마를 사랑하고. 방법이 엉망진창이긴 해도 엄마는 날 사랑했지. 아빠는 내가 커서 자기한테 쓸모가 있겠다 싶어질 때까지 내가 존재한다는 사실도 몰랐지만. 하지만 엄마는 나한테 상처를 줬어. 내가 상처를 받지 말아야 할 때 상처를 줬어. 그래서 티머시가 이렇게 희한한 아이여도, 그러니까 재킷 주머니에 꽂는 손수건에 아주 관심이 많은 애인 걸 보고도 나는 막지 않겠다고 마음먹었지. 내가 안 해도 결국 세상이 그렇게 만들 테니까. 그래서 나는 그냥 그대로 희한한 애로 내버려둬. 그게 좋아. 그러면 행복해져."

티머시를 보며 그 말이 이해가 가기 시작했다. 나도 그런 것에 익숙했다. 어쩌면 티머시에겐 연기자나 흉내꾼 같은 기질이 있고 이게 티머시가 사람들을 엿 먹이는 방법일지도 몰랐다. 다시 말하면, 지금 나한테는 애들이란 애들이 전부 대단한 존재로 보인다는 말이다.

메리가 접시를 잔뜩 들고 들어왔다. 어른들한테는 그릴드치킨을 얹은 시저샐러드를 하나씩 주었고 티머시에게는 집에서 만든 치킨핑거와 맥앤치즈를 주었다. 베시와 롤런드는 특별히 요구한 것을 받았다. 타이슨 냉동 치킨너깃.

"와." 롤런드가 말했다. "고맙습니다."

"메리가 특별히 너희들이 먹고 싶어한 거 준비했어." 매디슨이 말했고 베시는 이제 자기들이 먹고 싶다고 한 게 누구도 원하지 않을 음식 같다는 생각이 드는지 당혹스러운 듯 접시를 내려다보며 말했다. "고맙습니다, 미스 메리."

"뭘. 먹기 싫은 걸 애들한테 억지로 먹이는 건 쓸데없는 짓이지. 헛고생이야."

"저 샐러드도 좀 먹을 수 있을까요?" 베시가 물었고 메리는 고개를 끄떡이더니 잠시 뒤에 작은 샐러드 접시와 너깃과 같이 먹으라고 커다란 하인즈 케첩 병을 들고 돌아왔다. "너희 집에 돌아온 걸 환영한다, 얘들아." 메리가 말했다. 그 말에는 가시가 있었지만 메리는 정말 악당처럼 아무렇지도 않게 던졌다. 누가 메리를 말릴 것인가?

"좋네요." 매디슨이 말했다. "재스퍼, 기도할래요?"

재스퍼가 고개를 끄덕였다. 베시와 롤런드는 어리둥절한 표정이었다. 매디슨과 티머시와 재스퍼는 눈을 감고 두 손을 모았지만 나와 아이들은 그냥 마주보고만 있었다. 물론 우리도 기도가 뭔지 알았다—애들도 알겠지? 신이 뭔지 아나? 어머니가 흙을 빚어서 자기들을 만들었다고 생각하려나? 알 수 없었다. 어쨌든 아이들이 하고 싶지 않다면 억지로 기도를 하게 만들 생각은 없었다. 예의바르게 들으면 되니까.

재스퍼는 감사에 대해, 무한한 지혜에 대해, 다시 완전해진 가족에 대해 이야기했다. 희생에 대해 이야기했고 희생을 알아달라고 말했다. 누가 희생을 하고 있다고 생각하는 건지 알 수 없었다. 자기 자신? 그 정도로 멍청할 수도 있을까? 재스퍼는 원하는 것은 뭐든 달라고 말하기도 전에 받으며 살아온 로버츠 가문의 남자들 중 하나였다. 다른 사람의 권리를 빼앗지 않는 걸 희생이라고 치는 건가? 자기가 아이들을 위해 희생한다는 말인가? 정말 그렇게 생각하는지 확실하지 않으니 선의로 해석해주는 게 옳을지도 몰랐다. 어쨌든 간에 재스퍼가 희생이라는 말을 한 번만 더 하면 나는 얼굴에 주먹을 날릴 생각이었다. 재스퍼는 마침내 다른 주제로 넘어가 용서와 새로운 시작에 대한 염원을 이야기했다. 롤런드는 지루한지 너깃 하나를 집어 입에 쏙 넣었다.

"아멘." 마침내 재스퍼가 말했고 재스퍼는 눈을 뜨자마자 바로 고개를 들고 나를 쳐다보았다. 기도하고 있었던 척할 시간도 없어서 마치 내가 내내 자기를 쳐다보고 있었던 것처럼 보였을 것이다. 그러나 재스퍼는 나와 눈을 마주치자 웃음을 지었다. "이제 먹읍시다." 재스퍼가 말했다.

다음에는 괜찮았다. 어색하긴 했지만, 사실 저택의 엄청난 규모와 고급스러운 물건들을 생각하면 어떤 정상적인 상황이라도 어색할 것 같았다. 나쁘진 않았다. 아이들이 불타고 있지 않았으니까. 이제 내게는 그게 좋은 것과 나쁜 것을 가르는 판단의 척도가 되어 있었다. 시저샐러드를 먹으면서 따분한 잡담을 하는 것도 나쁘지 않았다. 수천 달러짜리 커튼에 불이 붙지 않게 얼른 뜯어내는 상황보다는 좋으니까.

"어떤 일을 하세요?" 마침내 베시가 아버지에게 물었다. 베시가 말을 걸었다는 사실에 재스퍼는 역력히 기뻐했지만 한편으론 어떻게 대답해야 할지 몰라 조금 당황한 것도 같았다.

"그러니까," 재스퍼는 어떻게 답해야 할지 곰곰이 생각하며 입을 열었다. "테네시주에 사는 사람 모두가 자기들의 이익을 돌보는 일을 나한테 맡긴 거란다. 나는 다른 의원들하고 협력해서 우리 시민들이 필요로 하는 것이 이루어지도록 하지. 예를 들면, 테네시에 일자리가 생겨서 사람들이 일을 하고 가족을 부양할 수 있게 해. 또 나라가, 미국 전체가 더 나은 미래로 나아가도록 하고."

"사람들을 돌보는군요." 베시가 말했다.

"그런 셈이지." 재스퍼가 말했다. "그러려고 노력해."

"네." 베시가 말했다.

"우리 집안은 수 세대 동안 테네시에서 살았어. 테네시는 위대한 주란다. 나는 테네시주의 위대함이 유지되도록 하고, 도움이 필요할 때는 도움을 구하기도 하지."

"할아버지는 정치가 주로 돈을 여기저기로 옮기다 그중 일부를 나한테 떨어지게 하는 일이라고 했어요." 롤런드가 말했다.

"네 외할아버지는 그렇게 말할 것도 같다." 재스퍼가 대답했다. "하지만 나는 그런 식으로는 안 하려고 해."

"돈이 더 필요 없으니까요." 베시가 말했다.

"그래. 필요 없어." 재스퍼가 말했다.

"우리 릴리언하고 같이 테네시주에 대해 공부하고 있어요." 롤런드가 말했다.

"그래?" 재스퍼가 웃으며 말했다.

"테네시 출신 위대한 인물들 전기를 쓰고 있어요." 내가 아직도 이 일을 얻기 위해 면접을 보는 중인 양, 아니 어쩌면 향후에 좋은 추천서를 받기를 기대하는 양 말했다.

"위대한 인물 누구?" 매디슨이 물었다.

"요크 상사요." 롤런드가 말했다. "독일군을 스물다섯 명인가 죽였대요!"

"대단한 사람이었지." 재스퍼가 대답했다. "평생 충실한 민주당원이기도 했고. 이렇게 말했어. '나는 처음에도, 마지막에도, 언제나 민주당원이다.' 주의회 의사당에 앨빈 요크 동상이 있단다. 아주 멋진 동상이야. 언젠가 릴리언이 너희를 거기로 데려가서 보여줄 수도 있겠구나."

"그러죠." 내가 말했다.

"베시, 너는 누굴 하니?" 매디슨이 물었다.

"돌리 파턴이요." 베시가 선언하듯 말했다.

"으음." 재스퍼가 머리를 갸웃했다. "그 사람은 연예인이잖아? 그렇지 않니?"

베시는 당황한 얼굴이 되어 나를 쳐다보았다. "예술가예요." 내가 말했다.

"흠, 그렇다고 할 수도 있겠죠." 재스퍼가 말했다. "테네시주를 진짜로 대표할 만한 인물들이 몇몇 생각나는데, 그 사람들로 하면 더 좋은 보고서가 나올 것 같다."

"보고서를 쓰는 게 아니에요. 우리가 관심 있는 걸 조사하는 거예요." 나는 베시 팔로 손을 뻗어 체온이 어떤지 보았는데 젤 때문에 잘 알 수가 없었다.

"돌리 파턴은 인도주의자이기도 해요, 재스퍼." 매디슨이 말했다. "테네시주나 아이들을 위해 한 일이 많아요."

"여배우잖아." 재스퍼는 그게 어떤 증거라도 되는 듯 말했다. 재스퍼는 장난이라도 치듯 웃고 있었지만, 베시는 이제 자기가 무슨 잘못이라도 한 양 당혹해하고 있었다. 나는 화가 났다.

"테네시주 역사상 가장 위대한 인물이에요." 내가 단호하게 잘라 말했다.

"하, 릴리언." 재스퍼가 웃으며 말했다.

"〈I Will Always Love You〉를 쓴 사람이라고요." 이걸로 논쟁이 종결되지 않는다니 어이가 없었다.

"릴리언." 재스퍼는 매력적인 표정 대신 진지하고 오만한 표정을 지으며 말했다. "미국 대통령을 역임한 테네시인이 셋이나 있다는 거 알아요?"

"알아요." 내가 말했다. 어릴 때 미국 대통령 이름을 달달 외워서 연대순으로도 알파벳순으로도 읊을 수 있었다. 원한다면 지금도 할 수 있었다. "하지만 그중에 테네시에서 태어난 사람은 한 명도 없어요."

"정말이야?" 매디슨이 말했다. "정말이에요, 재스퍼?"

재스퍼의 얼굴이 약간 붉어졌다. "음, 그게…… 엄밀하게 말하면 맞지만ㅡ" 재스퍼의 말을 내가 끊었다. "게다가 존슨은 탄핵당했죠. 잭슨은 뭐, 괴물이었고요."

"그건 사실ㅡ" 재스퍼가 말을 더듬었다.

"돌리 파턴이요." 나는 베시를 쳐다보고는 베시가 나를 볼 때까지 기다렸다가 말했다. "앤드루 잭슨보다 훨씬 훌륭한 사람이에요." 베시가 비뚤어진 치아를 드러내며 웃었다. 우리가 같이 바보 아빠를 놀리는 데 성공했다는 듯 나도 웃었다.

재스퍼는 곧 죽을 사람처럼 보였다. 포크로 나를 찌르고 싶은 듯이 쥐고 있었다. 그 순간 나는 내가 할일을 하고 나면 재스퍼가 나를 적절한 순간에 이 집에서 내보낼 방법을 찾으리라는 것을 느꼈다. 재스퍼는 내가 아는 대부분의 남자들처럼 사람들 앞에서 자기 말을 반박당하는 걸 좋아하지 않았다. 내가 조금 더 조심스러웠어야 했겠지만, 나는 그렇게 요령 좋은 사람이 아니었다. 그럴 필요도 못 느꼈고.

"우리 돌리우드에도 갈 수 있어요?" 베시가 물었고 재스퍼는 이제 돌덩이처럼 차갑게 굳어 있었다. 아름다운 광경이었다.

마치 주술로 불러낸 것처럼, 상원의원이 굴욕을 당하고 있을 때마다 개입하라는 주문에라도 걸려 있는 것처럼 칼이 식당에 나타났다.

"의원님, 가족 식사를 방해해서 죄송합니다만 전화가 왔습니다." 칼이 재스퍼에게 말했다.

"어." 재스퍼가 평소의 모습으로 돌아오려고 애쓰면서 말했다. "디저트 마치고 받아도 되나?"

"다급한 용무입니다." 칼이 말했다. "아마 미시즈 로버츠도 소식을 듣고 싶어하실 것 같습니다."

매디슨이 재스퍼와 눈을 맞췄다. 둘이 한 세트로 된 반쪽이라도 한 것처럼 동시에 자리에서 일어나 같이 움직이는 모습을 보니 흥미로웠다. 매디슨이 티머시에게 입을 맞췄고, 티머시는 부모가 다급한 일로 자리를 비우는 게 늘 있는 일인 듯 태연했다. 매디슨은 남편을 따라 식당에서 나갔다.

"무슨 일이에요?" 내가 칼에게 물었지만 칼은 고개를 흔들고 두 사람을 뒤따라갔다.

"이상하네요." 롤런드가 말했다.

"디저트 먹으려면 기다려야 해요?" 베시가 물었다.

나는 일어서서 부엌으로 갔다. 메리가 초콜릿케이크 네 조각을 벌써 접시에 담고 있었다. "가져갈게요." 메리가 말했다. "일부러 올 필요 없어요."

"맛있어 보여요." 내가 말하자 메리가 고개를 끄덕였다.

"알아요." 메리가 말했다.

나는 아이들이 있는 식당으로 돌아갔다. 기분이 결혼식장에서 꿔다놓은 보릿자루가 됐을 때하고 비슷했다. 무언가 할말을 생각해내려고 머리를 굴리는데 그때 메리가 우리 앞에 케이크를 놓았고 그러고 나니 별로 대화가 필요 없었다. 우리는 케이크를 먹었고 다 먹고 나서도 그냥 그렇게 앉아 있었다. "이제 가도 돼요?" 베시가 물었다.

"아닌 것 같아." 나도 어른의 허락을 받아야 하는 어린아이인 것처럼 말했다. "티머시를 여기 두고 갈 수는 없잖아."

"게스트하우스로 데려가요." 롤런드가 말했다.

"게스트하우스 보러 갈래?" 내가 물어보자 티머시는 아주 살짝 어깨를 으쓱했다. 인형 조종자가 아주 살짝 몸을 떨어서 티머시에게 연결된 선을 미세하게 건드린 것처럼 보였다.

나는 티머시를 인질로 삼아서 매디슨이나 재스퍼가 티머시를 데리러 오게 만든다는 아이디어가 마음에 들었다.

"가자." 이렇게 말하고 나는 티머시를 의자에서 내려주었고 우리는 깔끔하게 손질된 잔디밭을 걸어 우리집으로 갔다. 다들 들뜨고 기분좋고 약간 맛이 간 상태였다.

"뭐 보고 싶은 거 있어?" 집안에서 롤런드가 티머시에게 물었고 티머시는 또 어깨를 으쓱했다. 베시는 티머시를 무시하고 책꽂이에서 책을 한 권 꺼내 읽는 척했다. 베시는 티머시가 우리집에 있는 게 못마땅한 것 같았다. 티머시는 이미 가진 게 너무 많으니까.

롤런드는 티머시에게 에치-어-스케치 장난감을 보여주었고 둘이서 손잡이를 하나씩 잡고 돌려서 화면에 엉망진창 그림을 그렸다.

나는 베시 옆에 앉아 남자애들 둘이 같이 노는 걸 보았다. 서로 말은 안 하지만 잘 노는 것 같았다. 가끔 롤런드가 장난감을 잡고 마구 흔들어 그림을 지웠는데 그러면 티머시는 겁을 내면서 동시에 재미있어했다. 다시 그림을 그리기 시작하면 롤런드는 화면보다 티머시를 더 많이 쳐다봤다.

"그렇게 나쁘진 않았지, 어때?" 내가 베시에게 물었다.

"그런 듯요." 베시가 말했다.

"이 드레스 마음에 들어." 내가 말했다.

"릴리언은 드레스 안 입잖아요." 베시가 말했다. 나는 그냥 청바지에 괜찮은 티셔츠 차림이었다.

"응. 별로." 내가 말했다.

"매디슨이 우릴 좋아하는 것 같아요?" 베시가 물었다. 나는 베시가 어떤 기분일지 알았다. 매디슨이 자기를 쳐다보고 찬란한 빛을 비추어주길 바라는 마음.

"아, 그럼." 내가 말했다. "매디슨이 너희들을 여기로 데려오자고 주장했잖아."

"음식 맛있었어요." 베시가 말했다.

"메리는 최고지."

"좀 무서워요." 베시가 말했다.

"멋있는 사람들이 좀 무서울 때가 있어." 내가 말했다

"릴리언은 안 무서운데요." 베시가 말했고 나는 뭐라고 대답해

야 할지 몰랐다.

그때 티머시와 롤런드가 장난감놀이에 싫증이 났는지 우리가 있는 소파로 왔다. 티머시는 베시를 꿰뚫어보려는 것처럼 보고 있었다. 베시는 티머시를 더 무시할 수가 없자 노려보며 물었다. "왜?"

"몸에서 불이 나?" 티머시가 궁금하다는 듯 물었다.

베시가 나를 쳐다보길래 어깨를 으쓱했다. 티머시에게 말해도 되는 건지 아닌지 확실히 몰랐다. 어쨌거나 티머시는 이미 아는 것 같았다. 어른들이 하는 말을 들었으려나. 아니면 그냥 육감으로 느끼는지도. 하도 괴상한 애라 그럴 가능성도 있을 것 같았다.

"응." 베시가 말했고 롤런드도 고개를 끄덕였다.

"볼 수 있어?" 티머시가 물었다.

"그냥 그렇게 되는 게 아냐." 베시가 말했다.

티머시는 베시의 손이 뜨거울 거라고 생각하는 듯 조심스럽게 손을 만졌다. 베시는 가만히 있었다.

그때 문 두드리는 소리가 났고 매디슨과 칼이 문간에 나타났다. 티머시는 베시한테서 손을 떼고 바로 문 쪽으로 갔다. 매디슨이 들어왔다. "와, 보기 좋은데!" 매디슨이 말했다. "재미있게 놀았니?" 매디슨이 티머시에게 묻자 티머시는 고개를 끄덕였다. 적어도 티머시에게는 그게 고개를 끄덕인 거였다.

"음, 이제 집으로 가야지." 매디슨이 말했다.

"아빠는 어디 있어요?" 롤런드가 물었다.

"그게, 중요한 일이 있어서 불려갔어." 매디슨은 아이들뿐 아니라 나한테도 하는 말인 것처럼 말했다. "아주 중요한 일. 그래도 곧 돌아올 거야."

매디슨이 티머시의 손을 잡고 나간 뒤에도 칼은 문가에서 얼쩡거리고 있었다. 나는 할말이 있다는 신호로 알아듣고 칼에게 다가갔다.

"무슨 일이에요?" 내가 물었다. "애들하고 상관있는 일이에요?"

"국무장관이 방금 사망했어요." 칼이 작은 소리로 말했다. "부엌에 있다가 갑자기 쓰러졌대요."

"죽어간다고 안 했어요?" 내가 물었다.

"흠, 그렇긴 했는데 워낙 강인한 사람이라. 아주 천천히 죽을 줄 알았어요. 이건 예상 밖의 일이에요."

"그래서 어떻게 되는 거예요?"

"로버츠 의원이 그 자리를 제안받았어요."

"우와, 씨, 정말요?"

"이제 정식으로 인선 과정이 시작돼요. 하지만 사전 작업은 이미 하고 있었어요. 유망해 보여요." 칼이 말했다.

나는 원하는 것에 한발 더 다가간 매디슨을 생각했다. 재스퍼도 떠올려봤는데 별 감정은 일지 않았다.

"그래, 그게 무슨 의미인 거예요? 그러니까, 애들한테요." 내가 물었다.

"어떻게 되는지 두고 봅시다."

"물론 애들도 고려하는 거겠죠? 애들한테 어떤 영향이 있을까요?"

"솔직히 말해서요, 릴리언?" 칼이 대답했다. "별 영향 없어요.

달라질 게 없어요. 그러니까 계속 애들 잘 돌봐요. 질서를 유지하는 데 필요한 일을 하면 돼요."

"애들이 일을 망치질 않길 바란다고요?" 내가 물었다.

"애들이 일을 망치지 않길 바라요." 칼이 내 말을 따라 했다.

"알았어요." 내가 말했다.

"잘 자요." 칼이 말했다. "애들아, 잘 자." 칼이 쌍둥이에게도 말했지만 아이들은 대답하지 않았다.

칼은 갔고 나는 아이들에게 돌아갔다.

"아빠가 죽는대요?" 베시가 물었다.

"뭐? 아니. 아니야." 내가 말했다.

"그래요." 베시가 미심쩍은 듯 말했다. 실망한 건가? 알 수 없었다.

"저녁 먹고 아빠가 안아준다고 했는데." 롤런드가 말했다.

"나는 안아주는 거 싫어." 베시가 말했다.

"너희들 정말 멋있다." 내가 말을 돌리며 말했다. "사진 찍어야겠다."

나는 카메라를 찾아냈다. 아이들 삶을 기록하라고 매디슨이 준 것이었다. 어쩌면 손님들에게 보여줄 행복한 가족 앨범을 급조하려고 사진이 필요한 것 같기도 했다. 아이들은 피곤한 듯 소파에 늘어져 있었다.

"웃을 필요 없어. 그냥 그대로 있으면 돼." 내가 말했다.

롤런드는 베시의 어깨에 머리를 기대고 있었다. 이제는 팔이 아까처럼 번들거리지 않았다. 나는 사진 한 장을 찍고 한 장 더 찍었다.

"릴리언도 같이 찍어요." 롤런드가 말했다.

"난 안 돼." 내가 말했다. "너희 둘만."

"이제 자도 돼요?" 베시가 물었다. "책 읽어줄 수 있어요?"

"그럼." 내가 말했다. "그렇고말고."

9

그후 삼 주는 세상이 평소보다 조금 빨리 돌아가고 우리 주위에
서 온갖 희한한 일들이 일어나는데 아무도 우리에게 그 까닭을 설
명해주지 않는 기분으로 지냈다. 그래도 베시와 롤런드와 같이 보
내는 나날은 별다를 게 없었다. 물론 신문 1면에서 재스퍼가 국무
장관으로 지명되었다는 소식, 대통령이 영리한 결정을 내렸다고
사람들이 평가한다는 기사를 봤다. 다들 재스퍼를 좋아하는 것 같
았다. 내가 재스퍼를 좋아하지 않아서 그런지는 모르겠지만, 사람
들이 재스퍼를 좋아하는 이유는 오직 재스퍼가 공격적이지 않고
신사적이어서, 자기가 무얼 하는지 아는 것처럼 보여서인 것 같았
다. 재스퍼에게는 잘된 일이었다. 돈이 많고 남자로 태어나기만 하
면, 어떤 정해진 단계들을 밟아나가기만 해도 원하는 것을 거의 다
얻을 수 있는 모양이었다. 버림당한 뒤 결국 세상을 등진 제인에
대해 나는 생각했고, 어떻게 신원조사 과정에서 그게 문제가 안 되

는 것으로 치부되었을까 궁금했다. 앞마당에서 활활 타올랐던 베시와 롤런드를 생각했다. 어떻게 그게 문제가 아니라고 할 수가 있지. 어쩌면 실제로 문제가 아닐 것도 같았다. 재스퍼는 괜찮은 상원의원이고 부자나 가난한 사람이나 다 만족시키는 신비한 트릭 같은 재주가 있으니.

매디슨과 티머시는 사람들 앞에 서기 위해 재스퍼와 함께 비행기를 타고 워싱턴 D.C.로 갔다. 칼은 남아 있었지만 할일이 많아서 나와 애들이 뭘 하든 거의 신경 안 쓰는 것 같았다. 우리는 농구를 하고 수영을 하고 책을 읽고 요가를 했다. 솔직히 평화로웠다. 지구의 종말이 왔는데 우리만 비껴간 것처럼. 한동안 아이들에게 모든 관심이 집중되다가, 이제 다들 각자 원하는 걸 얻고 나니 우리가 보이지 않게 된 것 같기도 했다. 아이들이 불을 안 낸 지도 꽤 오래되었다. 적어도 나에게는 긴 시간으로 느껴졌다. 내가 아무리 괴상한 인간이라도 주변이 조용하면 어쩌면 내가 그렇게까지 좆된 건 아닌 것 같다는 생각이 들기 마련이다. 왜 전에는 이게 그렇게 어려웠지? 싶으면서.

어느 날 오전에 감자에 든 녹말 성분 실험을 하는데 베시가 말했다. "저택에 누구 있어요?"

"아니." 내가 말했다. "그러니까, 일하는 사람들은 있지?"

"거기 가도 돼요?" 베시가 물었고 나는 안 될 게 뭔가 하고 생각했다. 누가 신경쓴다고? 아니 씨발 누가 우릴 막겠나?

만일의 사태에 대비해서, 드디어 받은 노멕스 내복을 아이들한테 입혔다. 뻣뻣한 흰색 재질이라 입으면 SF 영화 속 캐릭터처럼 보였는데 애들은 좋아했다. 땀이 찬다고 하긴 했지만. 저택에 갔다가 잊고 있던 기억이 떠올라 불이 붙을 수도 있으니 조심할 필요가 있었다.

우리는 저택으로 갔는데 예상대로 문이 잠겨 있었다. 뒤쪽 문을 계속 두들겼더니 메리가 방해받아서 짜증이 난 얼굴로 문을 열어주었다.

"뭐가 필요해?" 메리가 물었다.

"그냥 구경하려고요." 롤런드가 말했다.

"알았어." 메리가 말하더니 집에 역병이라도 들이는 듯, 자기는 죽든 말든 상관없다는 듯한 태도로 손짓을 하며 우리를 들여보냈다.

"고맙습니다, 미스 메리." 아이들이 인사를 하자 메리가 말했다. "둘러보고 와. 브레드푸딩 있어. 위스키소스 넣은 거."

"와!" 애들이 소리쳤다.

그런데 막상 저택 안으로 들어오고 나자 아이들 태도가 조용하고 조심스럽게 바뀌었다. 마치 유럽에 있는 오래된 대성당에 들어온 것 같았다. 이곳에 중요한 죽은 인물들이 바글거리기라도 하는 듯 아이들이 갑자기 경건해졌다.

"기억나니?" 내가 묻자 둘 다 고개를 저었다.

"너희 방은 위층에 있었을 거야." 내가 말했고 같이 계단으로 올라갔다. 아이들한테 남북전쟁 동안에 말을 다락방에 감추어놓았다는 이야기를 해주었는데 애들도 나만큼이나 그 이야기에 관심이 없었다.

복도를 따라 걸어가며 방마다 들여다보았다. 동물 인형이 가득한 티머시 방을 보고는 아이들 눈이 휘둥그레졌다. 아이들은 부비 트랩 같은 거라도 설치되었을 거라고 생각하는지 조심조심 방안으로 들어가더니 멍하니 인형 무더기를 보았다. 베시가 인형 더미 안으로 손을 쑥 집어넣어 무지개 줄무늬가 있는 얼룩말을 꺼냈다. "이거 가져갈 거야." 베시가 세금 징수하듯 말했는데 나야 뭐 반대할 이유가 없었고 그래서 롤런드도 외알 안경을 쓰고 나비넥타이를 맨 부엉이 인형을 집었다.

조금 더 돌아다니다가 아이들이 어떤 방 문간에서 멈췄다. "여기예요." 베시가 말했다. "여기가 우리 방이었어요." 베시가 어떻게 알았는지는 알 수 없었다. 지금은 러닝머신과 웨이트머신 몇 개가 있는 운동실이고 벽은 거울로 뒤덮여 있었다. "화장실 맞은편이었어요." 베시가 기억을 더듬으며 말했다. "이층침대가 있었는데 내가 위에서 잤어요."

"창문 바로 아래에 장난감 상자가 있었어." 롤런드가 말했다.

"흰색에 꽃무늬가 있는 상자였어. 그리고 우리 각자 책상이 있었어." 베시가 말했다.

"그 물건들 다 어디 갔어요?" 롤런드가 물었으나 나는 어깨를 으쓱할 수밖에 없었다.

"엄마랑 너희랑 여기에서 나갈 때 가져갔을지도 모르겠다." 내가 추측을 해보았다.

"우린 아무것도 안 가져갔어요." 베시가 말했다. "엄마가 못 가져가게 했어요."

"그럼 어디 있지?" 롤런드가 물었다.

"매디슨한테 한번 물어보자. 다시 갖고 싶어?" 내가 물었다.

"아뇨." 베시가 말했다. "그냥 아빠가 안 버리고 갖고 있었는지 가 궁금해서요."

아이들이 피곤한 듯 보이길래 아래층으로 내려가 부엌으로 가서 메리가 주는 브레드푸딩을 먹었다. 정말 술맛이 났는데 그냥 먹게 내버려두었다. 우리는 그렇게 같이 앉아 있었다. 우리 셋은 달콤한 것을 먹고 메리는 우리를 참아주면서 보고 있었다. 내 몫의 그릇을 비우고 나서 아무 생각 없이 바닥에 깔린 시럽을 손가락으로 훑었는데 롤런드가 내 손가락을 날름 핥아먹었다. "볼만하네." 메리가 드디어 입을 열었다. 메리의 말이 진심이라는 생각이, 우리들이 참 진풍경이겠단 생각이 들었다.

하루는 칼이 아침부터 찾아왔다. "애들을 의사한테 보여야 해요." 칼이 말했다. 이 말을 어떻게 할까 연습해보고는 토 달 여지가 없다는 듯이 단호하게 말하는 게 최선이라고 결론을 내렸다는 걸 알 수 있었다. 칼이 거울을 보며 이 말을 연습하는 장면을 상상해봤다.

"왜요?" 내가 물었다.

칼은 이런 반응에 대해서도 대비했다는 듯, 내가 이렇게 물을 줄 존나 잘 알고 있었다는 듯 눈을 부라렸다. "릴리언? 애들을 의사한테 데려가야 한다면 무엇 때문이겠어요?"

"애들 몸에서 불이 나서요?" 내가 물었다.

"그래요, 애들 몸에서 불이 나니까요." 칼이 대답했다.

"그런데 왜 지금요? 그걸 모르겠어서요."

"그냥 예비적 조치예요. 달라진 게 없는지 확인하려고요. 낫지는 않았더라도 나빠지지 않았는지. 알겠어요?"

"국무장관 되는 거 때문에요?"

"그래요." 칼은 지쳐 보였다. 칼이 지치면 상대하기가 좀더 편했다.

"미리 말해주지 그랬어요. 애들 몸에 젤 발라야 하는데 그러려면 시간이 걸려요."

"아뇨. 원래 상태로 가야 해요. 검사하려면."

검사라는 단어를 무섭지 않게 들리도록 말하는 방법이 있는지는 모르겠는데 설령 있다고 하더라도 칼은 모르는 게 분명했다. "칼, 그 사람 진짜 의사예요?" 내가 물었다.

"그게 좀 복잡해요." 지금 만나려는 의사가 진짜 면허가 있는 사람인지 물었을 때 듣고 싶은 대답하고는 거리가 먼 대답이었다.

하지만 칼한테 따져봐야 소용이 없다는 걸 알았다. 재스퍼가, 아니 아마도 매디슨이 지시한 일일 테니까. 반드시 해야 하는 일이었다. 적어도 오는 길에 애들이 아이스크림을 먹을 수는 있겠지.

"내가 내내 옆에 있을 거예요, 알겠죠? 우리 둘 다요." 내가 말했다.

"그럼요." 칼이 말했다.

우리가 옷을 입고 채비를 하고 나자 칼이 녹색 혼다 시빅을 끌고 왔다. 아주 평범한 차이면서 놀라울 정도로 못생긴 차였다. 집

집마다 돌아다니며 달력을 파는 방문판매원이 몰 법한 차였다.

"누구 차예요?" 내가 물었다.

"내 거요."

"미아타를 모는 줄 알았는데요." 내가 말했다.

"두 대예요."

"이 차는 왜 갖고 있어요?"

"빨간 스포츠카를 타고 가기 적당하지 않은 데도 있어서요. 혼
다 시빅을 타고 가야 할 때도 있는 거예요. 당신은 대체 무슨 차를
몰길래 그렇게 따져요?"

"그건 중요하지 않고요. 가자, 친구들." 내가 말했다.

실내가 갓 뽑은 차처럼 깨끗했다. 하도 감탄스러워서 나는 칼을
보고 웃음을 지으며 고개를 끄덕여 만족감을 표했다.

"노래 들어도 돼요?" 롤런드가 물었다.

"안 돼." 칼이 백미러를 확인하면서 말했다. 차가 출발했다.

우리는 내슈빌 북쪽에 있는 스프링필드라는 작은 타운으로 갔
다. 국도를 따라 끝도 없이 이어진 담배밭을 지나 하얀 말뚝 울타
리를 두른 이층 주택 앞에 차를 세웠다. 앞마당 한가운데 깃대에서
테네시주 깃발이 휘날렸다.

"아니, 그냥 가정집이에요? 병원이 아니고?" 내가 말했다.

"일단 들어갑시다." 칼이 차에서 내리며 말했다. 지루함과 더위
에 지친 아이들을 차에서 내리게 하는데, 포치에 나이가 아주 많은
노인이 나타났다. 커다란 빨간색 나비넥타이에 파란색 옥스퍼드셔

츠, 카키색 면바지, 빨간 멜빵 차림이었다. 조그맣고 동그란 안경을 끼고 있었다. 팝콘 봉지에 있는 오빌 레든배커처럼 생긴 사람이었다. 괴상한 옷을 골라 갖춰 입는 데 특히 열정을 쏟는 미치광이처럼 보였다. 저 사람이 그 의사가 아니기만을 속으로 빌었다.

"내가 의사란다!" 노인이 아이들에게 손을 흔들며 말했다.

"맙소사." 내가 말하자 칼이 눈에 안 뜨이게 내 옆구리를 찔렀다.

"어서 와요, 칼." 노인이 말했다.

"안녕하세요, 캐넌 박사님." 칼이 말했다.

"자 들어가자." 캐넌 박사는 포치에서 내려오면서 아이들에게 말했다. "진찰을 해보자꾸나." 아이들은 이 사람의 모습이나 열렬한 태도에 당황하긴 했어도 겁을 먹은 것 같지는 않았다. 아이들은 의사가 있는 쪽으로 갔다.

"진료실로 가자." 우리는 의사를 따라 집 뒷마당에 있는 한 칸짜리 건물로 갔다. 의사가 잠긴 문을 열고 안으로 들어갔다. "잘 안 믿기겠지만 우리 할아버지가 쓰시던 진료실이에요." 의사가 말했다. "1896년까지. 웬만한 크기의 타운에는 믿음직한 시골 의사가 하나씩 있었죠. 여기는 아주아주 오랫동안 안 쓰고 닫아뒀었는데, 은퇴한 다음에는 종종 여기에 와서 앉아 있습니다. 여기 앉아서 생각도 하고 그러죠."

나무 마룻바닥은 회색으로 칠했고 벽은 흰색이었다. 우리가 전부 안에 들어서니 아주 비좁게 느껴졌다. 정말 오래된 것처럼 보이는 의료 장비들이 있어서 제발 오늘 저걸 쓰지는 않기를 빌었다. 검은 가죽을 씌운, 무너져내릴 듯한 목제 진찰대가 있었다. 등유

램프와 돌팔이 약 같은 오래된 유리병도 있었다. 생활사박물관이나 민속마을에서 볼 만한 것들이었다. 미친 사람이 뒷마당에 모아놓을 만한 것처럼 보이기도 했다.

"정말 멋있네요. 캐넌 박사님." 칼이 말했다.

"그러니까 은퇴한 의사이신 거예요?" 내가 물었다.

"아, 네. 오십 년 동안 진료를 했죠. 로버츠 상원의원이, 그러니까 재스퍼의 아버지가 살아 있을 때 내가 로버츠 가족 주치의였어요. 내슈빌에서, 아니 테네시주 전체에서 최고의 의사라는 평판을 들었습니다."

"그래요." 나는 뭐라고 해야 할지 몰라 그냥 이렇게 대답했다.

"저는 로버츠 가족과의 돈독한 관계를 매우 중요하게 생각합니다. 물론 그분들은 내가 입이 무거운 걸 높이 평가하고요."

무슨 성병 이야기라도 하는 것처럼 소름 끼치게 들려서 나는 그냥 "그래요"라고만 대답하면서 별일 없기만을 속으로 빌었다.

"하지만 이 아이들!" 의사가 목소리를 높이며 말했다. "정말 흥미로워요. 칼이 말했겠지만, 나는 의학만 연구하는 박사가 아닙니다."

"아무 말도 못 들었는데요." 내가 대답하며 칼을 보았는데 칼은 아직 선글라스를 끼고 있어서 표정이 안 보였다.

"나는 초자연적 현상도 연구합니다. 이것도 일종의 과학입니다. 인체 자연발화에 대해서도 상당히 많이 연구했어요."

"그래요?" 나는 거의 소리를 지를 지경이었다.

"의학과 초자연적 현상은 둘 다 중요하지만 서로 구별되는 것이기도 해요. 그래서 두 가지를 분리해서 생각하죠. 적어도 저는 그렇게 합니다. 일단 아이들을 진찰해봅시다. 한 명씩 진찰대로 올라오렴."

롤런드가 먼저 올라갔다. 의사가 체온을 쟀는데 정말 다행스럽게도 작은 검은 가방에서 현대적 도구를 꺼내 사용했다. 다음에는 혈압을 재고 롤런드의 눈과 귀와 목구멍 안을 들여다보았다. 베시에게도 똑같이 했는데 베시는 내내 나를 보면서 침착한 상태를 유지하려고 애쓰고 있었다. 의사는 다행히 아이들에게 신경쓰면서 조심스럽게 진찰했다. 여기저기 찔러보지 않고 그냥 관찰하고 기록했다.

"아주 좋아 보여요." 의사가 말했다. "아주 건강합니다. 겉모습을 보면 알 수 있지요."

"잘됐네요." 칼이 말했다.

"끝났어요?" 내가 물었다.

"음, 내가 듣기로, 재스퍼가 한 말에 따르면, 너희들 몸에서 불이 난다고, 맞니?"

아이들이 나를 쳐다보길래 나는 엄지손가락 하나를 들어 신호를 보냈고 아이들은 고개를 끄덕였다.

"정말 대단하구나. 직접 볼 수 있으면 정말 좋겠지만, 그건 안 되겠지. 그리고 너희들은 안 다친다고?"

아이들은 다시 고개를 끄덕였다.

"그게 흥미로운 게, 확실하게 인체 자연발화로 간주되는 케이스에서는 발화를 일으킨 사람이 보통 불에 타서 죽거든. 아니면 연기 때문에. 이것 아니면 저것 때문에 죽지. 그런데 이 경우는 그렇게 간단하지 않은 것 같아. 또 다른 점은, 너희들이 불이 날 걸 미리 예감할 수 있다는 것 같던데. 내 말이 맞니?"

"네." 베시가 시인했다.

"어디에서?" 의사가 물었다.

"어디요?" 베시가 어리둥절해하며 물었다.

"머리로? 배로? 가슴으로?"

베시가 롤런드를 보자 롤런드가 고개를 끄덕이며 그들끼리 말 없는 대화를 나눴다. "가슴에서 시작해서 밖으로 나가요. 팔하고 다리하고 머리 같은 데로."

"아, 그럴듯하구나. 열이 발산되는 거지. 흥미로워, 흥미로워." 의사가 뭐라고 더 기록하면서 말했다. "정말 기묘해. 내 말은, 아이들이 발화하지만 다치지 않는다는 거 말이에요. 정말 특이한 현상입니다. 하지만 우리는 과학적인 관점에서, 의학적 사실에만 주목해볼 수도 있겠죠."

"그러면 좋겠습니다." 칼이 얼른 맞장구를 쳤다.

"처음으로 든 생각은 케토시스와 관련이 있지 않을까 하는 거였습니다. 그게 뭔지 아니?" 의사가 아이들에게 물었고 아이들은 고개를 저었다. 나도 엉겁결에 고개를 저었다. 칼은 당연히도 고개를 끄덕이고 있었다. 물론 아시겠지.

"몸에서 일어나는 자연적인 신진대사 과정이야. 몸안에 에너지로 쓸 포도당이 충분하지 않으면 대신 지방을 연소하지. 마치 양초가 타는 것과 같다고 할까? 그런 상태가 좋다고 하는 사람도 있고 나쁘다고 하는 사람도 있는데 그 점에는 신경쓸 필요 없겠지. 너희들 케이스는 이런 걱정을 넘어서니까. 만약 너희들이 케토시스 상태가 되지 않게 식이요법을 한다면, 이건 가설일 뿐이긴 하지만, 몸이 내적 발화 상태에 쉽게 도달하는 걸 막을 수 있을지 몰라. 이해가 되니?"

"그런 것 같습니다, 박사님." 칼이 대답했다.

"아이스크림 먹어도 돼요?" 롤런드가 물었다.

"음, 아이스크림은 유지방이 있지만 설탕도 들었으니까 괜찮을 것 같다." 캐넌 박사가 말하며 종이 한 장을 찢어서 칼에게 건넸고 칼은 종이를 주머니에 넣었다.

"간단한 거예요." 캐넌 박사가 말했다. "의식하지 않고 이미 하고 있을 수도 있죠. 그렇다면 여기까지 온 게 아무 소용이 없다는 건데. 이렇게 엄격한 비밀 유지 원칙을 고수하면서 추가 검사도 안 한다 하니 내가 해줄 수 있는 게 별로 없어요."

"괜찮습니다. 이걸로도 감사드립니다." 칼이 말했다.

"자, 애들아." 의사가 관심을 돌리며 말했다. "의학의 범주를 벗어나서 초자연적 현상으로 바라보면, 불이라는 관념에 대해 생각해보고 어떻게 불이 인간의 몸안에 들어갈 수 있는지 생각해볼 수 있겠지."

"네?" 롤런드가 말했다.

"흠, 내가 알기로 인간의 몸안에 존재하는 유일한 불은 성령이란다."

"그게 뭐예요?" 베시가 말했다.

238

"뭐라고요?" 내가 말했다.

"성령 말이야. 하느님의 현현 모르니?" 캐넌 박사가 얼굴을 찡그리며 말했다. 〈1만 달러 피라미드〉 게임쇼 출연자가 힌트를 잔뜩 줬는데 파트너가 답을 못 맞힐 때 짓는 표정 같았다. "삼위일체 몰라?"

"아, 알겠어요." 베시가 따라가려고 애쓰면서 말했다. "그러니까 영혼 같은 거요?"

"아니야, 얘야." 캐넌 박사가 웃으며 말했다. "다른 거야."

"박사님, 이제 그만 가봐야ㅡ" 칼이 말했다.

"그러니까 성령은," 캐넌 박사가 칼의 말을 끊고 아이들을 보면서 말을 이었다. "너희들 마음속에 살고 있지. 그러니까 너희들이 불이 밖으로 드러나는 순간을 경험한다면 음, 그것에는 여러 의미가 있을 수 있어. 어쩌면 너희가 신이 선택한 예언자일 수도 있고ㅡ"

"이제 정말 가봐야겠습니다." 칼이 말했다.

"예언자요?" 롤런드는 그 단어를 입에 올려보았는데 어감이 마음에 드는 모양이었다.

"너희가 우리의 구세주이신 예수그리스도 재림의 사절일 수도 있다는 거지." 의사가 설명을 덧붙였다.

"칼?" 내가 재촉했다.

"아니면, 이건 정반대의 의견인데, 무수한 악을 행사하는 악마가 네 안에서 성령과 싸우고 있을 수도 있어. 그렇다면 너희들, 베시와 롤런드는 악령인 셈이지. 아니면 악령이 들려 있는 것일 수도 있고. 어느 쪽이든 너희 안에 악이 있고 그걸 정화할 필요가 있어."

"됐어요. 말도 안 돼요." 내가 말하고는 아이들에게 손을 뻗어 진찰대에서 끌어내렸다.

"난 더 듣고 싶은데." 롤런드가 말했다.

"감사합니다. 캐넌 박사님." 칼이 얼른 말하며 진찰실 문을 열고 아이들을 밖으로 끌고 갔다. "케토시스요. 좋습니다. 필요한 걸 얻었습니다."

"재스퍼에게 안부 전해줘요." 의사가 손을 흔들며 말했다. "재스퍼는 아주 훌륭한 환자였지. 언제 아팠던가 잘 기억도 안 나네요."

우리는 서둘러 아이들을 차에 태웠고 칼이 얼른 차를 출발시켰다. 나는 칼을 빤히 쳐다봤지만 선글라스 때문에 표정이 잘 보이지 않았다. "라디오 들을래?" 칼이 말하더니 대답을 기다리지 않고 라디오를 켰고 그래서 롤런드가 환호성을 질렀다.

"실수였어요." 칼이 낮은 목소리로 나에게 시인했다. "내가 알기로 로버츠 의원이 캐넌 박사를 만난 건 꽤 오래전 일이에요. 박사의, 어, 상태가 어떤지 정확히 몰랐나봐요."

나는 아무 말 없이 빤히 칼을 보고만 있었다.

"테네시 전체에서 손꼽히는 명망 있는 의사였어요. 주지사도 컨트리 가수도 전부 찾던 의사예요. 논문도 수없이 발표했고요."

"환상적이네요." 내가 대답했다.

"나는 로버츠 부처가 시킨 일을 하는 것뿐이에요." 칼은 아이들이 듣고 있지 않은지 확인하려고 뒤쪽을 흘긋 보면서 말했다. "그리고 솔직히 진짜 의사들, 제인이 죽은 다음에 애들을 진찰한 전문가들도 별 뾰족한 얘기가 없었어요. 한 명은 케토시스 이야기를 했던 것 같아요. 그러니까 해될 건 없죠."

"이제 애들이 자기가 악령일지 모른다고 생각하잖아요." 내가 말했다.

"글쎄, 애들이 얼마나 많이 알아들었는지는 모르죠." 칼이 얼른 뒤쪽을 돌아보며 말했다. "더블스쿱 선디 먹을까?"

나는 끙 하는 소리를 내며 라디오를 끄고 아이들을 돌아보았다. 아이들은 지루한 얼굴이었지만 이리저리 머리를 굴리고 있는 게 보였다. "얘들아." 내가 입을 열었다. "너희 악령 아냐. 알았지? 씨발 개소리야. 저 사람 미친 인간이야."

"근데 우리가 예언자일 수도 있잖아요." 롤런드가 말했다.

"아냐." 내 목소리가 높아졌다. "너희는 그냥 보통 애들이야, 알았어? 불이 나지만, 그래도 보통 애들이야."

"알았어요." 베시가 대답했다. "그 말 믿을게요."

"그래." 내가 말했다. 한동안 우리는 조용히 갔는데 그러다 갑자기 롤런드가 킥킥 웃기 시작했다. 나는 몸을 돌려 아이들을 보았다. 베시의 얼굴은 괴로워 보이면서 동시에 안도한 표정이었다. 베시가 나를 쳐다보더니 롤런드처럼 웃기 시작했다. "우리는 악령이 아네요." 베시가 말했고 나는 고개를 세게 끄덕였다. 그때 나는 이 애들이 내 애들이라는 것, 아이들이 나를 믿었기 때문에 내가 애들을 지켰다는 걸 알았다. 지금, 이 차 안에서, 애들이 나를 믿어주었다. 애들은 악령이 아니었다.

그날 밤 애들한테 짓눌려 자고 있는데 머리 위에서 매디슨이 속삭이는 소리가 들렸다. "릴." 매디슨 목소리를 듣고도 그게 꿈인 줄 알았다. 솔직히 매디슨 꿈을 꽤 많이 꾸기 때문이었다.

"어?" 내가 대꾸했다.

"나 돌아왔어." 매디슨이 계속 속삭이는 소리로 말했다. "티머시하고 같이, 막 왔어. 나와봐. 좀 보자. 얘기도 하고."

꿈이 아니라는 걸 알고 서서히 깨어났다. 매디슨을 쳐다보았다. 복도 화장실 쪽에서 들어오는 불빛에 매디슨의 실루엣만 보이고 얼굴은 안 보였다.

"애들이 깰 텐데." 내가 말했다.

"안 깰 거야." 매디슨이 말했다. "그냥 나와." 취한 것처럼 목소리가 좀 걸걸하게 들렸다.

"베시?" 내가 속삭이자 베시는 내 몸에서 내려갔다가 다시 몸을 돌리며 눈을 떴다.

"왜요? 무슨 일 있어요?" 베시가 물었다.

"매디슨이 왔어." 내가 매디슨을 가리켰고 매디슨이 손을 흔들었다.

"뭐가 필요한데요?" 베시가 물었다.

"릴리언." 매디슨이 말했다. "잠깐이면 돼."

"금방 올게. 자고 있어." 내가 말했다.

"알았어요. 그럴게요." 베시가 말했다.

나는 침대에서 빠져나와 매디슨을 따라 까치발로 방에서 나갔다. 롤런드는 큰 소리로 코를 골았다. 나는 나가면서 트레이닝 바지와 신발을 집었다.

"밖으로 나와. 마가리타 만들었어. 축하하려고." 매디슨이 말했다.

"뭘 축하해?" 나는 옹졸하게도 아무것도 모르는 척 물었다. 우리는 이 좋은 소식의 반경 밖에서 전혀 다른 세상에 속한 사람들처럼 지내고 있었기 때문이다.

"재스퍼 말이야!" 매디슨이 말했다. "재스퍼 소식인 거 알잖아." 우리는 집으로 올라가는 계단 위에 앉았고 거기에 그 빌어먹을 피처와 쟁반이 또 있었다. 피처에 담긴 음료를 보면 어쩐지 〈스텝퍼드 와이브즈〉에 나오는 로봇처럼 순종적인 여자들 생각이 났다. 그렇다고 스텝퍼드 와이프가 안 되려면 어떻게 해야 하나, 거대한 펀치 볼에 머리를 박고 음료를 들이켜나? 나도 내가 뭘 원하는지 알 수 없었다. 그저 매디슨이 조금 더 나와 비슷하기를, 이런 부유함 속에서 살려면 되어야 하는 그런 사람하고는 좀 덜 비슷하기를 바랐다. 그럼에도 어쨌든 나는 여기에 있었다. 그들의 집에서, 내 계좌에 엄청난 돈이 쌓이는 동안, 여기 사유지에서 돌아다니며 한푼도 안 쓰고 지냈다. 원래 내 삶이라는 게 주로 다른 사람을 미워하고 그들보다 더 잘살지 못하는 나 자신도 미워하면서 보내는 거였지만.

매디슨이 술을 따랐는데 아주 좋았다. 차갑고 독했다.

"그게 됐어. 그게 되다니 씨발 존나 안 믿겨." 매디슨이 말했다.

"신원조사 다 끝난 거야? 난, 나한테 찾아오지 않을까 생각했는데."

"아니지. 내가 접근 못하게 막았어. 부끄러운 일이라고 여기게 만들었지. 문제가 되리라고 생각했던 것, 그러니까 제인이 자살하고 애들이 버려진 게 오히려 그 사람들이 접근하지 못하게 막는 방패막이 됐어. 안 그랬으면 시체 먹는 귀신처럼 달려들었을 거야."

"그랬겠지." 나는 계속 마시기만 했다.

"그 사람들이 확실히 하고 싶었던 건 재스퍼가 제인을 죽이거나 그런 게 아니란 거였겠지. 애들이나 화재에 대해서도 간접적으로 들은 건 있는데 너무 말이 안 되는 이야기라 그냥 보류해뒀나봐."

"아, 잘됐다." 돈이 많으면 원하는 걸 계속 얻어나가기가 참 쉽다. 그걸 유지하는 데에도 힘이 점점 덜 들게 되고.

"그 사람들의 일차 관심사는 재스퍼가 부정을 저지르지 않았나 하는 거였어. 뭔가 수상쩍은 금전 관계가 있다던가. 건드리면 안 될 사람을 건드렸다든가. 어쨌든 생각보다 훨씬 쉽게 끝났어."

"눈 깜짝할 사이에 그렇게 됐네." 내가 말했다.

"전 장관이 죽었으니까!" 매디슨이 신나는 듯 말했다. "이렇게 될 줄 누가 알았겠어? 한없이 질질 끌 줄 알았지. 오래 걸릴수록 끼어들려는 사람은 더 많아질 테고. 하지만 재스퍼는 굳건했지. 정말 잘해냈어."

"이제 어떻게 되는 거야?" 내가 물었다.

"어, 인준청문회가 있을 거야. 거의 형식적이야. 어쨌든 재스퍼한테 어떻게 어떻게 하라고 코치를 해놨어. 그냥 아무것도 모르는 것처럼 보이게 애매한 태도로 일관하기만 하면 된다고. 그냥 제기된 문제에 관심을 갖고 계속 알아봐서 최선의 방법을 찾기를 기대한다는 말만 되풀이할 거야. 거의 다 된 일이라고 할 수 있지."

"어, 그래." 내가 말했다. "그다음에는?"

"다음은 재스퍼가 국무장관이 되는 거지." 매디슨이 말했다.

"난 그게 뭔지도 몰라." 내가 시인했다.

"외교 업무. 중요한 일들. 그러니까, 대통령 바로 옆에서 보좌하는 일이야. 대통령 승계 서열로 네번째야."

"아, 와. 그건 몰랐어."

"나한테도 엄청난 일이야. 이제 내가 하고 싶은 일을 나서서 할 수 있을 만큼 중요한 위치가 돼. 당에서 벌써 나를 어떻게 내세워서 활용할지 의논하고 있어."

"와, 멋지다." 이런 말만 하고 있으니 내가 세상 최고의 얼뜨기가 된 기분이었다. 키스가 어떤 느낌인지, 남자애들이 뭘 좋아하는지 다 아는 척하는 얼뜨기 같았다.

"당연하지만 D.C.로 이사가야 해." 매디슨이 말했다.

"정말?" 내가 물었다.

"그럼. 벌써 사람들이 우리가 살 집을 알아보고 있어."

"애들은 어떻게 하고? 애들이 괜찮을까?"

"티머시는 어디서든 잘 적응해." 매디슨은 나를 쳐다보지도 않고 말했다. 머릿속으로는 벌써 사 년, 팔 년 뒤를 내다보며 달리는 것 같았다. "D.C.에 있는 학교가 여기보다 백배 더 좋기도 하고."

"롤런드하고 베시는?" 내가 물었다.

"그게—" 매디슨이 말했다. "나도 잘 모르겠어. 정말 모르겠어."

"뭘 모르겠는데?"

"도시에 적응할 수 있을지 모르겠어. 훨씬 사람도 많고, 스트레스도 많고."

"이제 애들은 영 재스퍼를 볼 일이 없겠구나, 그렇지?" 당연히 그렇겠지, 왜 난 그걸 진작 생각 못했을까.

"자주는 못 보겠지." 매디슨이 인정했다. "어쩌면 그게 최선일지 누가 아니? 재스퍼는 이론적으로나 좋은 아버지야. 행동이든 말이든 거리를 두고 볼 때만 괜찮아 보이는. 어쨌든 애들은 재스퍼가 제공해줄 수 있는 건 누릴 거야. 정말 중요한 건 그거니까."

"그래, 네가 애들 돌볼 거야?" 내가 물었다.

"나는 티머시 하나도 벅차." 릴리언이 말했다. "너무 큰 책임이야."

"그럼 내가 애들하고 같이 있길 바라는 거야?" 이렇게 묻는데 가슴이 마구 뛰었다. 질문의 답이 무엇이길 바라는지 나도 몰랐기 때문이다.

"아니." 매디슨이 명랑 쾌활하게 말했다. "넌 애들을 위해 정말 많은 걸 해줬어. 우리한테 정말 큰일을 했지. 너한테 그런 부탁을 할 수는 없어."

"어, 그래." 내가 대답했다. "그럼 어떻게 해? 애들한테 뭐냐, 진짜 가정교사를 구해주려고?"

"사실 별로 생각해볼 시간이 없었어. 지금 엄청난 일이 너무 많아서. 하지만 기숙학교가 애들한테는 괜찮을 것 같아."

"쟤들 열 살밖에 안 됐어."

"유럽에서는 여덟 살부터 기숙학교에 가. 쟤들한테도 정말 좋을 거야. 제인하고 내내 집에만 갇혀 있다가 외국으로 나가서 넓은 세계를 접하면."

"아주 안 좋은 생각 같아." 내가 반대했다. "그러니까, 만약 애들이 불이 나면 어떻게 해? 애들을 멀리 보내면 증상이 더 심해지지 않겠어?"

"솔직히 말해서 D.C.에서 불을 내는 것보다는 유럽에서 불을 내는 편이 나아." 매디슨이 말했다. "눈에 덜 보이고, 확인하기도 어렵고."

"힘든 일 겪은 지 얼마 되지도 않은 애들인데." 내가 말했다.

"우리도 아이언마운틴에 다녔잖아. 그렇게 나쁘지 않았잖아?" 내가 대답하기 전에 매디슨의 낯빛이 달라지더니 말을 더듬었다. "그러니까, 내 말은, 학교는 좋은 학교 아니냐고."

"애들을 어디 먼 데로 보내버리겠다고? 정말 좆같다, 매디슨." 내가 말했다.

"아니면 어떻게 하라고?"

"네가 돌보면 되잖아!" 내가 말했다.

"그래, 릴리언." 매디슨이 깊이 숨을 들이마시며 말했다. "도움이 필요할 때 도와준 것에 대해서는 고맙게 생각해. 하지만 사실 네가 쟤들을 본 게 며칠이나 되니? 너는 아주 쉬운 것처럼 생각하지. 하지만 너는 나나 재스퍼처럼 다른 할일도 스트레스도 없잖아. 애들만 보면 되니까 애들한테만 집중할 수 있지. 하지만 우리는 장기적으로 앞일을 계획해야 한다고."

"옳은 일이 아냐." 내가 말했다.

"넌 가끔 그럴 때가 있어, 릴리언." 매디슨이 입을 열었고 나는 머리를 후려치는 일격이 오리란 걸 직감했다. 뼈아픈 말이 나올 거란 걸 알았다. "너는 이 모든 것에서 초연한 것처럼, 이 세상이 너한테 빚진 것처럼 굴 때가 있다고. 네가 어렵게 산다는 이유로. 그리고 너 사람들한테 터무니없는 편견이 있어. 네가 재스퍼 싫어하는 거 알아. 재스퍼를 나쁜 사람이라고 생각하는 거. 하지만 기회도 제대로 안 줬잖아. 그냥 재스퍼가 부자라서, 그 이유 때문에 불쾌해하고 재스퍼가 나쁜 놈이라고 생각하는 거지. 넌 제대로 노력도 안 해봤으면서. 나쁜 일이 일어나게 됐고, 학교에서 쫓겨났고, 세상에서 가장 불행한 일을 겪은 것처럼 그 자리에서 주저앉았으면서."

매디슨이 과거에 있었던 일을 제대로 기억이나 하는지 알 수가 없었다. 그동안 내내 왜 매디슨이 단 한 번도 내가 자기 대신 추락한 것에 대해 고맙단 말을 안 할까 궁금했지만 그냥 그 말을 하기가 너무 부끄러워서 그런가보다고 생각했다. 그런데 지금 보니 매디슨은 아예 기억을 못하는 것 같았다. 매디슨이 아는 과거에서는 내가 코카인을 갖고 있다가 걸려서 퇴학당한 걸로 되어 있는 모양이었다. 그럼에도 나와 친구로 남은 것은 오직 본인이 좋은 사람이어서이고. 나는 좆될 수밖에 없는 인간이라 좆된 거고.

"너희 아버지가 내가 너 대신 아이언마운틴에서 쫓겨나는 조건으로 우리 엄마한테 돈 줬잖아." 내가 말했다.

"그래." 매디슨이 내 비위를 맞춰준다는 듯이, 내가 그러고 싶다면 음모론을 계속 믿게 해주겠다는 듯이 말했다.

"그리고 네가 그렇게 하도록 했어. 너희 아버지가 그렇게 하도록 내버려뒀다고. 너는 쫓겨나고 싶지 않았으니까. 나는 거기에 어울리는 사람이 아니니까 나야 쫓겨나든 말든 상관없다고 생각했겠지."

"너무한다. 난 네 친구였잖아. 너한테 마음을 썼다고. 그런데 너는 내가 어떤 일을 겪을지 어떤 일이 닥친 건지 생각도 안 했지. 그리고 릴리언, 네가 아이언마운틴을 졸업했다 하더라도 뭘 했겠니? 나 같은 삶을 살 수 있었겠어? 그게 가능할 거라고 생각해?"

"나 네 삶 원하지 않아." 내가 말했다. "네 삶 좆같아 보여. 불쌍해 보인다고."

매디슨이 벌떡 일어났고 나는 우리가 한바탕 붙을 줄 알았다. 주먹을 꽉 쥐었다. 얼굴은 이미 엉망이니 또 어떻게 되든 상관없었다. 그런데 매디슨은 다른 쪽으로 갔다. 뛰기 시작했다. 매디슨이 농구 코트로 가서 조명을 켰고 코트 전체가 환하게 밝아졌다. 매디슨은 드리블을 하고 골 밑으로 파고들어 레이업을 했다. 자유투 라인에서 시작해 턴어라운드점프슛을 넣었다. 그 소리, 공이 코트에 튕기는 소리, 그물이 출렁이는 모습에 가슴이 확 열렸고, 내 안에 아무 감정도 남지 않은 것 같은 기분이 들었다. 매디슨을 죽이고 싶지도 않았다. 그 짧은 순간에 모두 죽어버렸으면 했던 마음에서 놓여나서 다행이었다. 나는 코트로 걸어갔다.

한참 동안 매디슨이 슛을 하는 것을 보고만 있었다. 매디슨은 나를 무시하고 계속 슛만 넣었다. 내 생각을 하는지 어쩌는지 몰라도 겉으로는 드러나지 않았다. 던지는 공마다 쉽게 들어갔다.

"넌 정말로 나의 가장 좋은 친구야." 매디슨이 드디어 입을 열고 나에게 등을 돌린 채로 말했다. "그래, 웃기는 말인 거 알아. 고등학교 1학년 때 이후로 한 번도 안 만났으니까. 그래도 사실이야. 그 짧은 기간 동안 너는 내 가장 좋은 친구였고 그뒤에도 너 같은 애는 만난 적 없어. 하지만 우리 아빠가 한 행동이, 어쩌면 내 행동이 너무 부끄러워서 네가 내 친구라는 생각을 거기 그 기숙사 방에 묻어놓은 것 같아. 너한테 편지를 쓰고 날 생각해주는 사람한테 내 이야기를 하는 건 좋았어. 그리고 네 소식을 듣고 네가 아직 내 생각을 한다는 걸 알아서 좋았고. 내가 너한테 더 좋은 친구였으면 좋았겠지. 내가 옳은 행동을 하고 책임을 졌더라면 좋았을 거라고 생각해. 솔직히 그렇게 했더라도 난 지금 여기에 있을 거야. 어떤 것도 날 막을 수는 없으니까. 만약 그랬다면, 그래, 네 삶은 조금 더 나아졌겠지."

"나 널 사랑했어." 내가 말했다.

"알아." 매디슨이 슛을 했는데 림을 맞고 튕겨나갔고 그것 때문에 나에게 아주 작은 희망이 생겼다.

"그때는 널 사랑하기가 정말 쉬웠어. 또 널 사랑하면 다른 사람을 사랑할 필요가 없어서 좋았어. 그뒤로도 늘 널 좀 사랑했던 것 같아. 지금도 그렇고."

매디슨이 고개를 끄덕이고는 나를 쳐다보았다. 매디슨은 너무나 아름다웠고 나는 우리 기숙사 방에서 매디슨이 나를 보고 나의 기이함을 있는 그대로 받아들였던 때를 떠올렸다. 매디슨은 그런 건 전혀 상관없다는 듯 나를 붙들었다. 나에게 다정했다. 단 몇 달

동안이었지만, 그 이상 오래 나를 그렇게 대한 사람은 아무도 없었다.

매디슨이 무슨 말을 하길 기다렸는데 매디슨은 그냥 나를 보면서 내 안을 들여다보고 있었다. 나는 매디슨의 눈에서 무엇을 보기를 기대했던 걸까? 매디슨은 자기가 어쩌겠냐는 듯이 어깨를 으쓱했다. 매디슨이 미안해하는 걸 알았다. 그래서 가슴이 아팠다. 그렇지만 지금까지 많은 나날을 이 순간을 예상하며 살았으니 극복할 수 있으리란 것도 알았다.

매디슨이 더는 아무 말도 안 할 것 같았는데 갑자기 말소리가 들렸다. 나한테라기보다는 듣지 못하는 어둠을 향해, 우주를 향해 하는 말 같았다. "알아, 릴. 알아. 알아. 안다고. 하지만 뭐? 내가 어떻게 할 거라고 생각했어? 내가 어떤 삶을 살 수 있었겠어? 우리가? 나도 그 생각 해, 알아? 네 생각 한다고. 그렇지만 달라질 수는 없어. 그게 뭔가 다른 게 되는 순간 어떻게 되겠어? 우린 불행해질 거야."

"난 아냐." 나는 매디슨을 똑바로 보면서 말했다. "난 불행해지지 않을 거야."

"넌 몰라." 매디슨이 말했다.

"그냥 그렇다고 말하면 안 돼?" 내가 물었다. 매디슨이 그걸 인정하는 걸 듣는다면, 매디슨 목소리로 그 말을 하는 걸 듣는다면, 기억하고 머릿속으로 돌려볼 수 있을 것이다. 어쩌면 그것만으로 충분할 것 같았다.

"못해." 매디슨이 말했다. "릴리언, 난 못해."

그걸로 끝이었다. 내가 뭘 더 어떻게 하겠나?

"애들 보내지 마." 내가 말했다.

"그애들을 원하는 거야? 그래서 그래?" 매디슨이 물었다. "그러면 네가 행복해질 거 같아?"

"그냥 누군가가 걔들을 돌봐줬으면 좋겠어."

"그게 왜 나여야 하는데? 왜 재스퍼여야 하는데?" 매디슨이 물었다.

"너희가 걔네 부모니까." 내가 말했고 그때 매디슨 말이 함정 질문이었다는 생각이 들었다.

"난 아빠 싫어해. 아빠하고 같이 안 살게 돼서 기뻤어. 너희 엄마는 어떻고, 릴리언."

내가 뭐라고 말하든 아무것도 달라지지 않을 거였다.

"올여름이 끝날 때까지는 네가 애들하고 같이 있어주면 좋겠어. 여기에서. 여름이 끝나면 애들은 외국으로 갈 거야. 당연히 재스퍼는 애들을 볼 거고. 휴가나 명절 때마다. 애들 이름으로 신탁자금을 만들 거야. 걔들도 가족의 일원이니까."

나는 눈물을 줄줄 흘리고 있었는데 언제부터 눈물이 흐르기 시작했는지, 무엇 때문인지 몰랐다. 아무 말도 할 수가 없었다.

"미안해, 릴리언." 매디슨이 말했지만 무엇 때문에 미안한지 알 수 없었다. 매디슨은 다시 슛을 던졌고 공은 쉽게 림을 통과한 다음 바닥에 튕겨 매디슨의 품으로 돌아왔다.

집에 와보니 베시와 롤런드가 자고 있어서 나도 침대로 들어갔다. 최대한 살살 움직였지만 베시가 깼다. "왜 울어요?" 베시의 목소리는 부드럽고 나른했다.

"아무것도 아냐." 내가 말했다.

"무슨 일 있었어요?" 베시가 물었다.

"아니." 내가 말했다.

"우리한테 화났어요?"

"아니. 절대 아냐."

롤런드가 몸을 돌려 우리 쪽으로 손을 뻗더니 몸을 반쯤 일으키며 물었다. "아침이에요?"

"릴리언이 슬퍼." 베시가 말했다.

"왜요?" 롤런드가 물었다. 나는 혜성처럼 하늘 저편으로 날아가버리고 싶었다. 다 큰 어른인 내가 내 자식도 아닌 불타는 아이들에 둘러싸여 울고 있다니. 이 꼴을 보면 누구라도 고개를 절레절레 흔들 것이다.

"사는 게 힘들다. 그냥 그래서. 자자, 친구들. 어서. 자."

나는 침대에 가라앉듯 누웠고 아이들도 내 옆에 자리잡았다. 나는 눈을 감았지만 베시가 아직 나를 보면서 내 속에 뭐가 있는지 들여다보고 싶어하는 걸 느꼈다. 나는 다른 사람을 잘 돌보는 비결 하나를 그 순간에 깨달았다. 다른 사람을 잘 돌보려면 내 삶이 이것과 다른 모습이기를 간절히 바란다는 사실을 겉으로 드러내지 말아야 했다.

"릴리언?" 롤런드가 다시 곯아떨어지자 베시가 불렀다.

"왜?" 내가 물었다.

"우리랑 계속 같이 살면 좋겠어요." 베시가 말했다.

"나도 그래." 내가 말했다.

"하지만 떠나겠죠." 베시의 말이, 제기랄, 나를 찢어놓고 말았다. 죽고 싶은 심정이었다.

"아직은 아냐." 내 말이 너무 등신같이 들려서 나 자신이 싫었다.

"하고 싶은 얘기가 있어요." 베시가 말했다.

"아침에 얘기하자." 내가 말했다.

"아니, 지금요. 그 불 말이에요."

"네 안에 있는 거?" 내가 물었다.

"네. 그게 그냥 나오잖아요. 그냥 저절로 그렇게 돼요."

"알아."

"그런데 그냥 나오는 게 아닐 때도 있어요." 베시가 말했다. 베시에게 아주 중요한 일이라는 게 느껴져 그냥 말하도록 내버려두었다. "가끔은 그게 나오게 만들 수 있어요."

"괜찮아. 네 잘못이 아냐." 내가 말했다.

"봐요." 베시가 말하더니 침대에서 내려갔다. 소매를 걷었다. "보통은 화가 났을 때 그렇게 돼요. 아니면 무서울 때. 아니면 무슨 일이 일어나는지 모를 때. 누가 날 아프게 할 때. 그럴 때는 내가 멈출 수가 없어서 무섭기도 해요. 하지만 가끔은 내가 그걸 정말 열심히 생각하고 딱 어떻게 몸의 각을 잡고 원하면 나와요."

"침대로 도로 와, 베시." 내가 말했다.

"봐요." 베시가 말하더니 소원을 빌 때처럼 눈을 감았다. 방안이 캄캄해서 베시의 몸은 보이지 않았지만 열기가, 온도 변화가 느껴졌다. 열기가 파도처럼 움직였다. 그러다가 완전한 정적, 완벽한 침묵 속에서 십오 초 정도가 흐른 뒤에, 베시의 팔 위에 작은 파란 불꽃이 솟았다. 나는 불을 끄고 싶었지만, 손을 뻗고 싶었지만, 움직일 수가 없었다. 불꽃이 베시의 팔에서 위아래로 움직였는데 그 밖으로 번지지는 않았고 그 이상 솟구치지도 않았다. 불에서 나온 빛 때문에 베시의 얼굴이 빛났다. 베시는 웃고 있었다. 나를 보면서 웃고 있었다.

그때, 천천히, 빛이 베시의 손으로 구르듯 내려갔고 베시가 손에 까물거리는 불꽃을 들고 있었다. 두 손을 컵처럼 오므리고 그 안에 불꽃을 담고 있었다. 마치 사랑이 저런 모습이 아닐까 싶은 모습이었다. 보일 듯 말 듯, 너무나 꺼지기 쉬운 상태로.

"보이죠?" 베시가 물었고 나는 보인다고 말했다.

그때 그게 사라졌다. 베시는 기계처럼 고르게 숨을 쉬고 있었다.

"이게 없어지지 않았으면 좋겠어요." 베시가 말했다. "이게 다시 안 돌아오면 어떻게 할지 모르겠어요."

"그럴 것 같아." 나는 그 말을 정말로 이해할 수 있었다.

"이게 없으면 어떻게 우릴 지키겠어요?" 베시가 물었다.

"모르겠다." 내가 말했다. 사람은 어떻게 자신을 지키지? 어떻게 세상이 나를 망치지 못하게 하지? 나도 알고 싶었다. 나도 정말 알고 싶었다.

10

의회 방송에 나온 재스퍼가 미소를 지으며 주의깊게 귀를 기울
이고 고개를 끄덕였다. 마치 이 세상에서 일어난 일 전부를 안다는
듯이 고개를 너무 많이 끄덕이고 있었다. 화면에는 상임위원회 소
속인 다른 상원의원들도 비쳤는데 전부 다 똑같이 생겨서 무슨 장
난을 하는 것 같았다. 텔레비전 소리를 안 나게 해놓아 무슨 일이
진행되는지는 잘 몰랐지만 상상하기 어렵지는 않았다. 다음에 어
떤 일이 일어날지도 빤했다. 사실 지금 텔레비전에 나오는 것은 이
미 끝난 인준청문회를 재방송하는 것이었다. 오늘로 예정된 공식
상원 표결 결과가 나오기 전까지 방송사에서 시간을 때우려고 내
보내는 화면이었다.

아이들은 소파에서 책을 읽고 있었다. 풀에서 놀고 난 다음이라
아이들한테서 락스 냄새가 났는데 내가 좋아하는 냄새였다. 나는
집안에서 돌아다니며 머리를 빗고 얼굴에 로션을 바르고 발톱을

깎는 등 나름 단장을 했지만 매번 다시 거울을 보면 달라진 게 하나도 없는 듯 보였다.

커피 테이블 위에는 이전 국무장관 이름을 모두 적은 인덱스카드가 있었다. 작은 카드 예순 장 정도가 테이블 위에 흩어져 있었다. 아이들한테 그 이름들을 일부라도 외워보라고 했다. 매디슨이 애들이 국무장관이라는 직책에 대해 좀 알면 좋을 것 같다고 했기 때문이다. 애들이 아빠와 대화할 때를 대비해 대홧거리를 미리 준비해야 한다는 건지 뭔지. 아무튼 우리는 전직 국무장관들을 공부했다. 들어본 적도 없는 이름이 대부분이었다. 나중에 대통령이 된 국무장관이 여섯 명 있다는 사실이 흥미로웠다. 매디슨과 재스퍼가 그 점에 대해 생각을 많이 한다는 걸 알았다. 하지만 나는 대선에 나왔다가 실패한 사람 세 명이 더 흥미로웠다. 베시와 롤런드에게 이 사람들 이름을 가장 먼저 외우게 시켰다.

매디슨은 롤런드와 베시가 집에 남아 있는 게 낫다고, 일정이 미친듯 바쁜데다 정신없이 이리저리 왔다갔다해야 하니 애들한테는 너무 힘들 거라고 했다. 매디슨 말이 맞았다. 내 말은, 애들이 미워하는 아버지를 지원하러 미국 최대의 도시 가운데 하나에 갈 필요는 없을 듯싶었다. 하지만 나는 스미스소니언박물관을 생각했다. 늘 보고 싶었지만 아마 평생 못 가볼 곳. 워싱턴기념탑. 링컨기념관. 아 그리고 제기랄, 그 영원한 불꽃이 타오르고 있는 무명용사의 무덤도 떠올랐다. 그런 것들을 보여주고 싶었다. 매디슨한테 애들을 위해 준비한 물품을 보여주기까지 했다. 방화 젤, 노멕스 긴팔 내복까지. 가톨릭학교에서 입을 법한, 온몸을 덮는 옷이었다.

"위험성이 너무 커서 그래." 매디슨이 말했다. 그날 밤에 우리 둘 사이에 있었던 일에 대해서는 말하지 않았다. 한 마디도. 그렇다고 아무 일도 없었던 것처럼 행동하지는 않았다. 그랬다면 정말 거지같았을 것이다. 다만 그 이야기를 해보아야 계속 똑같은 결과, 똑같은 고통이 있을 테니 뭐하러 그러느냐는 태도였다.

"그래도 애들이 과정을 전부 봤으면 좋겠어." 매디슨이 말했다. "신문도 보고. 애들이 아버지가 어떤 사람인지 알았으면 좋겠다고. 아버지가 얼마나 중요한 인물인지 알면 도움이 될 것 같아."

"애들도 아버지가 중요하다는 거 알아, 매디슨." 내가 말했다. "자기들을 중요한 존재로 생각 안 하는 게 문제지."

"흠, 그러면 다르게 생각하게 만들어."

"내가 지금껏 내내 한 일이 그거야. 아냐?" 슬슬 화가 솟았다.

"싸우지 말자." 매디슨이 말하며 내 팔을 잡았다. 내 살 위에 자기 살을 맞대는 고도로 계산된 동작이었다. 나는 매디슨의 손이 거기 얹혀 있게 그대로 두었다. 팔 위에 내려앉아 딱 미묘하게 날개를 파닥이는 나비처럼.

"미안." 내가 말했다. "그래. 네 말이 맞아. 알았어."

"세상 돌아가는 게 그래." 매디슨의 말은 자기 세상이 돌아가는 방식이 그렇다는 말이었다. 나도 잘 아는 사실이고. "악하고 미친 것처럼 혼란스럽게 돌아가지. 그래도 그걸 헤쳐나가고 거기서 다치지 않으면 아주 고요하고 완벽한 때가 찾아와. 언제나 널 기다리고 있던 게."

"알았어." 더 듣고 싶지 않아 이렇게 대꾸했다.

"애들한테 그렇게 말해." 매디슨이 내 팔에서 손을 떼면서 말했다. "애들이 이해할 수 있게 말해."

점심을 먹고 난 다음에 투표를 했고 결과는 예상대로였다. 재스퍼 로버츠, 베시와 롤런드의 아빠가 미국의 새 국무장관이 되었다. 나는 그때야 텔레비전 볼륨을 켰는데 계속 같은 말이 반복해서 나왔고 중요한 이야기는 하나도 없었다.

"너희 아버지가 되셨다." 내가 말했다.

"어, 네." 롤런드가 말했다.

베시가 말했다. "뭐가 생각났어요." 베시는 테이블 위에 흩어진 인덱스카드를 뒤지더니 엘리후 B. 워시번이라는 이름을 찾아냈다. 카드를 뒤집어서 흥미로운 사실 한두 가지를 적어놓은 면을 펼쳤다. 베시가 그걸 나에게 내밀었다.

"이 사람은 십일 일밖에 안 했어요." 베시가 말했다. "어쩌면 아빠도 그렇게 될지도요."

"그럴지도." 내가 말했다.

그때, 국회의사당 계단 위에 연단이 있고 그 아래 사람들이 모여 있는 화면이 나왔다. 나는 아이들과 같이 소파에 앉았다. 화면에서 매디슨을 찾아보았다. 무얼 입었는지 보고 싶었다. 그때 박수 소리가 났고, 세 사람, 재스퍼, 매디슨, 티머시가 같이 연단으로 올라가는 모습이 화면에 비쳤다. 뒤쪽에 칼이 진지하고 심각하게 서 있었다. 매디슨은 티머시를 안아 골반에 얹고 있었다. 티머시는 깃에 성조기 핀이 달린 스포츠재킷 같은 걸 입었다. 매디슨은 몸에 붙는 적갈색 드레스를 입고 재클린 케네디 오나시스 같은 분위기를 풍겼다. 재스퍼는, 아무도 관심 없겠지만 존나 따분한 회색 슈트를 입었는데 그래도 꽤 잘생겨 보이긴 했다. 아름다운 가족처럼 보인다는 걸 부인할 수 없었다. 완전하고, 단단하고, 완벽한 가족으로 보였다. 우리는 여기에 있고, 저들은 저기에 있고, 이 모든 게 다 말이 되는 것 같았다.

재스퍼가 말을 하기 시작했는데 식전 기도를 할 때처럼 성경과 헌법의 구절들을 섞어서, 컴퓨터 프로그램이 써준 대본 같은 진부한 말을 읊었다. 재스퍼는 책임과 나라를 지키는 것과 그러면서도 국가가 성장하고 번영하게 하는 것에 대해 말했다. 자기 군복무 경력에 대해서도 말했는데 그건 내가 몰랐던 일이었다. 외교가 어쩌고 하는 이야기도 했는데 내 귀에는 안 들어왔다. 나는 재스퍼의 어깨 너머에서 환하게 웃는 매디슨을 보고 있었다. 눈부시게 아름다웠고 자세에 여유가 넘쳤다. 원하는 것을 얻어서인지 편안해 보였다. 매디슨의 어깨에 기대고 있는 티머시는 표정이 이상했다. 자기 말고 아무도 못 듣는 소리를 들은 것처럼 인상을 쓰고 있었다. 그리고 그때, 마치 폭죽이 터지는 것 같은 소리가 들렸고, 누군가가 소리를 질렀다. 순간 누가 총에 맞은 줄 알았다.

베시와 롤런드가 벌떡 일어나 화면을 뚫어져라 봤다. 우리 셋은 똑똑히 봤다. 바로 이 두 눈으로.

티머시가 불타고 있었다.

완전히 활활 타고 있었다. 타닥타닥 파직파직 하는 작은 불꽃이 아니라. 진짜 타오르는 불이었다. 매디슨이 비명을 지르며 티머시를 떨어뜨려 순간 티머시가 화면에서 사라졌다. 매디슨의 드레스에도 불이 붙어 가느다란 연기 같은 것이 몸에서 솟아올랐다. 재스퍼는 무슨 일이 일어났는지 모르는 듯, 뒤를 돌아보면 약한 모습을 보이는 꼴이 된다는 듯, 자기가 아닌 누군가가 수습할 거라는 듯 앞만 보고 있었다. 그런데 매디슨이 이젠 진짜로 소리를 지르고 있었고 그때 칼이 재킷을 벗어서 바닥을 치는 모습이 보였다. 티머시가 있는 곳을 치는 것 같았다. 마침내 카메라가 움직였고 재스퍼가 화면에서 사라지고(씨발 누가 재스퍼한테 관심이나 있겠느냐마는) 티머시가 보였다. 바닥에 웅크리고 앉아 완벽하게, 눈부시게 불타고 있었다. 온갖 목소리가 다 들렸지만 불분명한 말소리 가운데에서 재스퍼의 뒤틀리고 화난 목소리가 또렷이 들렸다. 매디슨의 이름을 부르고 또 부르고 있었다.

"우와 씨." 베시와 롤런드가 동시에 외쳤다.

그리고 그때 마법처럼 티머시의 불이 사라졌다. 티머시는 멀쩡했다. 심지어 웃고 있었고 머리카락 하나 흐트러지지 않았다. 칼이 티머시를 재킷으로 덮어 안아올렸고 슈트와 선글라스 차림의 다른 남자들이 시야를 가리며 다 같이 뛰어, 줄줄이 늘어선 똑같이 생긴 검은 자동차들 쪽으로 갔다. 곧 차들이 출발했다. 그렇게 상황이 끝났다. 화면이 스튜디오로 돌아갔는데 트위드 재킷을 입은 남자가 방금 독을 삼킨 것 같은 표정을 하고 있었다. 남자는 작게 쓱 하는 소리를 내더니, 불타는 아이가 방송에 생중계된 일 따위는 없었다는 듯 이렇게 말했다. "상원에서 장관 인준에 동의한 역사적인 날입니다—"

나는 방안 온도가 미묘하게 달라진 것을 느끼면서 아이들을 돌아보았다. 아이들은 몸이 굳은 것처럼 서서 눈을 동그랗게 뜨고 화면을 보고 있었다. 노멕스 옷을 입었는데도 아이들이 타기 시작하는 게 보였다. "밖으로 가!" 내가 외쳤다. 좆같은 심호흡으로 될 일이 아니란 걸 알았기 때문이다. 나는 어떤 일이 일어날지 알았다. 그런데 아이들은 못박힌 것처럼 있었다. 이제 진짜로 연기가 피어올랐고 화학물질 타는 고약한 냄새가 나기 시작했다.

"베시!" 내가 외쳤다. "롤런드! 어서, 얘들아. 밖으로 나가자."

내가 잡아끌자 그제야 정신이 드는 것 같았다. 같이 현관문을 열고 밖으로 나왔다. 맑고 눈부신 날씨였다. 해가 하늘 높이 떠 있었다. 베시와 롤런드는 잔디밭으로 갔다. 아이들은 웃고 있었다. 신나게 웃고 있었다. 아이들을 쳐다보기가 힘들었다. 너무나 밝고 눈부신 빛을 내고 있었다. 이 아이들도 불을 내고 있었다. 선명한 붉은색과 노란색 불꽃이 솟았다. 그 자리에서 아이들이 타올랐다. 나는 행복했다. 아이들이 괜찮다는 걸 알았으니까. 아이들이 다치지 않는다는 걸 알았으니까. 발아래 잔디가 새카맣게 타고 주위 공기가 열기로 아른거렸다. 아름다웠다. 아이들이 아름다웠다.

게스트하우스 안에서 전화가 울리고 또 울렸지만 나는 움직이지 않았다. 잔디밭 너머를 보니 메리가 뒤쪽 포치에 서서 아이들을 보고 있었다. 모이통에 날아든 흔한 새라도 보는 것처럼 아무 표정 변화가 없었다. 내가 메리에게 손을 흔들자 메리는 몇 초 기다렸다가 손을 흔들었다.

아이들은 빙빙 돌았고 불꽃이 아이들에게서 떨어져나가 바닥에 내려앉으면 잔디가 잠깐 타다가 꺼졌다. 아이들은 영원히 끝나지 않을 것처럼 타고 또 탔다. 하지만 나는 언젠가 불이 사그라들고 사라질 것이며 원래 숨어 있던 곳으로 돌아가리란 걸 알았다. 이 아이들도 내가 잘 아는 아이들, 기이한 몸과 괴상한 습관이 있는 아이들로 돌아가리란 걸 알았다. 나는 아이들을 잡으려 하지도, 불을 끄려 하지도 않았다. 그냥 타게 내버려두었다. 완벽한 날에, 포치에 앉아서 아이들이 타는 걸 봤다. 왜냐하면 이게 끝나면, 불이 사라지면, 바로 아이들이 나에게 돌아오리란 걸 알았기 때문이다.

11

잔뜩 흥분한 상태라 그날 밤은 우리 모두 거의 잠을 못 잤다. 도저히 잘 방법이 없었다. 동이 트자마자 아이들은 침대에서 뛰어나갔다. 침대 시트에 끈적한 방화 젤이 묻어 못 쓰게 됐다. 아이들은 교대로 샤워를 하며 몸에 남은 나머지 젤을 씻어버렸다. 그러거나 말거나 내버려두었다. 무의미하게 느껴졌다. 어떻게 하든 얘들은 집을 홀랑 태워버릴 수 있었고 또 안 그럴 수도 있었다.

전날, 집에서 울리는 전화를 뒤늦게 받았더니 칼이 숨가쁜 목소리로 집으로 가고 있다고, 내슈빌 방향으로 가는 길이라고 말했다. 매디슨이 사고 수습을 하고 있으니 나더러 어느 누가 뭘 묻더라도 절대 상대하지 말라고 당부했다. 애들이 집밖에 못 나가게 하고 방화 젤을 발라놓으라고 했다. "애들 잘 지켜요, 알았죠?" 이렇게 말하더니 내가 미처 티머시 안부를 묻기 전에 전화를 끊어버렸다.

베시와 롤런드는 티머시가 불타는 장면을 보고 또 보고 싶어했지만 내가 텔레비전 플러그를 뽑아버렸다. 그래서 좋을 게 없다는 걸, 이미 그 장면이 우리 눈에 새겨졌다는 걸 아니까. 물론 집밖 세상에서 무슨 일이 일어나고 있는지, 신문에서 뭐라고들 할지 너무 궁금했지만 그 생각은 머리에서 밀어냈다. 나는 두 아이들에게만 집중했다.

마침내 애들의 불이 꺼졌을 때 불타버린 노멕스를 벗어버리고 새 옷으로 갈아입게 했다. 나는 아이들을 소파에 앉히고, 커피 테이블 위에 사과 한 무더기를 올려놓고, 페니 니컬스 소설을 연달아 세 권 읽었다. 단조로운 목소리로, 미스터리가 모두 밝혀지는 순간을 향해 나아가는 이야기를 계속 읽었다. 우리는 이렇게 살아남을 것이다. 한곳에 모여서, 책장 위의 단어를 따라가며, 한 이야기가 끝나면 잠시 쉬었다가 또다른 이야기를 시작하면서. 우리는 해냈다. 아이들은 행복했다. 자기들 무리에 하나를 더했다. 아이들은 세상이 불에 타는 걸 보고 싶은 게 아니었다. 그저 세상에서 덜 외롭길 바랐다.

좀 구슬려야 하긴 했지만 그래도 아이들에게 삼십 분 동안 요가를 하게 했다. 아이들이 아침으로 시리얼을 먹는 동안 나는 신문을 가지러 저택으로 달려갔다. 사람들이 그 일을 대체 어떤 시각으로 바라볼지, 어떻게 이야기를 짜맞추었을지 상상도 안 갔다. 베시와 롤런드의 이름이 언급되었는지 확인하고 필요하면 마음의 준비를 할 생각이었다. 메리가 문을 열어줄 때까지 뒷문을 두드렸다. "뭐

먹고 싶어요?" 메리가 물었고 사실 베이컨샌드위치를 먹고 싶었
지만 욕구를 억누르고 용건을 말했다.

"신문 한 부 보고 싶어요." 내가 말했다. 메리는 눈을 똑바로 뜨
고 나를 쳐다보았다. 메리가 과연 티머시 소식을 아는지 알 수 없
었다. 뭐라고 말을 하고 싶었지만 예의바른 대화를 시작하기가 쉽
지 않았다.

"들어와요." 마침내 메리가 말했다.

집안 불이 전부 꺼져 있고 아무 기척이 없었다.

"여기 좀 으스스한데요." 내가 말했다.

"다른 사람들은 전부 이번주 휴가예요." 메리가 말했다.

"좋겠네요." 내가 말했다.

"여기 신문 있어요." 메리가 〈테네시언〉 한 부를 주면서 말했다.
거기 헤드라인에 떡하니 있었다. 로버츠 인준에 화재 사고.

"우 씨." 내가 말했다. 재스퍼가 혼란과 분노가 뒤섞인 얼굴로
급히 차로 떠밀려가는 사진이 있었는데 재스퍼 바로 뒤에 매디슨
이 있었다. 티머시와 칼은 이미 차에 탔는지 보이지 않았다.

"으음." 메리가 아무 감정 없이, 따분한 듯한 소리를 냈다.

"이거 텔레비전에서 봤어요?" 내가 물었다.

"난 텔레비전 안 봐요." 메리가 대답했다.

"그래도 어제 우리 봤잖아요." 내가 말했다. "마당에서요. 베시
하고 롤런드요."

"봤어요, 네."

"티머시도 그랬어요." 내가 말했다.

"그런 것 같았어요." 메리가 말했다. 집안에서의 위치가 고용인 신분이라서 그러는 건지, 아니면 원래 성향상 군이 그럴 필요가 없는 사람한테는 감정을 드러내지 않는 건지 알 수 없었다.

기사를 읽었는데 재스퍼 로버츠 측의 공식 발표가 그대로 실려 있었다. 불꽃 한 점이 티머시의 셔츠에 튀었는데, 기자회견에 대비해 잔뜩 풀을 먹인 셔츠에 순간적으로 불이 붙었다는 것이었다. 아이와 매디슨은 경도 화상 치료를 받고 그날 바로 퇴원했다고 했다. 재스퍼는 티머시를 가족 주치의에게 보이기 위해 테네시로 돌아간다고 했다. 그게 전부였다. 다른 정보가 있는지 보려고 신문을 넘겨보았는데 다른 이야기는 하나도 없었다. 국무장관 인준이 국가 안보에 어떤 의미가 있는 일인지 논한 기사 하나와, 재스퍼가 어떻게 이전 장관의 치적을 이어가며 거기에서 한발 더 나아갈지에 대한 글이 있었다. 이토록 괴상한 일이 일어났는데 이렇게 쉽고 편하게 없던 일로 믿어버리다니 기가 막힌 일이었다. 씨발 풀 먹인 셔츠라고? 말이 돼?

〈뉴욕 타임스〉를 집었는데 거기에서는 티머시 이야기를 찾기가 더 힘들었다. 기자회견 사진은 한 장도 없고 재스퍼의 공식 초상 사진만 있었다. 정책이니 정부니 하는 형식적인 이야기밖에 없었다. 누가 그런 거에 관심이나 있다고?

"알고 있었어요?" 나는 메리에게 물었다.

메리가 고개를 끄덕였다.

"누구한테 들었어요?" 내가 물었다.

"봤어요." 드디어 메리가 입을 열었다. "여기 부엌에서요. 여자

애가 불이 나는 걸 봤어요."

"여기 살 때요?"

"네. 로버츠 의원이 미시즈 제인과 애들을 내보내기 직전에, 두 사람이 계속 다툴 때였죠. 그 아이, 베시가 내려와서 뭐 먹을 걸 달라고 했어요. 그런데 그때 로버츠 의원이 부엌에 들어오더니 저녁 전에 먹으면 안 된다고 했어요. 아이가 배가 고프다고 소리를 질렀죠. 아버지가 아이 팔을 잡더니 규칙은 자기가 정한다고, 식구들한테 무엇이 최선인지는 자기가 결정한다고 했어요. 그때 아이가 화르르 타올랐고 로버츠 의원은 기겁해서 물러섰죠. 아이를 빤히 보고만 있었어요. 화재경보기가 울렸어요. 나는 주전자에 물을 담아서 아이한테 끼얹었었어요. 그래도 불은 꺼지지 않았어요. 다시 채워서 다시 부었죠. 그래도 그대로였어요. 또 끼얹었어요. 그때 드디어 불이 사그라졌어요. 아이는 아주 멀쩡해 보였어요. 새빨갛게 달아오르긴 했지만 울고 있지도 않았고요. 그때 거실에서 미시즈 제인이 화재경보기가 울린다고 소리를 쳤는데, 로버츠 의원이 내가 그릴드치즈를 만들다가 태웠다고 말했어요. 그건 정말이지, 기분이 좋지 않았어요."

"아, 정말 그렇죠." 내가 대답했다.

"아빠가 딸을 이층으로 데려갔어요. 아이가 새 옷을 입고 머리카락이 아직 축축한 채로 다시 내려왔는데, 로버츠 의원은 어디로 갔는지 안 보였고, 걔가 그릴드치즈를 먹고 싶다고 했어요. 그래서 하나 만들어줬죠. 두 개 만들어준 것 같아요. 그게 끝이에요. 그러고 얼마 지나지 않아 집에서 나갔고."

"재스퍼가 나중에 그 일에 대해 이야기하던가요?" 내가 물었다.

메리가 고개를 저었다. "대신 월급을 많이 올려줬어요." 메리가 말했다. "돈이 어찌나 많은지."

"이 가족은 정말." 내가 고개를 저으며 말했다.

"다른 가족이라고 나을까요." 메리가 말하고 어깨를 으쓱했다.

"그래요. 그렇겠죠." 내가 시인했다.

"신문 가져가려고요?" 메리가 물었다. 게스트하우스에서 나를 기다리고 있을 아이들이 떠올랐다.

"모아놨다 재스퍼 줘요. 스크랩하고 싶을지도 모르니까." 내가 말했다.

"티머시가 우리랑 같이 살게 되는 거예요?" 롤런드가 물었다.

생각해보지 않은 일이었다. "몰라." 내가 말했다. "그럴지도." 그런다고 달라질까? 침대에 애 하나가 더 올라오고, 숨을 들이마 셨다가 내뱉는 폐가 한 세트 더 생기는 것일 뿐. 재스퍼가 혼외 관 계로 낳은 자식이 또 있지는 않을까 궁금했다. 그 아이 엄마들한테 편지라도 보내야 하지 않을까? 안내서 같은 것? 게스트하우스가 자연발화하는 골칫덩이 아이들 집합소가 되겠지.

다들 제인 책임이라고 생각했는데, 재스퍼의 빌어먹을 유전자 때문이라는 게 밝혀지다니 기분이 좋았다. 폐쇄적인 특권층 집안 이 옛날 왕족들처럼 자기들끼리만 혼인하다보면 그렇게 될 법도 하겠지. 이렇게 될 수밖에 없었던 거다. 모두 재스퍼 책임이었다. 약간 걱정스러웠던 것은, 재스퍼가 자신이 이 불의 아이들을 만들었다는 걸 확실히 알게 되면 어떻게 할까 하는 점이었다. 아이들한 테서 자기와 닮은 면을 얼마나 보려나? 너무 많이 봐도, 너무 적게 봐도 위험한 일이었다.

우리는 그들이 집에 오기를 기다렸다. D.C.에서 프랭클린까지 차로 얼마나 걸릴지 몰랐기 때문에 평소처럼 일과를 하려고 했지 만 내가 뭘 꺼내든, 수학 카드든 실리퍼티 장난감이든 동물 가면이 든, 아이들 생각은 자꾸 딴 데로 갔다. 아이들 피부가 얼룩덜룩했 고 만져보면 뜨뜻했지만 불이 밖으로 나오지는 않았다. 정말 필요 할 때를 위해 참고 있는 것 같았다. 아니면 어제 너무 많이 태워버 렸거나. 어제 과학 연구를 하듯이 보안경을 쓰고 기록을 남겼어야 했다. 내가 해야 하는데, 할 수 있는데 안 한 게 너무 많았지만, 사 실 이 모든 게 존나 말이 안 되는 일이었다. 그래서 그저 아이들 밥 을 먹이고 손을 씻게 하고 아이들이 하는 온갖 말도 안 되는 소리 에 귀를 기울이며 지냈다. 내가 애들을 돌봤다는 말이다.

해가 기울기 시작했을 때 우리는 농구 코트에 있었다. 사방이 붉은 황금빛으로 아름답게 물들었다. 베시는 자유투 다섯 개를 연 속으로 성공하는 걸 목표로 삼았는데 다섯 개를 넣은 다음에 여섯 개, 일곱 개까지 연달아 넣었다. 슛이 좋았다. 조금 어설픈 구석은 있었지만 그건 고쳐나가면 되고. 베시는 굴러간 공을 쫓아가 잡은 다음에는 어기적어기적 걸으면서 두 다리 사이로 드리블하는 연습 을 했다. 전장을 살피는 장군처럼 머리를 꼿꼿이 들었다. 제멋대로 자란 머리카락에 험악한 인상이 더해져 펑크 로커처럼, 지옥의 농 구 선수처럼 보였다. 롤런드는 코트 반대편에서 릭 배리처럼 언더

핸드로 자유투를 던지면서 꽤 자주 성공시켰다. 롤런드가 아무 생각도 안 하고 아무 애도 쓰지 않고 그렇게 하는 것처럼 보여서 좋았다.

나는 호스 게임*을 하자고 애들을 불러모았다. 롤런드는 거의 시작하자마자 탈락했고 베시는 HOR까지 갔는데 나는 아직 실패가 하나도 없었다. 애들도 어른들처럼 이기고 싶어한다는 건 알았지만, 나는 무언가를 잘하기가 얼마나 어려운지 보여주고 조금이라도 발전했을 때 같이 기뻐하는 게 아이들한테 더 좋은 일이라고 생각했다. 아이들은 내가 가장 어려운 숏을 어렵지 않게 성공해내는 걸 보면서 기분 나빠하지 않고 좋아했다.

"여름이 얼마나 남았어요?" 베시가 물었다.

"아직도 꽤 남았지." 내가 말했다.

"여름이 끝나면 뭐 할 거예요?" 베시가 물었다.

"아직 생각 안 해봤어." 실제로 생각해본 적이 없었다. "생각할 시간이 없었어. 주로 너희들 생각을 하느라."

"어디로 갈 거예요?" 베시는 끈질기게 물었다. "여기에서 계속 살 거예요?"

"아니. 아마 집으로 갈 거야." 나는 우리 엄마, 내가 살던 다락방을 떠올렸고 울고 싶은 심정이 되었다. 하지만 이제 돈이 있었다. 여기 온 이후에 계좌를 확인해본 적은 없지만. 내가 살 방 한 칸은

---

* 다른 사람이 특별한 방법으로 시도한 숏을 똑같이 따라 하는 데 실패할 때마다 'HORSE'의 알파벳을 하나씩 얻어 다섯 글자를 다 모으면 탈락하는 게임이다.

구할 수 있을 것이다. 창문이 있는 그럴듯한 아파트, 정상적인 사람들이 모여 사는 곳에.

"다른 애들을 볼 거예요?" 롤런드가 물었다.

"아닐 거 같아. 너희들하고 같이 있었으니 다른 애들은 싫을 것 같아. 너무 따분할 거야."

"딴 애들은 시시할걸요." 베시가 내 말을 거들었다. 롤런드도 다른 애들은 당연히 시시할 거라며 고개를 끄덕였다.

"맞아." 내가 말했다. "어쩌면 학교로 돌아갈지도 모르겠다. 그게 현명한 일이겠지." 나는 지역 전문대와 야간대학에서 거의 일 년 반 치의 학점을 따놓았다. 정신 차리고 잘해보겠다고 결심했다가 뭔가 될 때까지 버티지 못하기를 반복하면서 띄엄띄엄 모은 학점이었다. 애들이 뭘 전공할 거냐고 묻지 않았으면 했다. 그 문제가 아직도 나에게는 답에 도달하려면 무수한 단계를 통과해야 하는 수수께끼처럼 느껴졌다.

"누굴 만날지도 모르죠." 롤런드가 말했다. "만나서 결혼하고요. 아기도 낳고요."

"그럴 것 같진 않아." 내가 말했다.

"어쩌면요. 모르는 일이잖아요?" 롤런드가 말했다.

"그렇겠지." 내 삶을 롤런드에게 짐으로 지우고 싶지는 않았다. 그래서 얻을 게 뭐가 있나? 나는 몸을 돌리고 반대편 골대를 보면서 오버헤드로 공을 던졌다. 공이 쏙 들어갔고 아이들은 환호성을 질렀다. 절로 웃음이 나왔다. 경기를 하다가 저절로 흐름을 탔을 때가 생각났다. 흐름을 따라 움직이기만 하면 절대 안 놓칠 것 같은 때. 생각을 하기 시작하면, 왜 이렇게 되는지 알아내려고 하면 흐름이 떠나고 다음 슛을 던질 때 이미 그게 사라진 걸 느낀다. 그러니까 그냥 몸을 낮추고 코트에서 달리면서 수비 압박을 하고 내 차례가 올 때를 기다리는 거다. 다시는 놓치지 않겠다고, 이번에는 꼭 붙들겠다고 다짐을 하는 거다.

진입로로 차가 들어오는 소리가 들려서 우리는 공 던지기를 멈추었다. 차가 회전로를 돌아 저택 앞에 서는 것이 보였다. 베시가 공을 떨어뜨렸고 두 아이가 같이 차를 향해 뛰기 시작했다. 나는 아이들을 부르다가 따라 뛰었다. 우리가 뭘 향해 뛰는 걸까 생각하면서. 반대쪽으로 뛰어야 하는 건 아닐까.

칼이 운전석에서 내리는 게 보였다. 지친 듯했고 셔츠가 바지 밖으로 나와 있었다. 칼이 얼른 뒷문을 열었다. 그때쯤 나는 아이들을 따라잡았고 우리는 그 자리에 서서 그 모습을 텔레비전 보듯, 이게 현실이 아닌 듯 보고 있었다.

매디슨이 티머시를 안고 차에서 내렸다. 티머시는 하늘색 타월에 폭 싸여 있었다. 잠들어 있다가 차 밖으로 나오자 눈을 뜨고 저택 쪽을 쳐다보았다.

"왔어?" 내 말이 존나 얼뜨기처럼 들렸다. 매디슨이 나를 보더니 깊이 숨을 들이마시고 고개를 끄덕였다.

"인사해도 돼요?" 롤런드가 지쳐 보이는 매디슨에게 물었다. 매디슨은 아무 말 없이 그냥 서 있었고 그래서 아이들은 다가갔다.

"안녕, 티머시." 롤런드가 말했다.

티머시는 애들을 보면서 애들이 누군가 생각하는 것 같았다.

"안녕." 티머시가 말했다.

"너 진짜 멋졌어." 롤런드가 말했지만 티머시는 다시 매디슨의 품으로 고개를 돌렸다.

"기억을 못해." 매디슨이 나에게 말했다. "적어도 내 생각에는 그런 것 같아."

재스퍼가 차에서 내리더니 아이들을 보면서 짜증이 가득한 목소리로 말했다. "매디슨, 티머시 데리고 들어가. 이제 좀 들어가 자고."

국무장관을 격식을 갖춰 부르려면 뭐라고 해야 하나? 미스터 장관? 켄터키 더비 경마에서 꼴찌로 들어온 말 이름 같았다. 재스퍼는 이 모든 일이 내 탓이라는 듯 잠시 나를 노려보더니, 매디슨이 안으로 들어가자 따라서 들어가버렸다.

칼이 내 손을 살짝 잡았다. "이야기 좀 해요." 칼이 말했다.

"텔레비전에서 봤어요. 우와 씨." 내가 말했다.

"그게…… 때가 안 좋았어요." 칼이 시인했다.

"어떻게 됐어요? 그다음에?"

칼이 아이들을 쳐다보았다. 내가 아이들한테 메리한테 가서 간식을 얻어먹으라고 하자 아이들은 뒤도 안 보고 쪼르르 달려갔다.

"혼란 그 자체였죠. 무슨 일이 일어난 건지 아는 사람은 아무도 없었어요. 티머시가 털끝만큼도 안 다쳤으니. 물론 우리는 무슨 일인지 알지만, 어린애가 국회의사당 계단에서 자연발화했다고 생각할 사람은 없으니까. 매디슨이 다 했어요. 아주 빠르게 움직였죠.

직접 언론사와 접촉해서 소식을 알렸어요. 그 일이 일어나고 이 초안에 뭐라고 말할지 다 준비해놓았더라니까요. 정말 대단한 사람이에요." 칼이 인정했다.

"그래, 재스퍼는 사임하는 거죠?" 내가 물었다.

"무슨 미친 소리예요?" 칼이 말했다. "사임하는 일은 없을 거예요. 애들 몸에서 불이 난다고? 그럴 리가. 그 사람들이 장관직을 취소하겠어요? 방금 인준했는데. 자기들이 바보 되는 건데."

"하지만 그 일이 또 일어난다면요? 그럴 위험을 왜 무릅써요?"

"간단한 문제가 아니에요."

"다들 그 말만 해. 나한테는 간단한 문제로 보이는데."

"안으로 들어가죠."

"어떻게 되는 거예요?"

"릴리언? 합리적으로 생각하려고 해봐요. 상황을 고려해보라고요." 칼이 말했다.

"매디슨하고 이야기하고 싶어요." 내가 말하고는 칼을 앞질러 집으로 들어갔다. 부엌에 들어가니 베시와 롤런드는 아일랜드 식탁에 앉아 메리가 튀기는 치킨너깃을 기다리고 있었다. "여기 잠깐 있어." 내가 말했다. 나는 여기 처음 온 날 매디슨과 아이스티를 마셨던 거실로 들어갔다. 재스퍼가 커피 테이블 주위를 서성이며 은빛 머리카락을 한 손으로 쓸고 있었다.

"매디슨은 어디 있어요?" 내가 물었다.

"티머시 재우러 갔어요." 재스퍼가 말했다. 칼이 따라 들어와서 내 옆에 섰다.

"릴리언." 재스퍼가 말을 이었다. "알겠지만, 요 며칠 정말 스트레스가 많았어요. 인준청문회만도 엄청났는데, 이제 이런…… 이런 일까지."

"미쳤죠." 내가 말하자 칼이 나더러 아무 말도 하지 말라고 신호를 보내는 듯 내 쪽으로 지그시 몸을 기울였다. 나는 입을 다물었다.

"그간의 서비스에 감사하고 싶군요. 우리한테 큰 도움이 됐고 고맙게 생각해요. 롤런드와 베시를 돌보느라 최선을 다했다는 거 알아요."

"뭘요." 내가 말했다. 내 서비스에 감사한다는 말이 이상하게 들렸다. 서비스라는 게 정치인을 위해 해주는 온갖 괴상한 일들을 뜻하는 말 같기도 했다.

"안타깝지만 상황이 바뀌었고, 우리가 해결할 수 있다고 생각했던 게, 전문가도 아닌 당신이 감당할 수 있다고 생각했던 게 어쩌면 순진했던 것 같네요."

나는 칼을 쳐다보았다. "뭐라는 거예요?" 내가 물었다.

재스퍼가 이어 말했다. "이제는 당신 서비스가 더 필요 없게 됐어요. 쌍둥이를 보낼 곳을 찾았어요."

"기숙학교요? 나도 들었어요. 애들을 멀리 보내는 게 정말로 좋은 해결책이라고 생각해요? 유럽으로?"

재스퍼는 어리둥절한 표정으로 칼을 쳐다보았고 칼이 입을 열었다. "실은 테네시에 있을 거예요. 대안학교가, 농장 같은 곳이 있는데 문제가 있는 아이들을 전문 인력이 맡아 돌봐요. 스모키마운틴스 쪽에 있어요. 외부에 노출되지 않고 보안이 확실히 유지되는 곳이요."

"언제 결정한 일이에요?" 내가 물었다.

"오래전에 칼이 찾아냈어요. 그런데 내가 고집을 피우고 말을 안 들었죠." 재스퍼가 말했다.

"당신이 했다고요?" 칼에게 묻자 칼이 얼굴을 붉혔다.

"초기에요. 아이들을 돌보고 치료할 방법을 최대한 많이 찾는 일을 맡았으니까요."

"문제가 있는 애들이라고요?" 그 말을 입에 올리는 것만으로 분노가 치솟았다.

"아니 그럼 베시와 롤런드한테 문제가 없다고 생각한다는 거요?" 재스퍼가 황당하다는 듯 물었다. "애들을 신체적 정신적으로 치료해주는 시설이에요."

"개소리네요. 그게 대체 뭔데요? 처음에는 '학교'라더니 다음에는 '농장'이라더니 이제는 '시설'이라고요?"

"다목적이에요. 일종의 재활센터죠." 칼이 말했다.

"아카데미라는 이름이 붙어 있어요." 재스퍼가 말했다.

"좆까지 마요, 재스퍼." 내가 말했다. "칼, 당신도 개소리란 거 알잖아요. 애들을 숨겨놓고 없는 사람 취급하려는 거잖아요."

"선택지가 많지 않아요, 릴리언." 칼이 말했다.

"이제 난 국무장관이요." 재스퍼가 목소리를 높이며 말했다. "내가 얼마나 많은 희생을 했는지 모를 거요. 내가 맡은 책임이—"

"지금 당장 당신 얼굴을 한 대 갈기고 싶네요." 내가 말했다.

"릴리언." 칼이 말했다. "나도 이 방법이 마음에 들진 않지만—"

"그럼 씨발 안 하면 되잖아요, 이 등신아." 내가 말했다. "너무나 부당해요. 티머시는 어쩌고? 티머시는 어떻게 돌볼 생각인데요. 왜 롤런드와 베시만 벌을 받아요?"

칼이 재스퍼를 쳐다보았는데 재스퍼는 고개를 흔들고 있었다. 그러더니 재스퍼가 말했다. "티머시는 여섯 달 동안 시설에 입원시키고 관찰할 거예요."

"당신은 내가 지금껏 만나본 사람 중에 제일 이상한 사람이에요." 내가 말했다.

"나쁜 데 아니에요. 당신이 나쁘게만 생각하니까 그렇지. 메이오 클리닉 같은 최첨단 의료시설이에요. 다만…… 보안이 철저하고."

"정말 존나 나쁘게 들려요. 마치……" 나는 적당한 말을 찾아보았는데 머리가 잘 돌아가지 않았다. "안 좋게 들려요." 결국 이렇게 말을 맺었다.

"응. 존나 나쁘게 들려." 매디슨이 계단 아래에 서 있었다.

"이미 다 얘기한 거잖아." 재스퍼가 말했다.

"티머시는 아니었어." 매디슨이 말했다. "티머시 얘기는 안 했다고."

"일시적인 거니까." 재스퍼가 말했다.

"여섯 달 동안?" 매디슨이 말했다. "씨발 말도 안 돼, 재스퍼." 매디슨이 칼을 돌아보고 말했다. "거기가 어딘데요?"

칼이 절절매며 말을 더듬었다. "모-몬태나요."

"말도 안 돼." 매디슨이 다시 못을 박았고 정말 멋있었다. 후천적으로는 절대 습득할 수 없는, 타고나야만 하는 사나움이 온몸에서 뿜어져나왔다. "당장 티머시 데려올 거야." 매디슨은 다시 계단 쪽으로 돌아서며 말했다. "우리 부모님한테 갈 거야. 내 말 들었어? 내 끔찍한 부모님하고 같이 살러 간다고. 우리 오빠들이 여기로 와서 당신을 두들겨패줄 거야."

"그럼 어떻게 하라고?" 재스퍼가 거의 우는소리를 했다.

"왜 소리지르는 거예요?" 롤런드가 거실로 들어오면서 물었다. 베시는 롤런드 뒤에 서서 재스퍼에게 무시무시한 눈빛을 쏘았다.

"칼?" 재스퍼가 아이들 쪽으로 손짓을 하며 말했다. 그렇게 하면 칼이 애들 머리를 쳐 기절시켜 자루에 쓸어 담기라도 하리라는 듯. "칼?"

칼은 아이들을 보며 망설이고 있었다. "계획을 재고해야 할 것 같습니다." 칼이 말했다.

"너희가 내 인생을 망쳤어!" 재스퍼가 소리쳤고 붉어진 얼굴로 머리카락이 쏟아졌다. 정확히 누구를 가리켜 한 말인지 알 수 없었다. 아마 우리 모두를 가리키는 거겠지.

"아빠가 우리 인생을 망쳤어요." 베시가 소리쳤고 나는 베시에게 달려가 옆에 무릎을 꿇고 앉았다.

"너희 엄마가 네 인생을 망쳤지." 재스퍼가 베시를 달래는 듯 부드러운 목소리로 말했다.

"씨발 좆같은—" 나는 소리를 지르며 벌떡 일어나 재스퍼의 멱

살을 잡고 눈을 뽑으려고 했는데, 내가 뭐라도 피해를 입히기 전에 이미 베시가 불을 내기 시작했다. 곧 롤런드도 타올랐다. 나는 매디슨에게 티머시를 데려오라고 소리를 질렀고 매디슨이 계단으로 달려갔다.

몸을 돌리는 순간 재스퍼가 나를 거칠게 밀어서 나는 커피 테이블 위로 쓰러졌고 유리가 산산조각났다. 칼이 달려와 재스퍼를 붙들었다. 칼이 재스퍼를 풀넬슨 자세로 붙잡고 현관까지 억지로 밀고 갔다.

매디슨이 티머시를 안고 계단을 달려내려와 아주 잠깐 나를 쳐다본 다음에 집밖으로 나갔다. 티머시는 아무 관심 없다는 듯 졸린 눈으로 불을 쳐다보았다.

베시와 롤런드는 여기저기를 건드리고 있었다. 차분히 돌아다니면서 소파 쿠션, 벽에 걸린 그림에 불을 붙였다.

바닥에 누운 채로 고개를 돌리자 메리가 보였다. 값비싼 냄비와 팬 같은 것을 들고 뒤도 돌아보지 않고 현관문으로 나가고 있었다. 나는 메리에게 좋은 일만 있기를, 메리가 아주 잘살기를 빌었다.

테이블에서 몸을 일으켰다. 상처가 많이 났지만 심하게 벤 데는 없었다. 나는 복도로 나간 아이들에게 달려갔다.

"가자." 내가 말했다. "가야 해."

아이들이 어리둥절한 얼굴로 나를 보았다. "너희하고 나하고. 가는 거야. 떠나자." 내가 말했다.

"우리 셋만요?" 베시가 물었고 나는 고개를 끄덕였다.

아이들은 눈을 질끈 감더니 깊이 숨을 들이마셨다. 나는 아이들을 안고 싶었다. 내 품으로 끌어당기고 싶었다. 하지만 그냥 열기 속에서 다가갈 수 있는 한 최대한 가까이 서서 아이들이 서서히 불을 몸안으로 끌어들이는 모습을 보았다. 집 여기저기에서 불길이 솟고 있었고 우리는 우리가 만들어놓은 난장판을 넋 나간 듯 바라보았다. 아름답지는 않았지만 눈을 돌리기 힘들었다.

그때 칼이 다시 안으로 달려들어왔다. "밖으로 나가요." 칼이 소리쳤다. 내가 아이들을 붙들고 현관으로 가려는데 칼이 앞을 막았다.

"뒷문으로요. 가서 옷가지하고 짐 챙겨요. 최대한 빨리." 칼이 열쇠꾸러미를 주면서 그중 한 개를 가리켰다. "차고에 시빅이 있어요. 그냥 타고 가요. 어디로 가는지 말하지 말고. 그냥 가요."

"고마워요." 내가 열쇠를 받아들며 말했다.

"미안해요." 칼이 말했다.

"괜찮아요." 내가 말했다. 칼은 소화기를 가지러 부엌으로 달려갔고 우리는 뒷문으로 나갔다.

"옷 갈아입어." 게스트하우스에 들어오자마자 내가 말했다. "아무거나 입어." 아이들이 불탄 옷을 벗어버리고 노멕스를 입는 데 오 분, 어쩌면 그보다 더 짧은 시간이 걸렸다. 나는 지갑하고 초콜릿바 하나를 챙겼고 정신을 집중하려고 했지만 잘 안 되었다. 게스트하우스에서 나왔을 때 저택 안에서 불이 까물거리며 내부를 환하게 밝히는 게 보였다. 우리는 차고로 가서 혼다에 올라탔다. 시동을 걸고 아이들한테 안전벨트를 매라고 했다. 티머시를 안고 있는 매디슨이 보였다. 차를 타고 지나가는데 매디슨이 몸을 돌려 나를 보았다. 나는 손을 흔들었다. 매디슨이 웃었다. 손을 흔들었다. 그러더니 다시 집 쪽으로 돌아서 집을 바라보았다.

긴 진입로를 따라가다가 메리가 보이길래 메리를 태우려고 속도를 줄였다. 메리는 남자친구가 데리러 오고 있다고 말하고는 그냥 가라고 손짓을 했다. 아이들이 메리에게 작별인사를 했고 나는 속도를 높였다. 가면서 내내 백미러로 저택을 바라보았다. 아이들도 몸을 돌려서 봤다. 몇 분 뒤에, 소방차 두 대가 사이렌을 울리면서 우리와 반대 방향으로, 저택을 향해 달려갔다.

그때 나는 아직도 숨을 몰아쉬고 있었고 상황이 얼마나 나쁜지 잘 가늠이 안 되었다. 내가 한 일이 얼마나 불법인 건지? 납치? 방화? 국무장관 상해? 그 밖에도 내가 생각도 해보지 못한, 판사가 법정에서 나에게 읽어주기 전까지 그런 게 있는지도 몰랐을 온갖 다른 죄목이 있을 것 같았다. 그런데도 나는 아이들에게 손을 흔들며 아무 문제 없다고, 괜찮을 거라고 말하고 있었다.

한동안 어디쯤인지 어디로 가는 건지 아무 생각 없이 그냥 차를 몰았다. 문제는 정말로 어디로 가야 할지 몰랐다는 것이다. 호텔에 가야겠다 생각했지만 아무래도 눈길을 끌고 의심을 살 것 같았다. 커피 테이블에 쓰러진 탓에 몸이 상처투성이였다.

드디어 주간고속도로가 나왔고 고속도로에 진입해 다른 차들에 맞춰 속도를 높였다. 아이들은 아무 말 없이 조용했다. 정신적 충격이 큰 것 같았다. 하지만 내가 어떻게 할 수 있는 일이 없었다. 어린 시절을 보낸 집에 불을 지르다니, 상징적으로 엄청 중대한 일인 것 같았다. 백미러로 보니 둘 다 눈을 말똥말똥 뜨고 나를 보고 있었다.

"안녕, 얘들아." 내가 웃으며 말했다.

"우리 문제 생겼어요?" 베시가 물었다.

"조금." 내가 시인했다.

"이제 어떻게 할 거예요?" 롤런드가 물었다.

"아직 잘 모르겠어." 내가 말했다.

"그럼, 어디로 가는 거예요?" 베시가 물었다.

그때 나는 알았다. 모든 게 맞아떨어지면서 나의 유일한 선택지가 떠올랐다. 차가 이미 그쪽을 향해 가고 있었다. 피할 수 없는 일이었다.

"집으로 가는 거야." 내가 말했다.

"누구 집이요?" 아이들이 물었다. 몇 달 새에 여러 집을 거쳤으니.

"내 집." 눈물이 날 것 같았다. 나 자신한테 너무 화가 나서.

"알았어요." 아이들이 말했다.

12

　엄마는 문을 열고 내 양옆에 있는 베시와 롤런드를 보더니 아무
말 없이 그냥 고개를 끄덕였다. 워낙 오랫동안 내 삶에 아무 관심
이 없었다보니 내가 열 살짜리 쌍둥이 엄마라는 사실도 그런가보
다 하고 받아들이는 것 같았다.
　"안녕하세요." 롤런드가 말했다.
　"으응." 엄마는 담배를 끊은 지 십 년이 되었지만 지금도 담배
연기를 깊숙이 빨아들였다가 바로 얼굴에 대고 내뿜을 것처럼 보
였다.
　"안녕, 엄마." 내가 말했다.
　"너 피 난다." 엄마가 셔츠 소매에 묻은 피를 가리키며 말했다.
유리 테이블에 넘어지면서 생긴 상처에서 난 피였다.
　"알아요. 들어가도 돼요?" 내가 말했다.
　"네 집이기도 하잖니." 이 말을 듣고 나는 울고 싶은 기분이 되

었는데 정확히 왜 울고 싶은 건지는 몰랐다.

"얘는 베시고 얘는 롤런드예요." 나는 두 아이의 머리를 하나씩 살짝 건드리며 말했다.

"너는 얘네 가정교사고?"

"내가 뭔지 지금은 잘 모르겠어요. 상황이 좀 복잡해요. 어쨌든 내가 애들을 돌봐요. 애들이 안전하게 있을 곳이 필요해요."

"너 무슨 사고 쳤니?" 엄마가 애들을 보면서 나에게 물었다.

"조금." 내가 말했다. "그렇다고도 할 수 있고 아니라고도 할 수 있고."

"흠, 네 방 그대로 있다. 너 간 뒤에 한 번도 안 올라가봤어."

"고마워요, 엄마." 내가 말했지만 엄마는 됐다고 손을 휙 튕겼다.

아이들을 몰고 위층 다락방으로 갔는데 선풍기가 켜져 있지 않아 공기가 푹푹 쪘다. 나는 욕설을 중얼거리며 플러그를 꽂고 선풍기를 켰다. 아이들을 가장 큰 선풍기 앞에 앉히고 바람 세기를 최대로 올렸더니 방안 먼지가 전부 일어나 공중에 둥둥 떠다녔다. 게다가 바닥에는 열린 피자 상자가 있고 안에 오래된 피자 한 조각이 화석화되어 있었다. 이전 나의 삶이 어떠했는지 아이들 앞에 적나라하게 드러나니 너무 창피했다. 애들이 조금 전까지는 나를 믿어도 된다고 생각했더라도 이제는 그 믿음이 연기처럼 사라져버렸을 것 같았다. 나는 피자 상자를 발 옆으로 차서 침대 밑으로 밀어버렸지만 두 녀석 다 이미 훤히 봤을 것이다.

"배고파요." 베시가 말했다. 애들은 여름 동안 냉장고나 찬장에 손을 뻗기만 하면 바로 음식이 나타나는 삶에 익숙해 있었으니.

피자 가게에 배달 주문을 할 순 있겠지만 경찰 생각을 하니까 무서웠다.

"배가 꼬르륵거려요." 롤런드가 말했다.

"알겠어, 알겠어." 내가 말했다. "알았으니까 앉아 있으면 내가 뭐 갖고 올라올게."

"우리도 내려가면 안 돼요? 여기 너무 더워요."

"우리 엄마한테 공간을 좀 줘야 해. 애들하고 지내본 적이 별로 없어서."

나는 헉헉거리며 계단을 내려갔다. 뒤로 손을 뻗어 청바지 바로 위쪽 부분 허리를 건드려보았는데 작은 유릿조각이 박혀 있었다. 빼려고 했는데 꽤 단단히 박혀 있었다. 아프지는 않았지만 그게 거기 있다는 사실을 알고 나니 계속 신경이 쓰였다. 상처를 치료하지 않고 곰팡이 핀 다락방에 있으면 좋지 않을 것 같았다. 정신이 자꾸 흐트러졌다. 부엌에 가니 엄마가 소프트 록이 나오는 라디오를 틀어놓고 식탁에서 잡지를 읽고 있었다.

"어." 당혹스러웠다. 뭔가를 부탁해야 할 때, 특히 엄마한테 부탁해야 할 때가 나는 정말 싫다. "애들이 배가 고프대요."

"그런 사람이 셋이네." 엄마는 잡지에서 눈을 떼지 않으며 말했다. 바닷가에 있는 집이니 뭐니 그런 개소리가 가득한 잡지였다.

"돈은 있는데, 피자 주문 좀 해줄 수 있어요?"

엄마는 천장을 보며 생각을 해보는 것 같았다. "난 피자 생각 없는데." 엄마가 말했다.

"그럼 아무거나. 맥도날드? 서브웨이?"

엄마는 한숨을 내쉬고 자리에서 일어나 찬장 문을 열었다가 쾅 닫아가며 안에 뭐가 있는지 살폈다.

"맥앤치즈가 있어." 엄마가 말하더니 냉장고 쪽을 봤다. "소시지하고."

"잘됐네요." 나는 냄비를 꺼내 물을 채웠다. 엄마는 소시지를 레인지 옆 조리대 위에 던지고 다시 식탁으로 갔다. 나는 물이 끓기를 기다리면서 엄마를 쳐다봤다. 내가 어릴 때도 이런 저녁이 정말 많았다. 엄마와 엄마 남자친구 중 한 명이 부엌에 있는 작은 텔레비전을 보는 동안, 나는 버터 누들을 만들고 우리가 건강을 중요시하는 사람이기라도 한 것처럼 시들시들한 오이와 피망을 썰고 사우전드아일랜드 드레싱을 뿌렸다.

계단 쪽으로 가서 잘 있나 보려고 애들을 불렀더니 아이들은 문제없다고 대답했다. 다시 부엌으로 가자 엄마가 말했다. "네가 올 줄 알고 있었어."

"그래요?" 솜털이 곤두서고 심장이 빠르게 뛰기 시작했다.

"너 오기 전에 어떤 남자가 전화했었어. 캘인가 칼인가…… 뭐 그런 이름. 너한테 연락 왔었냐고."

"뭐라고 했어요?"

"여름 내내 못 봤고 연락도 못 받았다고 했지."

"어." 어쩐지 이게 다가 아닐 것 같았다.

"네가 애 둘을 데리고 나타나면 자기한테 전화하라고 했어." 엄마는 그제야 나를 똑바로 쳐다보면서 말했다. "수고에 대해 보상하겠다면서."

"그래서, 전화했어요?" 내가 물었다.

엄마는 고개를 저었다. "너무 뻣뻣하고 무뚝뚝하더라고. 말투가 마음에 안 들었어. 그래서, 전화 안 했어."

물이 드디어 끓기 시작해서 마카로니를 넣었다.

"고맙다는 말 안 하니." 엄마가 말했다.

"매디슨 남편이—"

"알고 싶지 않아."

"어, 애들이, 베시하고 롤런드요. 이건 알아야—"

"아니, 알 필요 없어. 네가 뭘 하든 안 막을게. 내가 한 번이라도 네가 원하는 걸 못하게 한 적 있니—"

나는 허, 하는 소리를 내서 엄마의 말을 끊었다.

"너 하고 싶은 대로 해. 나 귀찮게만 하지 말고." 몇 초 뒤에 엄마가 말했다.

다시 엄마를 보았는데 엄마가 정말 나이들어 보였다. 마흔일곱 살밖에 안 되었는데도. 엄마가 하고 싶지 않은 일을 안 하려고 실제 나이보다 훨씬 늙은 사람처럼 군다는 걸 나는 알았다. 내가 남자였다면, 그리고 잘생겼다면 엄마는 내 앞에서 바닷가의 삶에 대한 잡지를 읽으며 하품을 하고 있진 않겠지. 내가 자기 딸만 아니었더라도 엄마는 다르게 행동했을 것 같다. 하지만 내가 자기 딸이기 때문에 엄마는 늙은이처럼 굴었다.

나는 마카로니를 저으며 팬에 소시지를 넣었다.

"네가 애들을 데리고 있는 모습은 상상 못해봤다. 그런 타입으로 안 보여."

"그런 사람이 둘이네." 내가 대꾸했다.

"배고파요!" 롤런드가 다락방에서 소리쳤다.

"내려오라고 해." 엄마가 식탁 쪽으로 고갯짓을 하며 말했다. 엄마가 일어서서 플라스틱 컵 네 개에 물을 채웠다.

"내려와!" 내가 외쳤다. 아이들이 우당탕 계단을 내려오자 낡은 집의 벽과 바닥에서 소리가 울렸다.

"안녕하세요!" 롤런드가 다시 엄마에게 인사를 했고 엄마는 잡지를 들고 의자를 창문 쪽으로 끌고 갔다.

익은 마카로니를 건지느라 거의 태울 뻔한 소시지를 냄비에 넣고 한데 섞었다. 접시를 꺼내 나누어 담았다.

"안 드세요?" 롤런드가 엄마에게 물었다.

"먹지." 엄마가 말하고는 의자를 식탁으로 끌고 왔다. 한입 먹고 고개를 끄덕였다. "맛있다." 엄마가 말했다. 내가 요리를 하면, 뭘 만들든 간에 엄마는 늘 맛있다고 했다.

"넌 말이 없구나." 엄마가 베시를 숟가락으로 가리키며 말했다.

"좀 피곤해서요." 베시가 말했다.

"귀엽네." 엄마는 숟가락으로 베시를 가리킨 상태로 나에게 말했고 베시는 얼굴이 조금 밝아졌다.

"우리 여행중이에요." 롤런드도 관심을 받고 싶어하며 말했다.

"얼마 동안?" 엄마가 물었다. 엄마가 어린아이와 이야기를 한 게 얼마 만일까. 아니 아무 사람하고라도.

"몰라요." 롤런드가 말했다. "지금은 잘 모르겠어요."

"잠깐 동안이야." 내가 말했다. 나는 배가 고프지 않아 접시에서 음식을 뒤적이고만 있었다.

"우린 어디에든 오래 안 있어요." 베시가 말했다.

"글쎄. 그게 평생 한곳에 사는 것보다 낫지." 엄마가 말했다.

"아닌 것 같아요." 베시가 나를 보면서 말했다. 내가 무슨 말을 하기를 기대하는 것 같았다. 하지만 나는 생각이 다른 데에 가 있었다. 이런 일이 종종 있었다. 내 몸은 여기에, 내가 자라난 집에 있는데 내 마음은 밖으로 나가 둥둥 떠서 내가 어떻게 하려는지 지켜보고 있을 때가 있었다.

아이들이 잠이 든 뒤에도 나는 신경이 곤두서 있어 잠을 잘 수가 없었다. 이 집에, 이 다락방에 돌아오다니 세상에서 가장 큰 미끄럼틀을 타고 내려온 듯한, 천문학적 규모의 농담이 펼쳐진 듯한 기분이었다. 이 여름 이전에 내 삶이 어떠했는지 떠올려보았다. 이 집에서 나갔다가 다시 기어들어오곤 했던 날들. 나는 아주 똑똑하게 굴다가도 일이 정확히 내가 바랐던 대로 안 되면 갑자기 호기심을 싹 접곤 했다. 그러면서 너무 많은 시간을 낭비했다.

나는 어슐러 르 귄, 그레이스 페일리, 카슨 매컬러스의 책을 대출한 다음에 남들 눈에 띄지 않게 몰래 읽었다. 누가 보면 내가 과시하려고 한다거나 내 주제를 모른다고 생각할까봐 겁이 났기 때문이다. 가끔은 내가 야생의 존재처럼 느껴지기도 했다. 필요할 때 적절한 훈련을 받지 못했고 이제 길을 잃은 기분이었다.

그리고 여기에 내가 있고, 이제는 이 두 아이가 있었다. 내 몸을 숨도 쉬기 어려울 정도로 꼭 끌어안고 자는 아이들. 내가 이 아이

들을 데리고 있으니, 그 넓은 사유지의 안전한 테두리를 벗어났으
니, 이 아이들도 기회를 놓쳤고 길을 잃은 건 아닐까 하는 생각이
들었다. 내가 이애들을 위해 뭐라도 해줄 수 있는 척하는 게 잔인
한 일일지도 몰랐다. 언젠가 아이들을 돌려주어야 할 때가 오리란
것도 알았다. 그러면 아이들은 나를 미워하겠지. 남은 평생 내내.
자기들 엄마보다 더. 심지어 재스퍼보다 더. 내가 할 수 있는 척했
고 할 수 있다고 생각하게 만들었기 때문에 나를 미워하겠지.

내 몸에서 아이들의 팔을 떼내자 아이들이 끙 하는 소리를 냈
다. 방이 후덥지근해서 아이들 몸이 끈적끈적했다. 나는 아이들에
게 바람이 잘 가게 선풍기를 맞추어놓고 아래층으로 내려갔다. 계
단에서 삐걱거리고 끼익거리는 소리가 났다. 엄마는 거실 소파에
앉아 있었다. 텔레비전을 보는 것도 아니고 뭘 읽는 것도 아니고
가만히 있었다. 뭘 마시고 있지도 않았고 그냥 빈 공간을 보고 있
었다.

내가 아이언마운틴에서 쫓겨나고 집에 돌아온 지 얼마 안 되었
던 어느 날, 우리가 집 진입로에 있던 때가 떠올랐다. 엄마가 나를
학교에 태워주려고 자동차에 시동을 걸었는데 끼익 소리가 소름
끼치게 나더니 후드 아래에서 연기가 쏟아져나왔다. 연기가 점점
짙어졌다. 나는 물을 가지러 집으로 달려갔고 엄마는 걸레 같은 걸
손에 쥐고 후드를 열었다. 내가 물이 출렁이는 물주전자를 들고 밖
으로 달려나왔을 때는 엔진에서 불꽃이 솟구치고 있었다. 나는 멍
하니 불을 보고 있는 엄마한테서 몇 걸음 떨어진 곳에 멈춰 섰다.
그때 엄마 표정이 지금 보이는 엄마의 표정하고 똑같았다. 불꽃 안

에서 무언가를, 어떤 계시 같은 걸 보는 듯이 보고 있었다. 아니면 엄마는 망가진 차 앞에 서서 그때까지 자기 삶의 경로를, 어떻게 이 순간에 다다랐는지를 떠올리고 있었는지도 모른다.

나는 물주전자를 들고 엄마 옆으로 갔지만 엄마는 그냥 고개를 저었다. "봐." 엄마가 엔진을 가리키며 말했다. "저걸 봐라." 나는 엄마가 뭘 보라는 건지, 우리가 같은 걸 볼 수 있긴 한 건지 알 수 없었다. "좀 예쁘다." 마침내 엄마가 말했다. 우리는 거기에 서서 불을 보고 있었고 마침내 엄마가 물주전자를 받아 엔진 위에 부었지만 별 효과는 없었다. "너 오늘 학교 안 가도 돼. 난 일하러 안 갈 거야." 엄마가 깊은 한숨을 내쉬며 말했다. 나는 고개를 끄덕였고 오늘 우리가 같이 하루를 보낼 수도 있겠다, 영화를 보러 갈 수도 있겠다고 생각하면서 조금 웃었다. 그런데 엄마는, 집으로 들어가자마자 담배에 불을 붙이고 자기 방으로 들어가 문을 닫아버렸다. 다음날 아침이 될 때까지 엄마를 보지 못했다. 그때 딱 깨달음이 왔다. 우리가 삶에서 깊이, 더 깊이 가라앉는다고 할지라도 우리는 늘 따로일 거라는 깨달음이. 만약에 추락하더라도 누군가 붙들 사람이 있다면, 혼자가 아니라면 어떤 기분일까 궁금했다.

그리고 지금 우리는 다시 이 집에 있었다. 이게 꿈이라면, 나는 엄마가 있는 방으로 들어가고 싶을 것 같았다. 엄마 옆에 앉아서 이렇게 묻고 싶었다. "왜 날 미워해요?" 엄마가 이렇게 말하길 바라면서. "네가 잘못 생각하는 거야. 너 안 미워해. 널 정말 사랑해. 내가 널 보호했어. 다치지 않게 지켰어." 그러면 나는 이렇게 말하겠지. "그랬어요?" 엄마는 고개를 끄덕일 것이다. 내 아버지가 누구냐고 물으면 엄마는 그 사람은 세상에서 가장 나쁜 사람이었다고 말하겠지. 그 사람한테서 달아나려고 모든 걸 다 포기해야 했다고. 그리고 혼자 힘으로 최선을 다해 나를 키웠다고. 그러면 나는 말하겠지. "고마워요." 그러면 엄마가 나를 껴안을 것이고 전혀 어색하지 않을 것이다. 사람이 사람을 끌어안을 때 그렇듯이. 그리고 지금까지 살아온 내 삶 전체가, 지금까지의 모든 것이 씻은 듯 싹 다 사라지겠지. 모든 게 훨씬 좋아질 테고.

나는 몇 초 더 엄마를 보고 있었지만 엄마 머릿속에 뭐가 있을지 전혀 상상이 안 됐다. 엄마를 미워하지는 않았다. 하지만 내가 저 소파에 앉을 일은 절대 없으리란 걸 알았다. 엄마에게 무슨 말을 하는 일도 없을 테고. 나는 몸을 돌렸다. 내가 내려올 때 계단에서 큰 소리가 났으니 엄마도 틀림없이 들었을 것이다. 이 소리를 대체 어떻게 못 듣나. 그리고 이제, 여기엔 아이들이 있었다. 몸을 웅크리고 잠이 들어, 굳어 있으면서도 늘어진 아이들의 몸. 나는 침대로 다시 기어들어갔다. 베시가 눈을 떴다.

"어떻게 되는 거예요?" 베시가 물었다.

"모르겠어." 내가 말했다. 실제로 나도 몰랐으니까. 겨우겨우 여기까지 온 거였으니까.

"다시 돌아가야 해요?" 베시가 물었다.

"언젠가는." 내가 시인했다. "응, 그래야 할 거야."

베시는 그 말을 곰곰 생각하는 것 같았다. 다락방 안이 캄캄해서 베시의 얼굴은 보이지 않는데 사실 그때는 보고 싶지 않기도 했다.

"알았어요." 베시가 말했다.

"괜찮을 거야. 정말로." 내가 말했다.

베시가 나에게 입을 맞췄다. 아이들 중 누가 나에게 입을 맞춘 건 처음이었다. 나는 베시의 머리를 쓰다듬었다. 이상한 머리, 이상한 아이.

"여름이 얼마나 남았어요?" 베시가 물었다.

"많이 남았어." 내가 대답했다. "우리 아직 시간이 많아." 그걸로 충분했다. 베시는 다시 잠이 들었다. 그리고 나도 곧 잠이 들었다.

눈을 떴을 때 칼이 위쪽에서 나를 내려다보며 서 있었다. 한 손을 뺨에 살짝 대고 마치 추상미술을 감상하듯이, 뭔가 흥미로운 것을 보았는데 이게 정확히 무슨 의미인지 모르겠다는 듯이, 어린아이가 장난으로 만들어놓은 것 같다는 듯이 보고 있었다. 솔직히 말해서 나는 별로 놀라지도 않았다. 칼이 우리를 보내주긴 했지만 언젠가 우리를 다시 데려갈 사람도 칼이라는 사실을 알았으니까.

"안녕, 칼." 내가 말했고 칼은 내 처지를 알겠다는 듯 고개를 흔들었다.

"갈 데가 여기밖에 없었어요?" 칼이 물었다.

"나…… 난 친구가 별로 없어요." 내가 말했다. "엄마가 언제 전화했어요?"

"어젯밤 늦게요." 칼이 대답했다. 그래도 엄마한테 화가 나진 않았다. 사실 어떻게 되길 바랐던 건지도 모르겠다. 나 혼자 할 수 있는 일의 한계에 도달했으니 어쩌면 그냥 끝이 나길 바랐는지도.

다만 만 하루도 못 버텼다는 게 비참했다.

"그래, 여기가 당신이 자란 곳이에요?" 칼이 다락방을 둘러보며 말했다.

"아뇨. 난 정상적인 방에서 자랐어요. 아래층에 있는. 여기는 내가 결국 오게 된 곳이고요."

"그렇군요." 칼이 대답했다.

아이들이 말소리를 듣고 눈을 떴다. 칼이 온 걸 보고 아이들은 끙 하는 소리를 내며 몸을 돌리더니 시트를 머리 위로 덮어썼다.

그런 일들이 있었으니 당연히 겁을 먹어야 할 것도 같지만, 칼은 짜증을 유발하긴 해도 무섭지는 않았다. 만약 경찰이 왔다면 정말 무서웠을 것이다. 하긴 매디슨과 재스퍼가 나와 아이들 이야기는 아무데도 안 했으리란 생각이 뒤늦게 들었다.

"설마 저택이 다 타버리진 않았겠죠." 내가 말했다.

"괜찮아요. 연기 피해가 좀 있고, 한 달 정도 보수를 해야 하지만. 괜찮아요. 이 정도라 다행이죠."

"소방서에는 뭐라고 말했어요?" 나는 어쩐지 궁금해져서 이렇게 물었다. 만약 나더러 맞춰보라고 한다면 돈이 개입되었을 거라고 했을 것 같다.

"소방서장이 장관님의 막역한 친구예요." 칼이 말했다. 흠, 그래, 편의를 봐준 거구나. 부자들끼리 편의를 봐주는 게 돈보다 훨씬 더 낫지. 그리고 나는 칼이 사용한 직함에 관심이 갔다.

"사임 안 할 건가봐요?" 내가 물었다.

"그건 내가 뭐라 논할 일이 아니고." 칼이 대답하더니 휴대전화를 내밀었다.

"누구랑 통화하라고요?" 내가 물었다.

"미시즈 로버츠요. 이 일을 지시한 사람이 미시즈 로버츠예요. 당신하고 이야기하고 싶대요."

"지금 이야기해도 될지 모르겠어요. 그게 법적으로 말이에요—"

"그냥 통화해요, 알았어요?" 칼이 말하며 내 손에 전화기를 올려놓았다. "녹색 버튼 누르면 돼요." 그러더니 침대를 흔들어서 아이들이 덮은 이불을 벗겨냈다. "너희들 아이스크림 먹고 싶니?" 칼이 물었다.

"아뇨." 베시가 말했다.

"흠, 그러면 이 끔찍한 다락방에서 나가 신선한 공기 좀 쐴래?" 칼이 작전을 바꾸었다.

"아저씨랑요?" 롤런드가 미심쩍은 듯 물었다.

"괜찮아. 칼이 우리한테 잘해줬잖아. 나 잠깐 매디슨하고 이야기해야 해." 내가 말했다.

"우릴 떠나려는 거 아니고요?" 베시가 조심스럽게 물었다.

"그냥 칼이랑 아래층으로 가서 우리 엄마랑 같이 있어. 걱정 마." 내가 말했다.

아이들은 침대에서 나가며 옷매무새를 가다듬었다. 칼이 손을 내밀자 두 아이가 한 손씩 잡고 아래층으로 내려갔다.

나는 전화기를 쳐다보았다. 전화기를 쓰레기통에 던지고, 계단으로 몰래 내려가 창문으로 빠져나가면 나 혼자 도망칠 수 있었다.

달아나고 싶은 충동을 억눌렀다. 아주 조금만 문제가 있어도 그 상황에서 빠져나가고 싶어하는 게 내 버릇이었다. 약간의 후환이 있을 테고 평판도 나빠질 테지만 그래도 늘 그 상황을 벗어나길 잘했다는 생각이 들었으니까. 그런데 그때 칼과 우리 엄마와 같이 앉아 있어야 하는 가여운 운명의 아이들이 떠올랐다. 나는 전화기를 귀에 갖다대고 매디슨의 목소리를 기다렸다. 여러 해 동안 머릿속에서 수없이 떠올려보곤 하던 그 목소리.

"릴리언?" 매디슨이었다.

"나야."

"그래. 정말 다행이다. 일단 이거부터 대답해. 뭐 바보 같은 짓 안 했지?"

"응." 이 무슨 부당한 소리인지. "어, 그게, 우리 엄마 집으로 왔어."

"어, 그래, 그것도 바보짓이지만 내 말뜻은 그건 아니고. 기자들 접촉한 적 있어? 애들이 다른 사람 눈에 뜨이진 않았어?"

"아니. 차로 바로 엄마 집으로 왔어. 맥앤치즈 먹었어. 세상에서 가장 불편한 침대에서 잤고. 괜찮아."

"어…… 그래." 매디슨이 말했다.

"내가 어디 있는지 말해주는 대가로 엄마한테 얼마 줬어?" 내가 물었다.

"천 달러." 매디슨이 말했고 나는 아무 말도 안 했다. "왜? 네가 생각했던 것보다 너무 많거나 적어?" 매디슨이 물었다.

"솔직히 전혀 모르겠어." 내가 말했다. 돈이 어떤 식으로 작동

하는지 이제는 정말 알 수가 없었다.

"이야기할 기회가 없었지, 릴. 정말 난리였지. 제정신이 아니었어. 그러니까 청문회니 뭐니 말이야. 하지만 너도 알겠지만 티머시…… 불이 나고…… 불이 나는 애였어. 그런 일들이."

"네가 티머시를 보호했잖아."

"으, 내가 티머시를 떨어뜨렸어. 맙소사 나 타 죽는 줄 알았어."

"그래도 중요한 순간에 지켜냈어."

"재스퍼가 괴상한 실험실 같은 데 보낸다고 했을 때? 허, 그런 일은 없을 거야. 그랬다면 내가 재스퍼를 망가뜨렸을 거야. 그런 생각을 하다니 정말 덜떨어진 인간이지."

"하지만 너도 애들을 그 농장인지 뭔지 좆같은 곳에 보내려고 했잖아." 내가 말했다.

"의논중이었어. 그냥 그뿐이었다고. 넌 안 믿겠지만 나도 양심이 있어. 나도 죄책감을 느낀다고. 보통 사람보다 더 오래 걸릴 수는 있어도 그래도 죄책감을 느껴."

"이제 너한테도 그런 아이가 있으니까." 내가 말했다.

"그렇지. 그건 맞아. 그런 일이 있었고, 무시무시한 일이었지만 그래도 티머시는 여전히 티머시잖아. 사랑스러운 내 아들. 그래서 생각했지, 그래, 난 할 수 있어. 이런 일이 아무리 자주 일어나더라도 할 수 있어."

"그 일 수습한 거 정말 대단했어." 내가 말했다.

"솔직히 힘든 일은 아니었어. 차에 타기 전에 이미 머릿속에 다 짜놨어. 부자라서 좋은 점이 여러 가지 있지만 특히 좋은 점은 무슨 소리를 하든 자신감 있게 눈 깜짝 안 하고 말하면 사람들이 알아서 최선을 다해 믿어준다는 거야."

"그래, 티머시는 데리고 있는 거야?" 내가 물었다.

"아, 그럼. 재스퍼한테 분명히 말했고 받아들였어. 어젯밤에 길게 대화를 나눴어. 게스트하우스에서 자야 했는데 거기 꽤 좋더라. 재스퍼가 대대로 내려온 저택이 어쩌고 하면서 계속 징징대긴 했지만. 재스퍼가 여러 가지를 납득하도록 만들어야 했어. 내가 자기를 얼마든지 망가뜨릴 수 있다는 걸 깨닫게 만들어야 했지. 나나 애들이 자기를 완전히 망가뜨릴 수 있다는 것. 국무장관을 하겠다면 지가 어쩌겠어. 국무장관이나 하라고 해. 그 이상으로 대통령에 가까워지지는 못할 테니까."

"그래서 갈라서진 않을 거야?" 나는 답을 알면서도 물었다.

"응." 매디슨이 말했다. "괜찮아. 난 내가 원하는 걸 얻을 거야. 지금은 재스퍼가 나한테 중요한 의미가 있는 것에 다가갈 수 있게 해줘. 돈뿐만이 아니고. 내 생각, 내 삶을 가질 자유가 있지. 게다가 솔직히 나 그 사람 아직 좋아해. 좀 멍청하긴 하지만 그래도. 게다가 그거 아니? 누가 나한테 재스퍼가 비운 상원 의석에 도전해보라고 하더라고. 끝내주는 이야기 아니니?"

"티머시가 다시 불이 나면?"

"그게 문제가 될 것 같진 않아. 닥치면 뭔가가 떠오르겠지. 아예 사실을 말할 수도 있겠고. 티머시는 괜찮을 거야. 티머시는 괜찮을 수밖에 없게 내가 만들 거야. 너도 애들 둘을 데리고 해냈잖아. 하나쯤은 나도 감당할 수 있어."

"어쩌면 티머시가 대통령이 될지도."

"그건 아냐." 매디슨이 말했다. "티머시는 타미힐피거 모델이 될 거야. 왕족하고 결혼할 거고. 편안하게 살 거야."

매디슨의 목소리를 들으니 참 좋았다. 매디슨이 자기가 원하는 게 뭔지 말하는 소리를 들으니. 나는 내가 원하는 게 뭔지를 몰랐다. 내가 매디슨에게 보낸 편지는 너무나 흐리멍덩하고 우울했는데. 근데 매디슨은, 씨발 확실하게 원하는 게 있었다. 매디슨이 뭘 원한다고 이렇게 열렬하게 말하는 것을 듣다보면 그걸 매디슨에게 주고 싶어진다. 매디슨이 그걸 갖기를 바라게 된다. 너무나 쉬운 일이었다. 나는 다시 매디슨을 사랑하고 매디슨이 나에게 상처를 주고 나는 그걸 받아들이고 그걸 안고 사는, 우리 관계의 익숙한 패턴이 다시 시작되었다.

"이애들은 어떻게 할 거야?" 마침내 내가 나쁜 소식에 대비하며 물었다. "베시하고 롤런드는?"

"그 뭐냐 미치광이 같은 수용소에는 안 가. 안 가도 돼. 게다가 솔직히 둘을 보내려면 일 년에 50만이 든대. 개소리지. 말도 안 돼."

"그러면 재스퍼가 애들을 맡는 거야? 애들은 어떻게 되는 거야?"

매디슨은 말이 없었고 나는 매디슨의 숨소리를 들을 수 있었다. 매디슨이 지금 어디에 있을지 궁금했다. 포치에서 아이스티 피처를 옆에 두고 있을까. 아니면 D.C.에 아파트를 알아보러 개인용 비행기를 타고 가는 길일까. 매디슨의 모습을 머릿속에 또렷이 그려보고 싶었다.

"그게, 복잡해. 재스퍼는 옳은 일을 하고 싶어해, 릴. 정말 진심으로. 재스퍼가 개판을 쳤지. 너무 개판을 쳐놔서 이제 롤런드하고 베시한테 아빠를 용서하라고 하지도 못할 지경이야. 화를 내는 게 당연하지. 어쨌든 애들은 돌볼 거야."

"어떻게?" 내가 물었다. "매디슨……" 나는 거의 울기 일보 직전이었다. "어떻게?"

"너 걔들 원하니, 릴리언?" 매디슨이 물었다.

"뭐?" 희미하게 빛이 비쳤다. 거의 손으로 만질 수 있었다. 아주 흐릿했지만 손을 뻗기만 하면 손끝에 닿을 것 같았다. 나는 숨을 쉴 수가 없었다. 움직일 수도 없었다.

"내 말 들었잖아. 내 말 들은 거 알아."

"내가?" 내가 물었다.

"네가 애들 돌볼래? 계속?"

"언제까지?"

"애들이 원하는 한 계속. 네가 원하는 한 계속. 영원히. 영구적으로."

"어떻게?" 내가 물었다. "왜?"

"그렇게 복잡한 건 아니야. 어, 좀 복잡하긴 한데 칼이 자세히 알려줬어. 아주 똑똑한 사람이야. 최고지. 아이디어는 나한테 있었는데 칼이 구체적인 그림을 그렸어. 그러니까 네가 입양을 하거나 그러는 건 아냐. 알겠지? 그러면 너한테 책임이 다 넘어가는 거니까. 그리고 재스퍼는, 좋은 사람이지만, 법적으로도 좋은 사람이 되면 더 좋겠지. 법정후견인이라는 제도가 있어. 들어본 적 있지? 네가 애들의 법정후견인이 되는 거야. 재스퍼는 애들이 돌봄을 잘 받도록 지원할 거고, 필요한 걸 제공할 거야. 양육비를 댈 거야. 만약 네가 베시를 아이언마운틴에 보내고 싶다면—"

"씨발 아니." 내가 말하면서 웃음을 터뜨렸다. 울음 같기도 했고 웃음 같기도 한 소리가 나왔다. 아마 미친 사람처럼 들렸을 것이다.

"흠, 어쨌든, 아이언마운틴이 아니라도 어디 좋은 학교에. 둘 다 좋은 학교, 정상적인 학교에 보내야지."

"내 아이들이 된다고?" 내가 물었다.

"그래. 그러면 행복하겠니?"

"정말 모르겠어."

"그건 내가 듣고 싶었던 말이 아닌데. 네가 씨발 우리집을 태워버릴 뻔한 이후로 계속 고민해서 제안한 건데."

"맞아. 행복해질 거야. 그럴 거야. 난 그냥…… 내가 잘못할까 봐 겁이 나서 그래."

"누가 너한테 뭐라고 하겠니? 그걸 잘한 사람 아는 사람 있어? 자기 애들을 어떤 방식으로든 망치지 않은 부모를 하나라도 아냐고."

"지금 생각나는 사람은 없다." 내가 대답했다.

"그런 사람은 없어." 내가 고마워하기를, 이걸로 자기가 나한테 한 일에 보상이 되었기를 바랐을 매디슨은 좀 짜증난 기색을 드러냈다.

"그래. 내가 돌볼게." 내가 말했다.

"릴리언?" 매디슨이 말했다. 잠시 침묵이 흘렀다.

"응?"

"내가 모든 걸 다 해결한 것 같아."

"아냐. 그렇진 않아. 그래도 더 나빠지지는 않게 막았지."

"그게 해결하는 거야. 더 나빠지지 않게 막는 것."

"그래." 내가 말했다. "고맙다."

"곧 보자. 우린 계속 볼 거야. 티머시도 롤런드와 베시를 만날 거고. 적당한 때가 되면 재스퍼도 롤런드와 베시를 볼 거고. 자주는 아니겠지만. 어쨌든 그렇게 굴러갈 거야."

"알았어. 매디슨."

"사랑해, 릴리언." 드디어 매디슨이 말했다.

"나도 사랑해." 내가 말했지만 더 무슨 말을 할 수 있었겠나? 더 무얼 할 수 있었겠냐고? "이제 끊어야겠다." 내가 말했다.

"잘 있어, 릴리언."

"잘 있어." 내가 말하고 전화를 끊었다.

이 심정을 어떻게 말할 수 있을까? 어떻게 말하면 이해시킬 수 있을까? 말할 방법이 없을 것 같다. 나는 행복했다. 베시와 롤런드가 내 아이가 된다는 게 행복했다. 하지만, 이해가 갈지 모르겠지만, 슬프기도 했다. 내가 정말 그 아이들을 원하는지 확신할 수가 없어서 슬펐다. 아이들은 마법처럼 나타났지만, 나는 마법하고는 거리가 먼 사람이었다. 나는 엉망이었다. 나는 일을 망치기 일쑤였다. 그리고 아이들 둘을 키운다는 것, 몸에 불이 나는 아이들을 키운다는 게 쉽지 않다는 걸 알았다. 이 일이 나를 슬프게 만들 거였다. 아이들을 망치기가 너무나 쉬울 거라서.

무언가가 끝나가고 있었다. 끔찍한 삶이긴 했지만 그 삶이 끝나고 있었는데, 그게 이제는 내 삶이 아닌 듯 느껴졌다. 다른 누군가의 삶이었던 것처럼. 그냥 내가 그 삶 안에서 살기로 결정했고, 다른 사람에게 들키지 않고 그렇게 살다보면 어쩌면 내 삶이 될지도 모른다고 생각했던 것 같았다. 어쩌면 그 삶을 사랑하게 될 거라고.

이제 내가 원하던 것을 갖게 되었다는 말을 하려는 거다. 매디슨이 어떻게 생각하든, 매디슨이 아무리 모든 일이 다 잘될 거라고 말하든, 나는 이게 행복한 결말이 아니라는 걸 알았다. 그저 하나의 결말일 뿐. 그리고 아래층에 새로운 시작이 있었다. 아이들이 나를 기다리고 있었다. 그런데 나는 이 다락방에, 한 번도 행복했던 적이 없었던 이곳에 있었다. 여기 앉아서 새로운 시작이 시작되기 전의 순간을 붙들고 있었다. 이 순간에 얼마나 더 머물 수 있을까 생각했다. 앞으로 살면서 몇 번이나 더 이 방으로 돌아올지, 바로 이 순간을 다시 돌이킬지 생각했다. 이 순간을 떠올리면 어떤 기분이 들지 궁금했다.

침대에서 일어났다. 반바지를 입고 도미니크 윌킨스 캐리커처가 프린트된 구질구질하고 빛바랜 티셔츠를 걸쳤다. 농구화를 신었다. 다시 못 볼 줄 알았던 내가 아끼는 신발. 침대 아래에 아직도 농구공이 있었다. 낡아서 너덜너덜해진 공. 몇 블록을 가면 거지같은 농구장이 있었다. 잡초가 자라고 선도 안 그어져 있고 림에 그물도 없었다. 하지만 나는 아이들이 거기에서도 농구를 해보길 바랐다. 우리의 삶이 될 수 있는 삶에 익숙해지도록.

베시와 롤런드가 아래층 소파에 앉아 있었다. 칼이 아이들에게
보여준다고 카드로 집을 짓는데 계속 무너져내렸다. 당연하지만
엄마는 보이지 않았다. 칼이 준 돈을 가지고 투니카로 도박을 하러
갔겠지.

"얘기 다 했어요?" 칼이 벌떡 일어서며 말했다.

"네." 내가 대답했다. 시간을 끌고 싶지 않았다. 나는 칼에게 전
화기를 주었다. 그리고 칼을 안았는데 칼한테는 못마땅한 일이거
나 혹은 예상 못한 일이었다는 게 역력했다. 어쨌든 나는 일 초 동
안 칼을 안았다. "우리 꽤 괜찮은 팀이었죠." 칼이 멋쩍어하며 말
했다.

나는 고개를 끄덕였다. "얘들아, 칼한테 인사해." 그러고 나자
칼은 사라졌다. 과연 다시 만날 일이 있을까 궁금했다.

"어떻게 되는 거예요?" 베시가 물었다.

"너희 나랑 같이 있고 싶니? 영원히?" 내가 물었다.

"네." 아이들은 망설임 없이 바로 대답했다.

"강요하는 거 아냐." 내가 말했다.

"그러고 싶어요." 아이들은 몸을 파르르 떨었다.

"저택에 살 때하고는 다를 거야. 늘 좋지는 않을 거야."

"거기 살 때도 늘 좋지는 않았어요. 안 좋을 때도 있었어요." 롤
런드가 말했다.

"흠, 그러면 앞으로도 그럴 거야."

아이들은 고개를 끄덕였다. 웃는 얼굴은 아니었다. 멍한 얼굴이었다.

"릴리언은 우릴 원해요?" 베시가 기습적으로 물었다.

"뭐?" 심장이 멈추는 것 같았다.

"우릴 원하냐고요."

나는 바로 그렇다고 말하고 싶었다. 그런데 너무 겁이 났다. 베시가 나를 쳐다보는 눈빛이. 나는 내 마음이 어떤지 몰라도 베시는 아는 것만 같았다. 베시는 눈도 깜박이지 않았다.

"그래." 내가 마침내 말했다. "너희 둘 다 원해. 너희를 돌보고 싶어."

베시는 웃지 않았다. 아무 말도 하지 않았다. 그냥 나를 보고 있었다. 베시의 피부가 벌게지고 얼룩덜룩해지는 게 보였다. 열기가 나오는 걸 느낄 수 있었다. 나는 베시가 불을 내면 베시를 끌어당겨 안을 생각이었다. 그냥 그렇게 받아들이리라.

그런데 베시는 불을 내지 않았다. 피부색이 원래대로 돌아갔다. 베시가 심호흡을 했다.

"릴리언은 우릴 원해요." 베시가 말했다. "네. 맞아요."

"집밖으로 나가자." 내가 농구공을 들며 말했다. 우리는 현관문 앞에 섰다. 세상이 우리 앞에 펼쳐져 있었다. 맙소사, 너무 큰 세상이 펼쳐져 있었다. 우리는 집에서 나왔고 나는 무엇인지 모를 그다음 것을 향해 아이들을 이끌고 갔다. 공을 베시에게 주었고 베시는 인도 위에서 심장박동처럼 고른 소리를 내며 공을 튀겼다.

베시는 나를 믿었다. 내가 자기들을 원한다는 것, 내가 언제까지고 자기들을 돌보리라는 걸 알았다. 그래서 나도 베시를 믿기로 했다. 이게 사실이라고 결정을 내렸다. 그게 아주 작은 불이었다. 나는 그 불을 지킬 것이다. 그 불이 나를 따뜻하게 할 것이다. 그리고 영원히, 영원히 꺼지지 않을 것이다.

다음 분들에게 감사합니다.

줄리 베어러를 비롯, 북그룹의 모든 분들. 특히 니콜 커닝햄.

놀라운 편집자 잭 왜그먼과 에코 직원분들.

사우스대학과 영문학과 그리고 특히 와이엇 프룬티에게 감사합니다.

집필 공간과 시간을 내어준 야도 코퍼레이션과 세인트 메리스 허미티지.

나의 가족: 켈리와 데비 윌슨. 크리스틴, 웨스, 켈런 허프먼. 메리 쿠치. 메러디스, 워런, 로라, 모건, 필립 제임스. 윌슨, 퓨즐리어, 발츠 가족.

내 친구들: 에런 버치, 마누엘 친칠라, 루시 코린, 리 코넬, 릴리 대븐포트, 마시 더맨스키, 샘 에스퀴스, 이저벨 갤브레이스, 엘리자베스와 존 그래머, 제이슨 그리피, 케이트 제이로, 켈리 멀론, 케

이티 맥기, 맷 오키프, 시실리 파크스, 앤 패칫, 벳시 샌들린, 맷 슈래더, 리아 스튜어트, 데이비드와 하이디 사일러, 라우릴 터커, 클레어 베이 왓킨스, 케이키 윌킨슨, 베카 웰스 윌리엄스.

그리고 늘 그렇듯 내 모든 사랑을 담아: 리 앤, 그리프, 패치.

Nothing
to See
_____ Here

옮긴이 **홍한별**
글을 읽고 쓰고 옮기면서 살려고 한다. 옮긴 책으로 『설탕을 태우다』 『햄닛』 『진실 프로
젝트』 『우리, 이토록 작은 존재들을 위하여』 『노 본스』 『클라라와 태양』 『도시를 걷는 여
자들』 『밀크맨』 『달빛 마신 소녀』 『나는 가해자의 엄마입니다』 등이 있고, 지은 책으로
『돌봄과 작업』(공저) 『아무튼, 사전』 『우리는 아름답게 어긋나지』(공저)가 있다. 『밀크
맨』으로 제14회 유영번역상을 수상했다.

문학동네 세계문학

신경 좀 꺼줄래

초판 인쇄 2023년 7월 31일 | 초판 발행 2023년 8월 11일

지은이 케빈 윌슨 | 옮긴이 홍한별
기획·책임편집 윤정민 | 편집 김경미 박효정 김지호
디자인 백주영 이원경 | 저작권 박지영 형소진 최은진 서연주 오서영
마케팅 정민호 한민아 이민경 안남영 김수현 왕지경 황승현 김혜원 김하연
브랜딩 함유지 함근아 박민재 김희숙 고보미 정승민 배진성
제작 강신은 김동욱 이순호 | 제작처 천광인쇄사

펴낸곳 (주)문학동네 | 펴낸이 김소영
출판등록 1993년 10월 22일 제2003-000045호
주소 10881 경기도 파주시 회동길 210
전자우편 editor@munhak.com | 대표전화 031) 955-8888 | 팩스 031) 955-8855
문의전화 031) 955-1927(마케팅) 031) 955-2634(편집)
문학동네카페 http://cafe.naver.com/mhdn
인스타그램 @munhakdongne | 트위터 @munhakdongne
북클럽문학동네 http://bookclubmunhak.com

ISBN 978-89-546-9459-9 03840

www.munhak.com